名家小写文集

幸福是奔跑

李子胜 著

图书在版编目（CIP）数据

幸福是奔跑 / 李子胜著. -- 北京：北京联合出版公司, 2024.8. --（名家小写文集）. -- ISBN 978-7-5596-7923-9

Ⅰ. I247.7

中国国家版本馆 CIP 数据核字第 2024Y5Y065 号

幸福是奔跑

作　　者：李子胜
主　　编：张海君
出 品 人：赵红仕
出版监制：张晓冬
责任编辑：李　伟
特约编辑：和庚方　张　颖
封面设计：立丰天

北京联合出版公司出版
（北京市西城区德外大街 83 号楼 9 层　100088）
三河市同力彩印有限公司印刷　新华书店经销
字数 260 千字　710 毫米 ×1000 毫米　1/16　13 印张
2024 年 8 月第 1 版　2024 年 8 月第 1 次印刷
ISBN 978-7-5596-7923-9
定价：65.00 元

版权所有，侵权必究
未经书面许可，不得以任何方式转载、复制、翻印本书部分或全部内容。
本书若有质量问题，请与本公司图书销售中心联系调换。
电话：17710717619

目　录

狗皮壁虎 …………………………………… 001
少年的大雪 ………………………………… 021
少年和枪 …………………………………… 036
打分手 ……………………………………… 054
让鱼听到我的忧伤 ………………………… 076
少年的废墟 ………………………………… 092
少年的逃离 ………………………………… 108
少年的电影 ………………………………… 125
百里滩刀客 ………………………………… 143
幸福是奔跑 ………………………………… 151
夏夜爱无边 ………………………………… 161
寻人启事 …………………………………… 180
后记：我与百里盐滩 ……………………… 194

狗皮壁虎

1

军犬阿丽坐着一辆军绿色大嘎斯卡车来到百里滩的谭家港时，王小军正在家里与他家刚满月的小黑狗纠缠。小黑狗很黏人，也懂得撒娇，咬着他的裤脚不肯撒嘴，王小军往前走，它干脆躺倒耍赖，身子像拖把一样蹭着地面，拖了有一米远，地上留下了一带印痕，王小军哈哈大笑。这时，德子风风火火闯进了院门。

小军，快去看，骑兵排院子里来了一只大军犬，有，有，有小毛驴那么大！还不快走！

王小军一弯腰把小黑狗捞起来抱在怀里，跟上满头大汗的德子狂奔出家门。王小军跑得太快，小黑狗吓坏了，紧紧缩在怀里，嘴里哭泣一样呜呜地叫。小黑狗太小了，还不会汪汪叫呢。谭家港唯一的柏油路上，有几个孩子和王小军一样在狂奔，他们都朝着一个方向，东风盐化厂附近的骑兵排驻地。马路边的电线杆嗖嗖地飞向身后，路边驳盐沟里梭鱼在翻花，王小军出汗了，汗水顺着额头流，滑下来蜇疼了眼睛，他连远处白花花的大盐坨都看不清了，更顾不上看驳盐沟里的鱼花儿了。

跑过石桥时，老八路邢大爷抖着半脸的白胡子，正在拉起架在桥头的搬罾，白花花的梭鱼在罾里跳跃，鱼鳞闪耀，让王小军心里赞叹，再看驳盐沟里，鱼花儿翻腾不休。可是，王小军顾不上这些事情了，咬牙继续向前跑。比起看捕鱼翁，他更爱狗。

　　王小军和德子钻过门洞，就到了骑兵排训练的那片空地。空地中间停了一辆绿色军用嘎斯车。车早就被大人和孩子们包围了，大家齐刷刷扯着脖子往车上张望。几个战士高喊，大家都退后啊。战士越喊，人们越往前挤。王小军把小黑狗塞给德子，一猫腰，顺着前面人的大腿缝隙往里钻。在嘎斯车车尾，围观的人们留出了一个半圆形的空地，王小军钻进去后，身子一挺一扭，就站进了第一排。他身后有个大孩子搡了他一下，后面传来的声音说，王小军，你就挤吧，一会儿军犬跳下来，正好一口把你吃了。王小军听出说话的是大锁哥哥，他也顾不得回头，赶紧蹍摸军犬阿丽。当他在嘎斯车上看到躲在车里的军犬时，王小军的心微微震颤了一下。阿丽确实太大了，虽然比不上东庄坨给东风盐化厂拉卤块的那几只毛驴那么高大，但是阿丽的巨大身形还是让王小军觉得大地在颤抖着。他突然很自卑地想到了自己刚才当宝贝一样抱着的小黑狗。阿丽显然发现了王小军，它吐着舌头，哈哈地喘息着，向车尾走过来，距离王小军突然近了，王小军吓得身体往后仰，阿丽突然一扭身，又跑回了车里面。阿丽跑动时，它脖子上的铁链拖在车底，哗啦哗啦响。站在车尾的两个战士，不停地冲阿丽呼喊，时而温柔，时而威胁，但是阿丽仍旧我行我素，走到车尾时就返身回去，始终不让战士抓到它。王小军竖着耳朵听大家破碎的议论声，拼凑出一个完整的信息，原来阿丽不敢直接跳下车，已经和战士们周旋半天了。嘎斯车车尾距离地面也就一米多吧，王小军突然很失望，——他们这些四年级的小学生都敢跳，大名鼎鼎的军犬竟然不敢跳？真没劲！

　　围观的人开始走开了，大家对这个毛驴大小的阿丽逐渐丧失了热情，这时，四个战士抬着两块竹翘板过来了，人们给战士让出了通道，两块竹翘板搭在车尾，阿丽这才哆嗦着身子踏上翘板，一个战士眼疾手快，一把抓住阿丽脖子上的铁链子，把阿丽硬往下拽，阿丽不情愿地扭着脖子，嘴里呜呜着，前爪落到了地面。阿丽落在地面时，低着头，像闯祸的孩子见到家长一样，被战士拉走了，围观的人们一阵哄笑。

军犬里也有废物狗啊——王小军听大家议论，心头的热火被不断泼冷水。

王小军抱着小黑回家时，看到邢大爷还在搬罾，他就凑了过去。邢大爷见了他，用他的丑脸扮了一个可怕的表情给王小军，然后又冲王小军咧开嘴乐。邢大爷是老八路出身，打仗时丢了半个下巴，总瘪瘪着嘴，只好蓄一些白胡子遮掩，他的模样很像游水的人从水面上只冒出大半个头，故意把下巴藏在了水下。他的样子太丑陋太吓人了，根本没女人敢靠近他和他说话，他干脆也不料理自己了，整天蓬蓬着头发，络腮胡子像鞋刷子的毛一样支支棱棱的，谭家港的小孩子们都怕他。小孩子一哭，大人就威胁"邢大爷来了！"小孩子立马不哭了。邢大爷工资高，他的钱花不完，满屋子里都是直沽陈酿、衡水大曲之类的好酒。他喝完酒的酒瓶子，只让王小军拿去卖破烂儿。邢大爷见王小军到了跟前，想显摆一下，奋力拉起罾网。罾网四脚先弹出水面，瞬间水滴雨点般乱坠，罾网像从淤泥里拔出身子，慢慢拧着上升，网底快出现时，白花花的几条梭鱼羔子已经在王小军眼睛里乱蹦乱跳了。

邢大爷的搬罾从不收走，就在桥头放着，谁有空都可以搬上几把，得了鱼，愿意拿走自家吃就拿走自家吃。

2

去年，那些穿着白色衣服戴着镣铐的人坐着几辆绿色嘎斯车，搬到南堡盐场一劳改队去了，骑兵连也随着撤走了，这一走，骑兵连那些高大威武的军马再也见不到踪影了，随着时间变化，连它们深深嵌入盐滩堤埝上的马蹄印也被尘土填平了。

谭家港只留下一个班的军人留守，指导员带队，王小军听爸爸说，指导员他们也不会久留的，不定哪天就会调离这里。王小军的心从那时起就开始空落落的了。他忘不了马豆的味道。马豆就是黑豆,专门喂军马的。骑兵连的战士偶尔会偷偷塞给他一小把马豆。马豆塞进嘴里,用力咀嚼,满嘴都是浓香,马豆的香味浓郁黏稠,王小军感觉吃过马豆的当天就是再吃爸爸打旋网捕获的大梭鱼,也盖不住留在唇齿间的马豆香。

三个连队的看守营战士随着劳改犯们转移后,靶垱就像一座孤坟,尽管可怕神秘,却又可以靠近了。靶垱北边,是穿着白色上衣,后背上印着"不许出圈"四个字的劳改犯们居住跑操的地方,那里被谭家港管教干部和家属们叫作圈里。圈里空出来后,铁门上永远挂着一把巴掌大小的铁锁,铁锁粗壮有力,牢固威严。王小军奓着胆子趴在铁门缝隙间往里面瞅过,他看到了影壁墙上油漆写的一些字:只许你们好好改造,不许你们乱说乱动。

比起圈里,还是靶垱更有乐趣。

靶垱从此成了王小军与伙伴们的好去处,他们总去那里挖子弹头。子弹头真不少,他们很快挖到了几十枚,装在口袋里,不久就把口袋坠出了窟窿,自然,为这个没少挨大人的责骂。王小军的小黑狗已经可以跟着他跑到靶垱刨土坑玩了。

王小军在靶垱挖子弹头时,看见指导员在靶垱空场中训练阿丽。

这是他相隔几个月后再次见到阿丽。

那个暑假来得似乎很早,王小军在放假的第一个礼拜就把暑假作业划拉完了。他喜欢把假期尽快腾空出来的感觉,就跟去年妈妈让他把家里大柜子的一个抽屉倒空,说从此这个抽屉就归他使用了的感觉很像——完全归他一个人支配,不被其他的东西占据。

那天他没有喊德子,爸爸妈妈一早去盐化厂上班,他们前脚刚走,王小军把院门虚掩,就和小黑子冲出家门。那时的谭家港,家家户户都不锁门,只要把门一关,大人孩子们就可以放心去忙别的事了。那里居住的除了管教干部,就是刑满释放后的留用人员，留用人员们早就变得服服帖帖了，他们战战兢兢上班劳动，下班就关起门来，不随便走动，就连他们的孩子去学校上学，都不敢走柏油路，只在柏油路边的土道上低着头缩着肩走，王小军都不把他们放在眼里，遇到他们，王小军和德子就让他们背着他俩去上学，他们没有一个敢夯刺的，特别是一个叫侯三的，还主动巴结王小军和德子，有时候会把吃剩下一半的水果冰棍举给王小军。

来到靶垱，太阳已经很热了，王小军脸上油汪汪的。阳光刺眼，靶垱看起来白亮亮的，盐碱土冒出的盐碱，更加灰白。几米高的靶垱的斜坡上好多重重叠叠的小土坑，这里早被王小军他们翻遍了。王小军找了一根厚实的竹片，准备挖土，他听到了身后传来的声音。敦实的指导员牵着阿丽，已经来到了靶垱的空场中，阿丽吐着个大舌头，忽闪忽闪地颤抖，像王小军家门框上被风吹动的门帘。

指导员喊：小军，今天写作业了吗，又出来野啦，不怕你爸爸打屁股？

王小军不屑地说：切，作业早写完了，我都初二了，早不打我屁股了。指导员大哥，阿丽咬人吗？说着，王小军凑了过去，距离阿丽越近，他心跳越快，阿丽黑乎乎的鼻子很威武恐怖。看到王小军靠近，阿丽突然粗着脖子汪汪汪叫了几声，这声音瓮声瓮气的，似乎含着极大的无形的力量，王小军膝盖一软，差点被吼声震倒了。

指导员呵斥一声，阿丽立刻安静了，垂下大尾巴，呜呜着，嗅着指导员的胶鞋。

指导员喊了两声：阿丽！阿丽！

阿丽竟然站立起来，把两只前爪搭在了指导员肩头，指导员用手拨弄着阿丽的脑袋，阿丽眯着眼睛，顺着耳朵，那模样实在太乖巧了。王小军看傻了，他觉得自己眼馋得发痒，再回身寻找小黑子，只见小黑子龟缩在远处，又小又丑。

指导员笑着说，小军，你看看阿丽吧。说着，他把帽子摘下来，斜着向天空中甩去。指导员高喊，阿丽，上！帽子像只受伤的大鸟一样胡乱飞了一段，就忽忽悠悠降落，阿丽随着指导员的喊声蹿了出去，在帽子降落中，一跃而起，把帽子稳稳地叼在嘴里，回到指导员身边，抬头举起帽子。指导员接过帽子，用手又摩挲了几下阿丽后背，阿丽吐着大舌头，歪着脑袋看指导员的手。王小军这下更羞愧了。他伸手去要指导员的帽子，就在他伸手的一瞬，阿丽突然对着王小军狂叫起来，王小军吓得一哆嗦，小黑子也向远处逃窜了。指导员哈哈大笑，断喝一声，阿丽，停！喊声止住了阿丽的吠叫，指导员用手把王小军拽到自己身后。

知道吗，指导员得意地说，军犬很灵的，它以为你要抢我帽子，它就急眼了。你再看你那只黑不溜秋的狗，都快让阿丽吓尿了。

王小军听出指导员在嘲笑他，心里一阵难受。他默认了小黑狗很差劲的事实，他可怜巴巴地说，阿丽是母狗吧？将来和小黑子它爸爸下了小狗，送我一只行吗？

指导员立刻竖起了眉毛，那可不行，这是军犬，是德国黑背，军犬哪能和小黑子它爸爸这种破狗配狗呢？违反纪律，绝对不行！

小黑子它爸爸是破狗，那小黑子是啥？破狗的狗崽子啊。王小军忿忿不平地想。

指导员看王小军不服气，继续嬉皮笑脸地打击王小军，说，小军，皇帝的闺女能和一个臭要饭的当两口子吗？

整个上午，王小军眼巴巴看着指导员训练阿丽，他一会儿让阿丽蹲下，一会儿让阿丽趴下，还不让王小军靠太近，真气煞人也。王小军心里几次暗下决心离开靶垱，可是两脚就是不听使唤，只会原地杵着；两眼也只会目不转睛盯着阿丽打转，再也不屑瞅小黑子一眼。

领着小黑子回到家，任凭王小军喊破嗓子，无数次抛出他的破帽子，小黑子也听不懂王小军喊的"小黑子，上"的口令，小黑子，只会歪着小脑袋，滴溜着小圆眼睛，一动不动坐着看王小军。

王小军长叹一声，妈的，你真是一只小傻狗。

3

王小军和德子发现，阿丽的任务竟然是赶猪。

阿丽每天早上把车库东边猪圈里的二十多头猪赶出来，追到小河对面食堂后身的野地里；晚上，再把不情愿回猪圈的它们一个个追回猪圈。这些猪都是专供四百名管教干部享用的，王小军家自然也享用过这种专供的猪肉。因为是专供猪，所以谭家港人对这些猪都很上心，很关注它们的健康成长。这些猪被大家宠坏了，喜欢越过它们合法的活动范围，去菜园里拱菜苗吃，有头种公猪更猖獗，甚至敢抓住家属们散养的来亨鸡，大吃大嚼，没人肯惩罚它。这么淘气的猪，靠一个饲养员实在是无法控制。另外，大家总建议定时给浑身泥浆和粪便的猪们洗洗澡，控诉和呼吁多了，上面就把阿丽派过来当猪们的保育员，负责猪们清晨出早操，傍晚回圈睡觉，偶尔赶它们下河洗洗澡的任务。

自从发现阿丽每天追猪赶猪，王小军和德子再也不想去靶垱刨铜锈斑斑的子弹头了，他俩喊着侯三一起去看阿丽放猪，王小军命令侯三每天从家里偷半拉馒头，他和德子负责去邢大爷住处寻找猪骨头。邢大爷嘴馋，他喜欢关上门喝酒，而且很喜欢就着猪蹄猪肘子以及各种海鱼下酒。那时候，邢大爷的工资简直高得馋人，又是残废军人光棍，他整天大吃大喝，日子奢侈得让王小军他们每天路过邢大爷住处的垃圾堆时都会默哀一样低头看一会儿邢大爷吃剩下的猪骨头、鱼刺和残留着香味的午餐肉的空罐头盒，他们会吞咽下不少口水后，再默默离开。

他们三个人把几根猪骨头，半拉馒头放在猪圈旁的小河岸上，然后他们故意躲开，躲到王小军在河沟里扎一个猛子远的地方，静静地等阿丽忙完后，发现这些美味。

他们去得太早了，阿丽还没露头。那些猪还在半开放的猪圈里呼呼大睡。一夜的粪尿，让猪圈周围的空气很臭，王小军他们不断后退，想寻找臭味的边界，摆脱这股难闻的味道。

太阳升高到水面很晃眼时，阿丽哈着舌头颠颠地跑出来了，它来到河边时，显然闻到了堤埝上猪骨头和馒头的香味，它的身体顿宕了一下，继续跑向猪圈。阿丽身体顿宕了一下，王小军的心也跟着阿丽的顿宕颤抖了一下。很可惜，阿丽跑开了，王小军心里热切的希望也跟着凉了一些。

阿丽的身影在猪圈门口一闪就不见了，王小军他们听到了一阵轰响，猪们的杂沓脚步接踵传来。

小河顿时热闹了，水花四溅，水声喧腾，猪们都下了水，懒在后面的，被阿丽咬了耳朵，咬了尾巴，疼得身体向前蹿，乖乖地下了河。阿丽也下了水，水里像多了很多大鱼，它们安静地挺着脑袋游着，先游到岸边的猪，挺身上岸，抖擞着身子，水珠闪烁飞落，然后奔向食堂后面的野地，食堂的大师傅们用剩饭菜拌好猪食，等着给它们开饭。

阿丽把最后一头猪赶上岸，猪们大吃大喝一番，阿丽把几头想跑向菜园的猪咬了回来，猪们聚在空地打滚晒太阳，不再敢跑向菜园了。阿丽又跳下水，准备返回。它又一次经过了猪骨头和半个馒头，它停下脚步，抬头看了看王小军他们三个，又低头开始嗅闻食物，舌头却含在嘴里，没有去舔骨头。王小军紧张坏了，心中默默祈祷，吃吧，阿丽，吃吧，多香啊，你是狗啊，狗不就是爱吃骨头吗，快吃啊，吃下去，咱们就是好伙伴啦。

祈祷也没什么神奇作用，阿丽抬起头，继续颠颠地跑起来，再没回头看猪骨头和王小军他们仨。

阿丽身影消失后，王小军失落得想哭。

阿丽想吃，王小军肯定地说，但是啊，它有点不好意思吃。

嗯，有点害臊。德子说。

阿丽为啥害臊啊？侯三问。

你好意思第一次见面就吃别人东西吗？王小军斜了一眼侯三不屑地说，咱们不能放弃，和它混熟了，它肯定吃。

王小军坚持每天早晨在阿丽必经之路上摆食物，食物越攒越多，邢大爷吃剩下的鸡骨头也都收集来了，与已经被风飕干泛白的几根猪骨头和鸡骨头混着，继续勾引阿丽。

阿丽把猪们驱赶出猪圈返回时，在食物旁边停留的时间也越来越长，王小军认为，阿丽的意志力就要被摧垮了。果然，在王小军他们坚持了五天后，阿丽终于吃下了猪骨头鸡骨头和馒头，它吃得很干净，一点碎屑也没剩下。

十几天过去了，猪们的耳朵尾巴几乎都被阿丽咬过，有几只胆大的猪，尾巴只剩下了半截，它们听到阿丽的叫声，直打哆嗦，全都老实了。饲养员害怕狗，特别害怕体形巨大的阿丽，他对指导员抗议说，阿丽把猪们吓得饭量都小了，你再不管管阿丽，你们以后吃到的猪，就没耳朵和尾巴啦。后来，到了下午，阿丽就不再出现在猪群旁边了。

王小军他们发现，指导员经常外出，他外出时，阿丽就拴在他办公的院子里，那个院子自从三个连队被调走后，一直空落落的，只有指导员自己在那里办公。院子里有根锈迹斑斑的旗杆，阿丽就拴在旗杆下，旗杆周围长满了艾蒿和扫帚菜，密密麻麻的，像要把阿丽隐藏起来一样。

阿丽上午赶完了猪，回到院子里，吃过早饭，就被拴在旗杆下了，因为到了傍晚，饲养员一学阿丽的叫声，猪们都乖乖地自己回猪圈了。半个月后，阿丽的工作量一下子小多了。更多时候，阿丽就被栓起来，王小军经常听到阿丽因为孤独无聊发出的低低的呜呜声。

4

　　第一次把阿丽带到野地里玩，王小军他们费了很大劲。

　　瞅准了指导员不在，几个人摸到了院墙边，隔着院墙，都可以听到阿丽喘粗气的声音。阿丽也许是听到隔墙的脚步声，也许是闻到了王小军他们身上汗腥味，突然汪汪吼叫起来，王小军赶紧低声呼唤阿丽的名字，阿丽，阿丽，别叫，是我们。我们带你出去玩啊，好吗？阿丽叫了几声就不叫了，鼻孔里发出呜呜的声音。王小军把眼睛贴到砖缝，看到阿丽正冲着自己的方向瞪眼张望。这堵墙原来有个月亮门，不知谁用一些破砖头堵住了，缝隙很大。王小军就命令侯三和德子把砖头拆下一些。他则继续和阿丽说话。

　　十几块砖很快被拆下，墙上出来一个大洞，王小军迟疑着，他想钻过去，但是阿丽黝黑潮湿的大嘴怪吓人的，他回身对侯三说，去，你先钻过去，把阿丽牵出来。侯三连忙低下头，王小军高声道，你敢不去！他冲德子一使眼色，俩人一把薅住侯三的肩膀，压住侯三的脑袋，把侯三塞进墙洞。侯三的身子从墙洞一消失，阿丽就开始怒吼起来，吓得王小军和德子直缩脖子，王小军的眼睛都闭上了。墙那边，侯三带着哭腔凄惨地求救，救命啊，救命啊。

　　王小军睁开眼，脑袋伸进墙洞，只见侯三已经躺在地上，阿丽高高跃起，砸向侯三，就在阿丽快咬到侯三时，铁链把阿丽拽住了。铁链哗哗响，旗杆都在晃悠。王小军突然想起来，他兜里还有半个馒头呢。他赶紧把馒头掏出来，扔给了阿丽。阿丽看到滚动的馒头，不叫了，站在那里犹豫着，侯三趁机爬到远处，眼泪汪汪看着王小军。王小军一咬牙，也钻了过去。砖头的棱角把他的胳膊腿都硌疼了。

　　阿丽看到王小军，竟然把大尾巴扫动了几次，脑袋也低下了。王小军壮壮胆，喊，阿丽，是我，我叫王小军，初二一班的。德子也爬了进来，侯三这才不惊慌了。王小军凑到馒头附近，拾起馒头，掰下一块，投给阿丽。阿丽把馒头接在嘴里，嚼了几口，吞了下去。王小军心头一阵欣喜，继续掰馒头扔，阿丽一块块都接住吃下了。王小军觉得时机成熟了，他一点点凑过去，终于，他把手放在了阿丽硕大的脑袋上，轻轻抚摸阿丽。阿丽竟然接受了王小军这示好的举动。

　　阿丽，咱们出去玩吧，这里多憋闷啊，王小军哄着阿丽说。德子和侯三见王小军都摸到了阿丽，他俩也凑了上来，阿丽没有对他俩伸出的手显出敌意，任由三个孩子抚摸它粗硬的皮毛。王小军解下铁链，把阿丽牵到墙洞跟前，阿丽纵身一跃，消失在墙洞上。

　　那天的阳光温柔甜蜜，野地里芦苇稀稀落落开满了小黄花，黄花微小低矮，像一群小虫子匍匐飞行。阿丽在野地里狂奔，撒欢，撞歪了芦苇，压倒了黄花，王小军他们追着阿丽，哈哈大笑。疯玩了一会儿，有几个孩子也加入了王小军他们，一起追逐阿丽，远远看去，阿丽像拖了一个长长的大尾巴在跑，王小军他们就是阿丽的大尾巴。把阿丽送回去后，王小军他们认真地把月亮门的砖头堵好，他觉得这样肯定就万无一失了。

　　一连带着阿丽玩了几天，谭家港的孩子们几乎都闻讯赶来，他们围着阿丽，把家里的好吃的偷出来喂阿丽，阿丽一下子过上了衣食无忧自由自在的快活生活，放猪的事它也忽略了，又有猪钻进菜园啃青菜了。

　　五天后，指导员回来了。那天下午，王小军把阿丽从月亮门上的洞口塞进院子里，准备也钻进去把阿丽拴好，他听到指导员在墙那边愤怒地高喊："阿——丽——！"

　　透过砖墙的缝隙，王小军看到指导员走出屋门站在办公室门口，他再次高喊一声"阿丽"。阿丽跑了过去，顺从地把前腿搭在指导员双肩上，眨巴着带着幸福光泽的大眼睛，似乎在跟指导员撒娇。指导员的表情开始是微笑的,但他突然变了脸,怒目圆睁,迅速抄起晒在窗台上的胶鞋,对着阿丽的脸狠命抽了下去。阿丽吃了疼,嗷一声,松开前腿,跑到远处,转过身呆呆地望着指导员。王小军急坏了,他屏住呼吸,期盼指导员不要再打阿丽。指导员又喊了一声"阿丽",阿丽低着头,跑近指导员,再次把前腿搭在指导员肩上。指导员手里的胶鞋更加有力地抽在阿丽脸上。阿丽发出了痛苦的闷叫,这次它没有收回前腿,只是闭上了双眼,任由指导员抽打。指导员又打了两下,王小军看到阿丽在流眼泪,但是它的前腿还在指导员肩头。王小军刚要高喊"阿丽,快逃啊",指导员突然扔掉了鞋子,一把将阿丽搂住,伸出手抚摸,显得十分心疼。阿丽喉咙里发出呜呜的哽咽声,指导员说,阿丽,你是军犬,你咋能随便吃别人给的食物,你咋能让别人领走你呢?你真被他们打傻了吗?

　　王小军听得懂指导员的话,他很自责,是他连累了阿丽挨打,是他喂的猪骨头,是他带阿丽出去的,可是他们绝对没打过阿丽啊,指导员为什么说阿丽被"他们"打傻了呢。

　　阿丽被打的当晚,王小军心里装满了心事。他问在厂保卫科工作的爸爸阿丽的故事。爸爸有点不耐烦,只简单说,阿丽本来立过不少战功,它抓住过好几个逃犯。有一次,阿丽潜伏了三天,把逃犯从破砖窑里抓了出来。回来后的第四个月,阿丽竟然生了一窝小狗。军犬是绝不可以和农村的柴狗生孩子的,阿丽严重违犯了部队纪律,被暴打过一次,被打得有点傻了,就被淘汰到了谭家港。爸爸又说,你打听阿丽干啥,写作文用?你都快上初三了,还整天招猫逗狗的,还不如和邢大爷学搬罾呢。

　　既然阿丽被开除出军犬队伍,那它就不是军犬了,它就可以自由生孩子了。王小军推理着。王小军思来想去,他对配狗确实外行,这事还得求人,最后他拿定了主意,他得求助大锁哥哥家的公狗,让阿丽冒险再生几只小狗,到时候让爸爸向指导员求情,饶过阿丽,在阿丽生的孩子当中,他只要其中一只,从此再也不带阿丽出去玩，毕竟阿丽不是属于自己的。

5

很快就传来了指导员要回老家结婚的消息。

爸爸说，指导员正揣摸人呢，不知道把阿丽交给谁照顾好，其他几个小战士对阿丽有点怕。

王小军举手，毛遂自荐，他抱住爸爸的腿，撒着娇说，我向爸爸保证，一定好好学习，只要能把照顾阿丽的任务给我。

爸爸想了想，点头答应了。

指导员似乎有点犹豫，可实在找不到更合适的人选，将信将疑地把阿丽托付给了王小军，回家成亲去了。

现在王小军再也不用钻墙洞与阿丽会面了。

早晨赶完了猪，王小军就带着阿丽去邢大爷家，在他家的垃圾堆里找肉骨头鱼骨头，他和邢大爷说好了，再吃排骨，把骨头给阿丽留着。

王小军和德子发现，工厂有几个废弃的车间，里面有很多野猫，谭家港人晒在屋檐下的咸鱼，好多都被野猫偷吃了。他们俩商量，要把阿丽训练成猎狗，先从抓野猫开始，等到冬天，就可以去雪地里抓野兔了。

也是从那天决定抓野猫开始，王小军德子他们的口令终于被阿丽理解了。他们牵着阿丽踩过破砖头，钻进空荡荡的车间，在一个破柜子后面发现好几只野猫，野猫们看见了阿丽和王小军他们，面面相觑，眼神凄惶，紧缩着四肢，低声嗷嗷叫着，好像决心拼死反抗。王小军下令，阿丽，上！阿丽冲向野猫，野猫们四散奔逃，那情景就像谁向一堆烟灰猛吹了一口气一样。阿丽扑了个空，不知追哪只猫好，王小军抬手指一只灰色的大猫，阿丽会意，奔着灰猫跑去。没追十几米，灰猫就被阿丽咬翻在地。灰猫躺在地上，伸着前腿，惊恐地挥舞，龇着牙齿，低声哀鸣。王小军赶了过来，见此情景，他们得到了胜利者的兴奋，期待阿丽的杀戮，在一旁鼓励着阿丽，阿丽，咬死它！阿丽往后躲了一步，回头看看王小军他们，灰猫趁机一翻身，钻进了砖缝。

追野猫的游戏太好玩了，王小军他们一连玩了四五天，阿丽一共咬死了三只野猫。王小军印象最深的是，它把一只野猫追得无处可逃，爬上了电线杆，王小军他们就捡起石头子，纷纷向野猫扔去，把那只猫砸了下来，被阿丽一口咬住了喉咙，甩了几下，小猫身体就软塌塌了。被杀死的野猫尸体就扔在路边，邢大爷路过时捡走了，他说野猫很好吃。他盯住王小军，说以后再有死猫，给他送去，有空酒瓶作奖赏。

关于阿丽交配的事，大锁帮了大忙。大锁不知从哪里带来了一只大公狗。大锁说，母狗不发情，配多少次也白搭，母狗发情时，一配一个准儿。

好几个夜晚，大锁和王小军他们把大公狗与阿丽关在了一起，他们躲在一旁观看。配狗的场景把王小军看得脸红红的，呼吸急促，裤裆里的小鸡鸡硬硬地挺了起来，他伸手迅速摸了一把侯三的裤裆，也觉得有点硌手。

6

九月份时，指导员回来了，人胖了一圈，身子跟吹了气一样。

不知道是谁将阿丽这一个月的表现，尤其是抓野猫，发春情与公狗交媾的事汇报给了他。

指导员愤怒无比，他在校门口找到王小军，拉到僻静处，怒斥王小军糟蹋了一只军犬。我不是告诉过你，军犬绝不可以和破柴狗交配的吗？

王小军不假思索咕哝了一句，你这个军人不也回老家和农村媳妇结婚去了吗？阿丽是母狗，有权利当妈妈生孩子。这句话让王小军很佩服自己，这句话太精彩了，他自己都没料到能从自己嘴里说出这么一针见血的话。

以后不许你碰阿丽了！指导员被王小军的话噎了，呼哧几口粗气，恶狠狠地说。

王小军马上换成一副讨好的表情，说，首长，阿丽生了小狗，你送我一只行吗，我有了小狗，再也不找阿丽玩了。

你休想，指导员咆哮着喊。

阿丽被暴打那天，德子喊孩子们都去围观了。见孩子们围满了院子，一脸严肃神情的指导员一声高喊：

阿丽，滚过来！

指导员一只胳膊低垂，他手里攥着一根绳子。阿丽迟疑不决，站在原地张望。王小军突然想起来什么，高声呐喊："阿丽快跑！阿丽，快逃跑啊！"

指导员瞪了王小军一眼，王小军觉得指导员的目光比任何武器都凶，他不由得低下了头。心里不停默念：阿丽，快跑吧，他们要打死你的。

指导员再次呼唤阿丽，阿丽呜呜呜呜叫着，它似乎也预感到情况有些严重，哆嗦着，犹豫着，却还是跑到了指导员脚边。

指导员展开绳子套，手一抖，绳套准确地落在阿丽脖子上。

阿丽来不及挣扎，指导员迅速离开阿丽，绳子被拉直，绳子的另一头，拴在了院子里的旗杆上。

阿丽像一面没展开的旗帜，被升到了旗杆上。

几个战士举着棍棒冲过来，对着阿丽悬空的身体，一顿乱棍。

阿丽嗷嗷地叫着，声音大得吓人。

王小军高喊，不许打阿丽！住手！

阿丽突然在空中剧烈地摇晃身体，它嗓子里发出扭曲的嘶吼，声音里有说不出的愤怒。

不知道是打累了，还是被阿丽的吼声吓唬住了，几个战士停了手，绳套一松，阿丽被放到地上。

阿丽静静地躺着。

王小军那个焦急，想哭，哭不出来，想喊，也喊不出来。难道阿丽死了？阿丽，你不能死啊！

装死吗，再打！

指导员喊。

喊声刚落地，阿丽忽然翻起身来，汪汪汪，对着打它的人一阵狂吠，不等众人反应过来，它突然发力，猛然挣脱了绳索，身子高高地腾跃而起，像一道闪电一样冲出院子。

从此，阿丽就消失了。

王小军每天下午放学后都要去寻找阿丽，他去了野猫藏身处，菜园，猪圈附近，终于在距离猪圈不远的一个苫盖大盐坨的破苇席下找到了阿丽。阿丽全身粘满了芦苇的碎屑，毛色枯黄，瘦得大胯骨都要戳破皮毛钻出身体似的。王小军湿着眼睛，柔声喊着阿丽的名字，把书包里的干馒头掰碎了给阿丽吃。阿丽狼吞虎咽地吃着，不时用头蹭着王小军，半个馒头吃下去，阿丽继续眼巴巴瞅着王小军，王小军知道，阿丽根本没吃饱。

他从带阿丽出去玩，到给阿丽成亲，每件事都被泄密了，王小军决定，阿丽在苇箔下隐身的事，谁也不能告诉，那个德子很像奸细。但是阿丽饭量很大，只是他每天从家里偷出来的半个馒头，根本喂不饱阿丽的，没有别的小伙伴帮助，咋办呢。

走投无路的王小军决定铤而走险，夜晚带着阿丽去找吃的。

夜色渐浓时，谭家港的住户们都回到了居住区，很少到厂区这边来，王小军先是带着阿丽去了食堂，他扒开一扇窗户钻了进去，黑暗中摸索了很久，终于摸到了盖着棉被的大笸箩，从笸箩里摸出几个馒头，揣在怀里。但几天后，食堂的窗户就被钉死了。无奈，王小军把阿丽带到了邢大爷家，他趁邢大爷喝醉后熟睡了，让阿丽进去大吃大喝一顿。邢大爷住的是里外间的平房，外间就是厨房，满地酒瓶子油瓶子醋瓶子，他几乎从不插门睡觉。可是，慌乱中，阿丽的大尾巴把邢大爷几瓶蛇酒都撞倒碎在地上了，阿丽逃出来后，里屋就传来了邢大爷操着河北口音的骂街声。好在邢大爷独门独院住，没有邻居，王小军和阿丽才顺利逃走。

实在没办法了，王小军就试着用邢大爷的搬罾搬鱼给阿丽吃，没几次，就把搬罾的竹竿鼓捣断了。邢大爷和食堂的人都去找指导员告状，指导员咬牙切齿痛骂阿丽，说找到阿丽一定把它枪毙。

阿丽的肚子越来越大了，王小军暗中喂养阿丽的事儿也越来越遮不住了。先是爸爸横眉立目地审问他。王小军同学，你最近饭量不小啊，家里的和厂食堂的馒头是不是你偷拿了喂狗的？小军，你知道偷拿食堂的馒头可以把你开除学籍，送进厂保卫科办学习班吗？

王小军开始心惊肉跳了，他深知被办学习班多么可怕。前年一对据说关系不正当的男女被办了学习班，俩人受不了了，把胳膊和腿捆在一起，走进了盐沟，死后，家属都不来领骨灰盒，骨灰盒就埋在了通往盐滩的大埝上。王小军连续两天都不敢去那个盐坨了，他怕人们尾随着他找到阿丽，他越来越担心阿丽的安危。但是，这天晚上，食堂的玻璃被撞碎，十几个馒头半锅肉皮冻什么的被吃了一半，转天晚上，邢大爷家也被不速之客袭击，还是破窗而入，吃了邢大爷家的半锅肉。——德子一五一十在课间休息时向他汇报了。

谁都能猜到这是饥饿的阿丽干的坏事。厂保卫科向邢大爷和食堂管理员表态，一定要尽快除掉坏分子阿丽。晚上爸爸回来又责骂了王小军，你看你王小军，就一个月啊，你就把一只立过战功的军犬教成了坏蛋，你可真能啊。

这个周末，厂生活区继续放露天电影。电影开始放映，放映机投在幕布上的光亮让四周不那么漆黑，在人群边上的王小军偶然一转眼，竟然看到了一个熟悉的身影，那是阿丽，它的身影就在远处的堤埝上。

他低低地喊了一声阿丽，站起身就往阿丽的方向跑。阿丽也看见王小军了，也冲王小军扑了过来。阿丽冲到看电影的人群边上时，几个妇女看到了这只狼狈的大狗，她们见鬼一样发出几声惨叫，有个女的干脆晕倒了，现场一片混乱。王小军趁着混乱赶紧把阿丽引走了。

7

要求学校严惩王小军的呼声越来越高了。大家把最近发生的一切不幸的事情都归罪在阿丽身上：野猫偷咸鱼，小鸡雏被黄鼠狼叼走，捡破烂的偷拿了炉钩子……都是阿丽干的，与野猫、黄鼠狼、捡破烂的无关。而阿丽是王小军带坏的，所以必须严惩王小军！

班主任找王小军谈话，让他主动坦白，交待出阿丽藏身之所，以此向学校向谭家港表明他痛改前非的真诚态度。不然，学校就停他所有的课程，直至毕业。迫于压力，指导员也来到学校道歉，为他没教育好阿丽而道歉。他与班主任一起做王小军的思想工作。说王小军如果把阿丽引到靶垱，学校就不给他处分，允许他初中毕业。王小军死活不答应。

就在王小军被通知停止到校上学的第三天清晨，阿丽竟然主动来到了指导员的办公室门口。阿丽一脸疲惫，它一声不吭地蹲在门口，直到指导员走出门，抬腿时撞到了阿丽。指导员吓了一跳，以为阿丽是来报复他的，可阿丽一动不动，一脸平静地看着指导员。指导员低声喊来两个战士，下令把阿丽捆绑起来，扔在一辆排子车上，这个过程阿丽很顺从地配合了。战士推着阿丽，从厂区一直走到生活区，一边走一边像卖冰棍的大娘一样吆喝，罪犯阿丽投案自首啦，军犬阿丽投案自首啦。

当天中午，指导员与保卫科商量，对无视军犬纪律原则，犯下严重作风问题和道德问题的阿丽处以极刑，立即执行。由物质损失最大的食堂大师傅们执行阿丽的死刑。

下午两点多，阿丽被吊在食堂门口的一棵大树上，两个食堂大师傅举着大木棍子。指导员一声令下，执行！棍棒抡起来，结结实实落在了阿丽的身上。阿丽痛苦地哀鸣着，围观的人们看到了阿丽痛苦的泪水，他们开始还用幸灾乐祸的表情看阿丽被打死，后来他们都心情沉重地走开了。两个大师傅在阿丽被打死后，开始把阿丽倒挂着，用刮胡子刀片给阿丽剥皮。他们手法很熟练，很快，完整的狗皮被慢慢扯了下来，阿丽露出了红嫩的身体。

开膛破肚后，阿丽的身体被大砍刀剁成了碎块，洗净血水的肉块又被扔进了露天支起来的一口大铁锅里。柴火点燃了，巨大的火苗大舌头一样舔舐着锅底，像要急着把锅里的阿丽吞咽下去。两个大师傅耐心细致地往锅里加作料，花椒、大料、辣椒、葱姜蒜、黄酒、酱油。阿丽化成了一阵阵的肉香，在铁锅上空飞升。

阿丽那张巨大的狗皮被食堂管理员钉在食堂侧面的墙上，说是晒干后，可以做防寒的狗皮褥子。那狗皮展开后，真是大，占了多半面墙，狗皮的样子，就像一只巨大的壁虎，壁虎爬墙爬累了，就静静地趴在墙上，纹丝不动地歇息。

王小军得到阿丽受刑的消息后，他没到现场去看，而是跑向了阿丽藏身的盐垛。撩开苇席，他看到了一团粉嘟嘟的肉正在蠕动，是四只小狗。他把小狗们裹在自己的衣裳里，抱着它们回家。他在鸡窝边为小狗们准备了一个小狗窝，铺上了破棉花，那里本来是小黑子的住所，接管阿丽后，王小军就把小黑子送给了德子。

他给四只小狗分别起了名字：大锁，德子，侯三，王小军。

说来似乎有点诡异，那两个打死阿丽的大师傅，几天后都出事了，一个人在切菜时切掉了一根手指，一个人在剁肉馅时菜刀掉落，深深地插进了脚背。让他俩受伤的刀，都曾经砍剁过阿丽。那晚吃了阿丽肉的人们也都害怕了，食堂管理员也公开说他不要阿丽的狗皮了，而且他们谁也不敢再惹王小军了。

王小军到食堂来了，他踮起脚尖揭那张贴在墙上的皮。阿丽的快要风干的狗皮，趴在墙上像一只大壁虎紧紧吸附在那里。狗皮与墙皮粘连得很结实，王小军用大力气撕扯才把阿丽的皮揪下。皮扯下来后，墙壁上留下了一个痕迹，那是阿丽的血迹沁入墙壁的痕迹，现在这痕迹更加像一只壁虎了，来买饭的人都喜欢停住脚步，歪着头打量一会儿，互相感叹着，说真像一只壁虎哇。可世上真有这么大的壁虎吗？肯定没有。这个痕迹保留了很多年，直到1976年唐山大地震把食堂震坍，那只巨型壁虎才随着墙体的碎裂化作废墟。

回到家，王小军抖开狗皮，抱在鼻子下闻了闻，又在脸蛋上蹭了蹭，叠成四叠，给小狗们铺在了狗窝里，狗皮很大，铺进去就像一朵巨大的花儿伸展开了美丽柔软的花瓣拥抱住了狗窝，狗窝除了窝顶，到处都是阿丽蓬松绵软的狗皮。

王小军很满意自己对小狗窝的布置，他柔声细语地对喝了几天牛奶和米汤的小狗们说，嘿，你们四个听着，这下好了，你们的妈妈来了，有它陪着你们，以后，这窝里就暖和多啦。

少年的大雪

王小军喜欢雪。

下小雪让他欢喜。站在地上扬起头看天,看着细碎柔软的雪片在空中慢悠悠地落,落得那么漫不经心,却又那么深情。落在脸上手上脖子里,冰冰的凉凉的,细碎的冰凉贴着肌肤一点点往里渗。看雪,感受雪,王小军的心里就一点点滋长起快乐来。雪下几天,王小军的快乐就能持续几天。

而下大雪的日子对他来说就像是过节一般喜庆。

想想吧,如果一个漫长的冬天不下一两场像样的雪,那将会怎样枯燥乏味呢,简直像妈妈做了一锅奶白的鱼汤,却没有放盐一样寡味。

好在盐滩生活从不缺盐,王小军少年时代的冬天,也总是大雪纷飞。漫天雪花就是老天爷送他的纷纷扬扬的小礼物,这些来到人间很快就消融殒命的精灵,即使死亡后融化为脏水,也不影响王小军下雪天里亢奋的心情。

如果碰巧在雪天生个小病,特别是发个低烧闹个肚子,那样他就算整整一天不去学校不写作业,爸爸妈妈也不会责怪他。下大雪的日子,更是不同寻常,学校有时会突然宣布停课半天,这让全校师生惊喜。下大雪时,王小军躺在暖和得偶尔蹿出他脚臭味儿的被窝里,看着雪花在窗外飞,像飞蛾扑火,一片片一朵朵前赴后继撞击在玻璃上，瞬间没了踪影。雪花凌乱地狂舞，舞得王小军有时候会觉得天旋地转的，那一刻，他觉得他家的房屋正在雪世界里急速飞翔。那种感觉，就像来到了童话世界，童话世界里神奇的事情会随时发生。他会幻想从雪山一样的盐坨里钻出一个老神仙，老神仙冲他脑门哈一口仙气，他就变灵了，从此不费吹灰之力，门门功课都是一百分了。

每次发烧，妈妈还会向单位请假，专门陪着他，不时摸摸他的脑门，给他掖掖被角，然后妈妈出去一会儿，听到门再次响起时，一身寒气的妈妈会拿出一瓶冰凉的红果罐头，放在床边的板柜上。透过玻璃瓶子能看到浸泡在红色汁液里的红果，肥嘟嘟圆溜溜的，一个挤着一个，是那么诱人，还没吃进嘴里，王小军就觉得满嘴酸甜。

妈妈用全家唯一的一把小金属勺子往他嘴里喂红果罐头，罐头的汤汁酸酸的又甜甜的，每吃一口，就有一股清凉直透肺腑，入口时带来的味道享受，让他再也不怕发烧时场医院女大夫往屁股上戳的针头。他的病一般也很容易好，一针就见效，躺一天，出一身透汗，把湿漉漉的内衣扒下来，他就跟破茧成蝶了一样，转天轻松爬下床，顺着驳盐沟，高高兴兴又跑向长芦盐场五分场子弟小学了。

还有，爸爸说过，积雪很厚的盐碱荒滩，会很容易抓到野兔子。野兔子很好吃，可除了秃老三他爸爸能用猎枪打到，别人根本抓不到美味的野兔。王小军的爸爸每年过年时都用好几串咸鱼干儿找秃老三的爸爸换两只野兔，挂在屋檐下给兔子剥皮，满满地炖上一锅，让王小军放开了美美吃一顿，把攒了一年的馋劲儿解解。有一次，醉醺醺的爸爸告诉正在嘬舔野兔大腿骨头的王小军说，小军啊，都没肉了，还唆个啥啊，等冬天下大雪时，野兔子窝里没啥吃的了，它饿急眼了，就钻出洞，在雪里乱刨，这时候堵住它回家的路，就能逮到它啦，你要是逮到了野兔，咱们不等过年也炖它一锅啦。

王小军用力答应着。爸爸拍拍脑门，突然想起什么似的继续说，对了，傻小子，下雪天大汪子边上能捡到冻鱼，知道吗，鱼也怕冷，它们也会冻僵了，大汪子最不容易冻冰了，你抓到野兔子，再捡几条冻鱼回来，爸爸就给你炖野兔吃。

你别教孩子这些，你咋自己不去抓兔子捡冻鱼？妈妈在一旁抗议着酒醉的爸爸。

爸爸咧嘴笑了，我家小军已经是大孩子啦，我像他这么大，都可以打旋网了。

野兔子、冻鱼与红果罐头的诱惑，足以让王小军期待每年的大雪了。

遗憾的事情也有，那就是他每次病愈后进教室，他总有与同学们分别很久的陌生感，他渴望大家都和他打招呼，询问他昨天去了哪里，咋没来上学，是不是病了，好利索了没有。可是，每次没有一个老师同学注意到他曾经一天没来上课。最无法容忍的是他同桌田小花，竟然对他的缺课不闻不问，虽然她学习远远比不上王小军，而且还长得小黄豆眼儿，毫无美感的八字眉，偶尔鼻子眼里会钻出一条青黄色的大鼻涕虫，虫子快爬到她嘴里时，她会用力一吸，把这条虫子重新藏进鼻孔里。就这样学习也不好，长相难看的同桌，也对王小军发烧的事不闻不问，王小军怎能不沮丧万分呢。

三年级的冬天来临时，终于有一个人第一次在王小军小病初愈后问了一句："王小军同学，昨天旷课了？捡冻鱼去了还是抓野兔去了？"问这话的人就是王小军的算术老师，虽然老师说完这句话，全班同学哄堂大笑，有的男生甚至笑得直拍桌子，但这句话对于王小军来说，比吃了一箱子红果罐头还美味，他觉得老师都注意到他了，也记住了他叫王小军，虽然是某个同学把他吹嘘说可以在雪天抓野兔捡冻鱼的事向老师打了小报告，王小军也顾不上在意了，因为听老师亲切的语气，充分说明他王小军终于成了老师喜欢的孩子，他激动万分，他很想马上告诉算术老师，他也一样喜欢她，她是他心目中最美丽的老师！他一定不辜负老师的关心，好好学习算术，争取好成绩。

算术老师说这句被王小军认为饱含体贴关爱的话时，初冬的天空已经阴了两天了，太阳月亮星星统统都消失了。王小军觉得，一场空前规模的大雪就要来到百里盐滩了。那时候，怎么也不肯冻冰的驳盐沟也会冻伤吧，白雪就像厚厚的纱布，给驳盐沟和漫长的堤埝包扎伤口。

王小军知道，下雪了，就真的可以去盐沟和大汪子的堤埝上抓野兔子捡冻鱼，如果这个冬天运气好，又抓到了野兔子又捡到了冻鱼，他一定要先送给可爱的算术老师，他知道算术老师就住在学校西边的那排平房里，周末才会骑着自行车返回城里；等第二次再抓到兔子捡到冻鱼，再让爸爸做熟了吃吧。

王小军的算术老师是个梳着大辫子的美丽姑娘，她的脸就像一个大花园，开满了各种花朵一样好看的笑容，她在王小军上三年级时，突然由校长陪着出现在盐场子弟小学三年级的讲台上。

李梅的爸爸，也就是子弟小学的校长，笑吟吟地向大气也不敢出的同学们介绍说，同学们，这学期开始，刘娟老师教大家的算术课，大家热烈欢迎！

校长说完，让开讲台的位置，刘娟老师激动地与校长紧紧握手，然后站在了讲台中央，向同学们深深鞠了一躬。王小军一眼就发现，刘娟老师的辫子好长啊，都超过老师白衬衣的衣襟了。她这一鞠躬，辫子碰到了地面。教室里突然想起了掌声，王小军也激动地起劲鼓掌，他很快找到了带头鼓掌的同学，那是坐在教室第一排的李梅。

第一节课老师讲了什么，王小军都忘了，只记得自己第一次坐得笔直，同学们都抢着举手回答问题，他也举了手，可是他的手被淹没在同学们高高举起的手臂丛中了。

一下课，好多男生女生都围拢在刘老师周围，一张张笑脸像向日葵一样仰视老师，李梅在刘老师前面努力地挡着想靠近的同学，那神气就像又想显摆自家宝贝，又怕宝贝被眼馋的人们摸脏了碰坏了一样。围在刘老师周围的基本都是盐场干部子女，他们的衣着总是鲜艳好看。站在外围的、躲在远处的盐工的孩子们很容易辨认，他们裤子上的补丁就是标志，他们的膝盖上屁股上，总是粘贴了两片巴掌大的不同颜色的布片，让王小军想象，他们似乎刚被大人罚跪到膝盖通红，或者刚被大人打得屁股青肿。

老师一个个地摸着身边同学的小脑瓜，被摸到的同学笑着跑开了。王小军和秃老三躲在一边，脸红红地看着衣着整洁的那些同学，就是鼓不起勇气凑过去。

王小军和男同学们一样，他们判断一个男老师好坏，就看这个男老师对漂亮的女同学黏糊不黏糊。他们的男体育老师，从来只对女生笑，对男生都是横眉立目的。如今来了冲男女生都微笑的美丽的算术老师，王小军他们这些男生都开心了，就算算术老师再黏糊他们，他们也会乐意。

期中考试后，刘老师宣布，明天开始她要给班里成绩不好的同学补课，时间就安排在每天晚上七点，老师宣读补课同学名单时，王小军的心一直悬着，他的名字直到最后也没被老师念出来，王小军很失落，他的同桌田小花竟然排在了补课名单的第一个，这让王小军有点气不过。因为被老师点名补课的同学都兴高采烈，特别是秃老三，跟大年三十儿早晨换上了新衣裳走出家门看见了第一个小伙伴一样喜气洋洋。王小军很后悔为什么算术试卷考了九十八分，早知道老师给差生补课，他不会考那么多分的啊。

冬天的夜晚总是早早来临，令王小军措手不及，他催着妈妈赶紧把晚饭端上饭桌，忍着嘴烫把热稀饭很快喝下去，王小军跑出家门来到马路上，他看到紧靠学校西边院墙的教室已经亮起了灯，他心情就像饥饿的乞丐赶不上舍粥活动一样焦急，赶紧回家背书包，直奔秃老三家，加入补课班的借口早就想好了，他就说他想多帮秃老三补习算术，争取让他早点加入红小兵。其实他根本不希望秃老三加入红小兵，那样他这个红小兵就没啥优势了。这只是他渴望被老师允许补课的借口。秃老三很不情愿地背起书包，王小军像押犯人一样，把秃老三带到教室门口。他俩经过学校大门时，看门的老大爷气哼哼地说："大晚上的，补鸡巴啥课啊，一帮小兔崽子，咋补也成不了人。"气得王小军很想学着秃老三家的大黑狗冲他喊几声："汪汪汪！"

王小军随着秃老三走进教室时，果然被站在门口的刘老师拦住了："哎，你咋来了，王小军，你不用补课，快家去！"

王小军涨红着脸，支支吾吾说了编好的理由，刘老师拍拍他脑门说："行啊，那就补一次吧，明天你就别来了。去，坐后面吧。"王小军委屈得眼泪都要转出眼眶了，他点点头，低头走向教室后面，他不明白，怎么到了晚上，学习差的孩子都成了老师的宠儿，他却被遗弃了呢。他故意坐到了最后一排，后面的灯管坏了一只，光线昏暗，他盼着老师发现这个问题，喊他坐到前面的亮处去，可是刘老师一直坐在讲台后面写着什么，根本不抬头，也不讲课。王小军有点恍然大悟，原来补课就是让差生们集中起来写作业啊。

过了好久，刘老师喊他名字："王小军，过来一下，给你同桌田小花看看作业。"给同桌看作业这件差事让王小军十分厌烦。但是，能在无所事事的夜晚重返灯火通明的学校，走进空了好多位置的教室，与可爱的老师在一起学习，王小军还是觉得很知足，这种满足感还是压倒了厌烦情绪。特别是他看到李梅在给秃老三辅导作业时，他也认真起来了。

第二天晚上，王小军成了秃老三的跟屁虫，他眼巴巴看着秃老三走进了亮堂堂的教室，他只能站在教室外面的黑夜里隔着玻璃观看教室里的情景。转悠了一会儿，刘老师也没喊他进教室，他也觉得没趣，就背着书包扭头往家走。他没走学校大门，他翻过墙头，踩着干枯的芦苇，抄小路回家了。穿过芦苇丛时，他听到一阵沙沙响，吓了他一跳，沙沙声很快消失在远处。王小军努力四望，一片漆黑，什么都看不到，会不会是野兔子啊。他寻思着。为了给自己壮胆，他唱起了刘老师教的一首歌："吹起小喇叭，嗒嘀嗒嘀嗒，打起小铜鼓，不怕年纪小，只怕不抵抗……"

第三天晚上他没去学校，他站在盐工宿舍边上的那条马路上，像一条被抛弃的狗眼巴巴看着主人家门口一样，遥望亮着灯光的教室，心中羡慕那些教室里的同学，怅然若失。从那一晚开始，他对下场大雪的渴望越发强烈了。

一周后，全场区的人几乎都知道了年轻美丽的刘娟老师给孩子们义务补课的事，那十几个补课的孩子的家长，也不知谁提议，都争先恐后把从盐沟里打来的梭鱼鲈板鱼往学校送，刘老师说啥也不收，最后还是校长出面，替刘老师收下了。学校在操场上开大会，热烈表扬了三年级（一个年级就一个班）学生。三年级的孩子们突然开始热爱学习了。

一场大雪终于被王小军盼来了。

大雪降落时已经快期末考试了，雪花是在王小军不留神时飘落的，正在上课的孩子们中有个眼尖的，突然低声喊了一嗓子："呀，下雪了！"王小军怦然心动，他真的看到玻璃窗外，雪花棉絮一样又大又白，密密麻麻地从一块块玻璃上飘落，课间时，王小军冲出教室，眯着眼睛站在雪地里，仰着笑脸，很享受地让雪花凉丝丝地融化在他脸颊或者钻进他的鼻孔，一会儿，他的头发上眉毛上都挂满了雪花。别的同学也在一片雪白的校园里追逐狂奔，留下很快就被覆盖的足印。再上课时，王小军把玻璃窗当成了露天电影的幕布，雪花就是播放的内容，至于老师讲了什么新课，他根本听不进去。他在倾听雪花落地的声音，想象盐坨、盐沟、大汪子此时被大雪层层覆盖的情景，那些鱼快被冻僵了吧，野兔子们也正躲在洞穴里，焦急绝望地看着积雪藏住了它们觅食的路线吧。王小军突然不想发烧了，这个大雪天，他一定要抓野兔捡冻鱼，把兔子和鱼都送给刘老师。

第二个课间休息，王小军冲出教室时，积雪已经没了脚面，而从天而降的雪花仍然紧实繁密。王小军仰望天空时，根本无法睁大眼睛。到了中午放学时，大雪纷纷扬扬，强势不减，王小军他们终于盼来了下午临时停课的通知，老师宣布完毕，孩子们出笼野兽一样在雪地里很快消失了。

这是一场耐心十足的大雪，大雪足足下了五天，到了后两天，雪花稀疏时，积雪就有一米来厚了，盐工宿舍的人们把自己门口积雪铲除，开出一条通道，这通道像战壕一样。堆积在战壕两边的积雪快一人高了。

道路一直没有疏通，刘娟老师周末无法返回城里。王小军他们也停了课。雪天像把时间冻住了，分不清了早晨还是中午傍晚，总之就是灰蒙蒙的天，以及纷乱如麻的雪花和深不可测的积雪。沟渠洼地也被大雪填平了，成了害人不浅的陷阱，小孩子一不小心就掉进雪洞，爬出来时，很像过年时油炸之前裹了面粉的鱼。平日里身子在风中瑟瑟舞动的干枯芦苇杆，也被积雪扼住了喉咙一般，只能拼命露出一点点苇梢，而且再无摇动的自由。

天一放晴，中午吃完饭，王小军就喊着秃老三，提着木棍去野地里寻找野兔。顺着已经被清扫干净的通往盐化厂的柏油路一直向南，是一片碱蓬芦苇丛生的野地，那里零星地有几座坟头，大人们说，五十年代河北省劳改二队的犯人在这里开滩时，几个因病去世的劳改犯埋在了那里，一直没有迁走。平时王小军他们都不敢单独来这里玩。大雪过后，碱蓬与芦苇都被埋没了，积雪在阳光下晶莹刺眼，时不时地有阵风吹起一阵雪舞，钻进他俩的脖领里。好在这里没有深沟，不至于一脚踩空，但他俩还是用手里的木棍试探着雪下路的软硬，不敢轻易迈步。把盐化厂远远地甩在身后时，王小军的棉鞋早就湿透了，膝盖以下的棉裤也都变得硬邦邦，一股冷气往身体里钻，秃老三带着哭腔说："小军，哪有兔子啊，咱回家吧，我棉鞋都湿透了。"王小军气愤地说："我的鞋不一样吗，谁让你那么笨，害得老师给你补课，今天必须抓到野兔！"

就在他们将要绝望时，忽然，他们看到了不远处让他俩惊喜万分的一幕。

一只灰灰的兔子正在积雪中挣扎着跳跃前进，它就像负伤了一样，跳不高，蹦不远。他俩赶紧奋力冲过去，怎奈厚厚的积雪，两腿深陷其中，怎么也快不起来，王小军灵机一动，他开始跳跃加爬行，果然速度快了一点点。兔子惊慌了，也想加快速度，无论它怎么蹦跶，仍然好似深陷泥沼一般。

王小军的棍子终于狠狠地砸在了兔子脑袋上，兔子翻了个身，四爪朝天抽搐着，王小军又是一棒，兔子一阵剧烈抽动，一会儿就没了动静。

成功了，这么简单啊，他俩相视而笑。

两个人嗷嗷叫着，希望把潜伏的野兔轰赶出来，这一招果然见效，他俩的脑袋开始冒热气时，抓到了第二只更大的野兔。第二只是在一座大坟头旁抓到的，抓完第二只野兔，俩人已经精疲力尽了，看看太阳偏西了，他们决定背着兔子返回，一路上，两只野兔在俩人的后背上慢慢变凉变硬。

王小军和秃老三背着两只野兔，走过盐化厂职工宿舍时，有个人凑近前来阻拦他俩："呔！小屁孩，给我站住！哪里偷的兔子？"王小军瞅了瞅那个又矮又胖，眼睛小得跟没睁开似的盐工，对一脸紧张的秃老三说，别搭理他，赶紧走。王小军冲盐工梗梗脖子："兔子窝偷的，咋了，管得着吗。"他和秃老三踩着积雪继续。"哎，小孩，把野兔卖给我吧，我拿红果罐头和你们换，咋样？"盐工语气变了。王小军一听水果罐头这四个让他口水泛滥的字眼，他的心动了一下，脚步慢下来，他说："一只野兔换两瓶。少了不行！"盐工赶紧点头，说你们等着，我去拿罐头。

两瓶红果罐头拿来了，王小军发现，罐头的铁皮盖锈迹斑驳，罐头瓶上的纸标签也都泛黄了，他有点迟疑。那个盐工把两瓶罐头放在路边雪堆上，抢过秃老三背着的一只稍大的野兔，扭身走了。

王小军决定，红果罐头他俩平分，先藏起来，给老师送完兔子，偷偷吃掉。

路过盐工宿舍时，王小军让秃老三先偷偷回家，把红果罐头藏他家鸡窝边上，再偷一片刮胡刀片。他回忆起来，爸爸就是用刮胡子刀片给野兔剥皮的。秃老三回家去了，王小军把兔子埋进路边的雪里，警惕路过的行人，焦急地等着。大雪天，路上几乎没有人影。

一会儿，秃老三来了，他从家里偷来了一片刮胡子刀片和一根麻绳。他们把兔子挂在学校的墙头上，用刀片划开兔子脖子，然后笨拙地剥皮，兔子的皮竟然很好剥，把关节处划开，兔子皮就像紧身衣一样被王小军很顺利地扯了下来。

"真像上次你把屎拉裤裆里，你妈给你扒裤子。"王小军还不忘逗秃老三，秃老三听了，呵呵憨笑默认。

面目狰狞的兔子裸露出血红的身子，粗壮的大腿肌肉丰满，看着有点诱人；狰狞的脑袋呲着白牙瞪着大眼睛，又有点瘆人。

清除兔子内脏时，王小军闻到了一股臭气，兔子腹中的一粒粒粪便，零星掉落出来，有的还粘住了王小军血淋淋的小手。王小军抓起一把雪，双手使劲搓揉，小胡萝卜一样的手指开始麻酥酥热乎乎，兔子的血迹也搓淡了。

翻过墙头，天色又昏暗了很多，走在积雪如沙丘一样的死寂的校园里时，王小军他们俩已经精疲力竭了，走近刘娟老师宿舍时，听到了屋里有吹口琴的声音，吹的是《洪湖水浪打浪》。他俩站在门口，王小军喊了声：

"报，报告。"

口琴声立刻没了，里面突然安静下来。就跟没人一样。王小军继续大声喊：

"报告！"

屋里又有了动静，好像是人碰到了桌子后，桌子腿与地面的摩擦声。王小军激动地涨红着小脸，努力地举着那只血呼啦的兔子，刘娟老师的门口，积雪被铲除了，而旁边宿舍的积雪还在，雪上一点痕迹都没有。他俩继续大声喊老师开门，又等了许久，听到从里面拉开门插销的咔哒声，刘娟老师蓬头散发地打开门，皱着眉头，眼神冷漠，一脸让王小军觉得陌生的表情，在从门缝里吹来的热气中，王小军愣了一下，很奇怪自己平时很熟悉的刘老师怎么变得有点不认识了呢，他赶紧咧着嘴笑着把手里的兔子举到了老师眼前，神情怪异的老师看到血淋淋的兔子狰狞的面目，身子摇晃了几下，突然一声惨叫，摔倒了，她的身体砸倒了一旁的脸盆架，哐当一声，脸盆扣在地上，地上立刻汪起一大片水。王小军和秃老三吓呆了，正不知所措时，校长竟然从昏暗的屋子深处冒了出来，活像一条大鱼从水底缓慢浮上水面。

校长不知所措地看了看躺在水污上的刘娟老师，急得直搓手，接着，他弯下腰抱起刘老师，把她从积水中捞起来，抱放在一把椅子上，扶稳了，然后走过来，抓过那只野兔，冲王小军他俩低声说：

"哪里来的野兔？你俩来干啥啊？"

"我们自己抓的野兔，我刚剥的皮，想送给刘老师，野兔可好吃了。"王小军紧张地说。

"小同学，兔子我留下，谢谢你们，我在照顾生病的刘老师，你们快走吧。老师需要休息。快走！"

王小军如释重负，他和秃老三相视而笑，像做成了一件艰难的大事儿一般。他俩抽身走开了，身后又听到校长说："今天的事不许告诉任何人，任何人！这是纪律，懂了吗？纪律！！"

校长的话让他俩心里生出来了一种神圣感，他们要为遵守纪律而保守秘密了，他俩多像革命电影里的红孩子啊，这个感觉太棒了。

走了一会儿，当他俩恋恋不舍地回望老师宿舍时，他俩看到校长的身影正走向宿舍后的院墙，他手里好像提着什么，校长也喜欢跳墙头啊，王小军瞎琢磨着，翻身跃下墙头。

回到家，秃老三把属于王小军的红果罐头送到了王小军家，王小军正在炉火边烤棉鞋和棉裤，他冷得浑身哆嗦，幸亏爸爸妈妈都去盐化厂上班去了，让他可以把红果罐头藏好，可以从容地烤干衣服。

当天晚上，王小军发烧了。迷迷糊糊的，他好像看到刘老师在吃着热乎乎的兔肉呢。也许下学期老师就会批准王小军也参加补课班了。王小军很甜蜜地发着烧，期盼着看到退烧后去上课，老师看他时的满脸的笑容。

学校在雪停后的第一个周一，通知孩子们到校考试。从考试那天开始，王小军再见到刘老师，刘老师就没冲他笑过，甚至他追着老师打招呼，刘老师一脸冰雪，看也不看他一眼。

期末考试，王小军算术考了满分，这也不算啥稀奇，因为全班同学有一半都考了满分。补课的学生里唯独田小花的算术成绩仍然不及格，其他孩子都进步了，秃老三竟然考了九十五分，把他和他爸爸妈妈美坏了，说过年时要给王小军家两只兔子，白送。考试完了不久，返校订正试卷答案时，算术老师变成了一个老奶奶，校园里突然看不到刘老师了。语文老师告诉王小军他们，说算术老师下学期将调回总场了，这几天刚向学校请了病假，说是发烧了。

刘老师发烧了，王小军默默地想，她一定很想吃冰凉酸甜的红果罐头吧。

寒假里，王小军组织几个补课班的同学去看生病的数学老师，瞒着家长，他们把卖牙膏袋、酒瓶子的钱凑起来，有一块多钱，去合作社商店买了一瓶红果罐头，加上王小军自己藏起来的那瓶，准备去探望生病的刘老师。早晨起来他们就出发了，道路上的积雪基本干净了，但是路边的荒野上，还是一片耀眼的雪。

距离分场场区十几里地的小城市里，四处打听，找到了总场场部，王小军认为，既然老师调到这里工作了，总场的人一定认识老师家。在总场的传达室，他们几个人被笑嘻嘻的大人围着问这问那，就是不肯告诉王小军他们刘娟老师住哪里。过了半个多小时，刘娟老师竟然拉开了传达室的门。刘娟老师一身鲜艳的衣服，大辫子也剪去了，脸上重新绽放了笑容，他们在敞亮的办公室里围着刘老师汇报期末考试的分数，刘老师对孩子们的来访很惊诧也很惊喜，不时地抚摸孩子们的脑袋。王小军又找回了被老师喜爱的幸福感。

"你们老师刚当了新娘子，瞧，你们老师好看吧？"旁边一位阿姨嗓门嘹亮地对王小军他们说。

王小军他们都使劲点着头，心里感到很自豪：这么漂亮的老师是自己的老师。

这个阿姨的话让刘老师表情有点害羞似的，她笑着告诉孩子们，她今后不当老师了，刚调入总场办公室，已经上班几天了。

孩子们很自豪地把两瓶红果罐头举给老师看，王小军说，语文老师说老师你发烧了，这是送给老师你吃的，我发烧时就爱吃红果罐头。刘老师愣了一下，连忙挥挥手，笑着说坚决不能要。刘老师掏出五元钱，塞给那个大嗓门的阿姨，与阿姨耳语了几句，不一会儿，阿姨就提着一个纸包回来了，老师拆开纸包，是一包杂拌糖，有水果糖、奶油糖、高粱饴、山楂球。老师给每个孩子往裤兜里塞了一把，又安排总场的一辆吉普车送孩子们回家。

王小军他们吃着糖果，平生第一次坐上了嘟嘟嘟的绿色吉普车，他更加坚信了，雪越大，他的快乐越多。临下车时，王小军把两瓶红果罐头留在了吉普车的后排座下，他为自己想出这个办法自豪，他相信，刘老师一定会吃到红果罐头的。

寒假里，关于刘娟老师为啥突然调走，而且不再担任教师的缘由，有很多版本的谣传在人们夜灯之下唠嗑之时传播着，就像昆虫相遇后交配，迅速繁殖后代一样，繁衍这些谣言的人数不胜数，也包括王小军的父母是场干部的同学们。他们在被窝里佯装睡觉时，听大人的枕边声，听了个一知半解，转天就兴奋地凑在一起，吐沫星子飞溅地把听来的半拉各级的话拼凑衔接。

这个寒假初期，尽管王小军像个疲惫不堪的战士，他只要听到关于刘娟老师的谣言，就会对传播者大声质问，但是阻止谣言就像用手堵海水涨潮时驳盐沟里王小军他们用泥巴搭起的小水坝，总有水流从手指缝隙透出来，根本堵不住的。

这些谣言都是近亲同类繁殖的，情节出入并不大，版本大概是这样的：刘娟老师被校长看上了，校长借大雪天刘娟老师无法回家又生病在床，偷偷钻进刘娟老师宿舍照顾她。当时，其他宿舍的人都不在，所以没人发现。但是校长拎回家一只野兔，校长老婆把野兔炖熟后转天，发现少了一只兔子后腿，她问校长，兔子腿哪去了？校长支支吾吾，说送人了，他老婆再问，送谁了？校长回答不上来，校长老婆就带着另外一只兔子腿跑到刘娟宿舍，发现了刘娟饭盒里只剩下骨头的兔子腿。校长老婆笑眯眯地对刘娟说，校长听说刘老师爱吃兔子腿，让我再送来一只。刘娟当时就羞红了脸，校长老婆觉得她基本掌握了奸情。她也不和刘娟闹，直接去找了分场领导。分场领导让保卫科找俩人谈话，俩人都一口咬定俩人是清白的。他俩分别都说出了野兔子的来历，是两个三年级男生抓到后送给算术老师的。

王小军还听同学说，分场保卫科的人还到过秃老三家，了解野兔子的事，秃老三一五一十都招供了。

"王小军，你是马屁精！"几个同学嘲笑他。王小军红了脸，他就像换小裤衩时被谁偷看了小鸡鸡一样害臊，他找到秃老三，一把把秃老三推坐在雪堆里。

他在家紧张地等待保卫科的人上门拷打审讯他，可是一连几天，也没人来家里。

父母是分场干部的同学又告诉他，关于校长雪夜送野兔腿的桃色事件，突然停止了调查。总场一纸调令，刘娟老师到总场场办任职。这个同学学着大人的口气神秘地说，刘娟老师本来就是总场场长未来的儿媳妇，调到学校当老师，就是为了进一步提拔为总场干部时好让群众心服口服。分场这面不知好歹，要把野兔事件上升为桃色事件，甚至想请示总场领导，是否让公安局介入调查，总场知道了，赶紧叫停了分场保卫科的荒唐行为。

　　那个会吹口琴的可怜的校长，很快被调到了距离城市最远的挨着海边的一分场，当起了食堂管理员。寒假没结束，校长一家就偷偷搬离了。

　　校长家的房子空了，那些大人们就开始大声咒骂校长一家把他们送给刘老师的鱼都吃了，因为他们总看见校长家门口垃圾堆里有好多吃剩下的鱼渣滓，大人们压抑着快活的心情咬耳朵说，校长老婆搬家时后悔得坐在地上大哭，说自己不该找分场领导举报校长作风不正，大人们学着她的样子带着哭腔说："老天爷啊，我哪里知道会得罪了总场领导哇，我是罪有应得。"

　　整个寒假王小军大失所望，失魂落魄的，谁也不愿意搭理了。有几次他想去盐沟边捡冻鱼送给城里的刘老师，但是他很快又放弃了这个想法，那么好吃的兔子刘老师都不要，又腥又硬的冻鱼就更不会要了。

　　少年王小军没有想到，一只野兔的出场，把他小学三年级的求学生活搅浑了水。他上高中后，再回忆起这件事，觉得那只赤身裸体的野兔的出现，就像往生活着一群饥饿凶猛的鱼类的湖泊河流中，抛下的一大块儿鱼饵，瞬间引起了鱼群的骚动混乱一般，鱼儿们撕咬掠食，搞得水花四溅，久久难以平静，让人觉得看似平静的水下，原来如此凶险。

　　王小军长大了，少年时代的这场大雪只能存在于记忆里了，因为从那年以后，盐滩的冬天似乎再也不好好下雪了，一场雪顶多下一天，积雪也不能没过他的膝盖。他在时间的堆积中，已经长高长大了。少年时代的那场大雪，竟然是他一生里能够亲历的最大的一场雪了。

少年和枪

1

大地震的前一天，王小军和他的伙伴们看到了盐沟里的海鲇鱼集体浮头的景象。

那是一种十分奇异的景象。海鲇鱼的小脑袋瓜密密麻麻地漂在水面上，一个个挨得那么紧，攒得那么近，看上去灰苍苍一片，几乎密不透风，丢一根针都插不进去，好像驳盐沟也起了一层鸡皮疙瘩。可是，这么热的天，王小军他们不停地擦额头鬓角的汗水，随便张开手攥一把空气，都可以攥出水来，谁还会起鸡皮疙瘩呢。王小军和伙伴们站在盐沟边望着这罕见景象发了一会儿呆，他们商量，还是转天再来钓鱼吧。

再说另外还有别的事儿比钓鱼更要紧呢。他们惦记着那块玉米地。玉米棒子熟了，一个一个硬邦邦地斜插在玉米杆腰间，好像谁把好吃的东西从裤子口袋里露出半截，故意馋大家，那样子实在是太诱惑人了。王小军还觉得，路边那一排玉米神气的样子，很像电影里腰间别着手枪的首长们。

这个将从初二升到初三的暑假，短短几十天时间，王小军的身高玉米拔节一样蹿了一大节儿。这个暑假，他和小伙伴们变得特别馋。野地里的野菜已经不好吃了，他们路过野地的时候也要顺手揪一把塞在嘴里，吧唧吧唧地嚼着，好吃还是不好吃都在其次，重要的是他们时刻也不能让自己的嘴闲下来。

进入暑假，学校旁边东坨村的那块孤零零的玉米地，是令王小军无限怅惘的地方。玉米长得比王小军高出一头时，那个被王小军他们叫作屎瘫子的人，又神气十足地扛着他的猎枪，住进了玉米地靠近路边的窝铺里，开始看青。从此，王小军他们再靠近玉米地，一声瘆人的断喝就会从天而降："呔！小蛋脐子们，都给我滚远点！"这句断喝，很羞辱人，好像王小军他们已经成了偷玉米的贼人，他们靠近玉米地，就是为了偷玉米似的。每次被喝骂，孩子们就被这声如鞭子一样的呐喊抽打了一下，不由得赶紧退后，退出四五步，这才站稳了，然后望着眼前凶巴巴的大人发愣。

这个头发硬楞楞如刺猬，脸色黑红的屎瘫子，在喊出这句话的瞬间，满脸大获全胜的得意神情。

玉米地在王小军他们眼里一直充满了神秘和神奇。玉米杆子像步枪一样林立时，那块地里长的马玲菜，又肥嫩又茂密，妈妈和妹妹把它们采回家，热水煮熟了，再晒干，冬天包包子最好吃了。那一年暑假，因为劳改犯们大转移，都去了一劳改队。管教干部们基本都留在了盐化厂工作。管教干部们的头一茬子女们，比如上初中二年级的王小军和强子、秃老三、小臭、喜子、二棒子这些孩子，都长高了，胆子也大了，安宁的聚落从此不再安宁了。前年开始，王小军他们几个都喜欢偷几个青玉米。每次行动，都是年年被评为三好生的强子负责放哨。他们每次也不多掰玉米，一人一个，得了手，就在东边大坟地里最高的那个坟头后面点一堆火，把青玉米架在火上，烤熟了吃。每次烤到刚能闻见玉米香味，小伙伴们就迫不及待扒开黑乎乎的玉米包衣，龇牙咧嘴地啃起来。半生不熟地吃下肚，觉得很满足，烫嘴也不怕。虽然强子咽了一肚子口水也不肯吃烤玉米，他每次回家还都会被他在学校里当校长的爸爸骂，因为他身上的烤玉米的焦煳香味，似乎比别的孩子还浓郁，很容易被他爸爸嗅出来。强子学习好，相貌好，是王小军他们心中的偶像。强子长得太好看了，王小军总是忍不住偷看他的自来卷的头发，乌黑的大眼睛，高挺的鼻梁。在校园里，只要和强子站在一起，王小军就觉得女生看他的目光也温柔了许多。

从野地吹到聚落的丝丝缕缕的烤玉米的香味，提醒了聚落里的其他孩子们，大家都夯着胆子钻进玉米地。以前只是挖野菜，如今挖好的野菜里都要藏一两个青玉米。聚落北边的东坨村，是这块玉米地的地主。村子距离这块玉米地有五里路，大前年，到了收获季，村民们只能把玉米秸秆收走，喂牲口。车把式们拉走玉米秸秆时，一路破口大骂，王小军他们幸灾乐祸地躲在一边看热闹。

那个外号叫屎瘫子的看青人，就是去年在玉米地边搭起窝棚的。自从他来了以后，王小军他们就吃不到烤玉米了。

去年夏天，王小军他们想了很多办法讨好屎瘫子，初二的时候，秃老三和小臭就开始偷他们父亲的烟了，三四个小伙伴没事的时候就上屎瘫子住的窝铺那里行贿，想要几个青棒子吃，屎瘫子抽着他们恭恭敬敬递上去的"烟斗""战斗"甚至"大前门"，却不提摘玉米的事，问七答八地对付这些小孩子。第二天他们拿着偷来的烟继续行贿，可屎瘫子还是不给他们摘棒子吃。他们实在没着了，有一天晚上八点多，他们叫了五六个小伙伴围着玉米地转悠，屎瘫子远远地瞄着他们，他们也不敢贸然钻进玉米地。小臭提出，应该教训教训白抽大家烟的屎瘫子，大家一拍即合，每人拿了三四个鸡蛋大小的石头子儿，来到了总队宿舍的最后一排。墙头外就是屎瘫子看青的窝铺，王小军一声令下，小石头子儿向棒子地方向飞去，阵势可不小啊，扔了一会儿，听到墙外面屎瘫子气得嗷嗷叫唤，然后就是乓的一声枪响，屎瘫子开枪了。这些小伙伴立刻撒丫子跑没影了，他们这才意识到，屎瘫子拿的猎枪是真家伙啊。

所以啊，去年用香烟行贿不成，今年得想点更厉害的办法啦。眼看今年的玉米棒子已经长得鼓鼓囊囊的了，再不偷几个，玉米就老了，吃起来就塞牙缝了。

送包子给屎瘫子吃，是强子想出来的主意。强子说，王小军，一定要让屎瘫子吃几个你妈包的马玲菜包子，让他相信咱们去玉米地，就是为了采马玲菜，咱们肯定不劈玉米棒子。

王小军会意地点点头，嗯，等他吃了咱们的包子，咱们和他混熟了，他就让咱们掰棒子了，去年抽了咱们的烟，今年又吃了咱们的包子，再不让咱们掰，他肯定都不好意思。

周日那天上午，王小军缠着妈妈，说他想吃马玲菜包子，妈妈很奇怪地看着他："你啥时候爱吃野菜包子了，你不是爱吃猪肉粉条的吗？"

包子蒸熟了，王小军用平屉布裹了四个热乎乎的大包子，嚷嚷着说去找强子一起吃，爸爸妈妈没有阻拦他，他们愿意王小军和强子一起玩，他们也喜欢强子。爸爸说，够不够啊，四个包子，不行再拿俩。别学你妈妈那个抠门劲儿。

那天下午格外闷热，王小军他们几个眼看着屎瘫子吃下了所有的包子，王小军他们心情紧张地盯着屎瘫子，只见他擦了一把粘在嘴边的包子馅，把转移到手上的包子馅颗粒放在眼前瞅了瞅，一伸大舌头，舔进嘴里了，王小军长舒了一口气，他觉得时机成熟了，就提出了去玉米地摘野菜的恳求。

"我们只摘野菜，肯定不碰玉米棒子。"

屎瘫子说："小蛋脐子，就知道你们不老实，总想偷我们村的棒子，你们都给我滚远点！"

小臭急眼了，冲着屎瘫子喊："不让摘野菜，你就把刚才吃进去的包子吐出来！"

屎瘫子啐了一口痰："明天来吧，老子给你们把包子从屁眼里拉出来。"说完他抓起猎枪，将枪管对着小臭，竟然是再不走就要开枪的架势。王小军和小臭等人赶紧撤离了窝铺，狂奔到了几十米开外，才站定了。

"妈兮的，白吃了咱们的包子，还想开枪。"秃老三骂人时喜欢说成"妈兮的"。而王小军他们一般骂"妈切的"。

"咱们得把他的枪破坏了，不然咱们都成了他的靶子了。"肚子饿得咕咕叫的王小军忧虑地说。

"等会儿趁他打瞌睡，——电影里的坏蛋吃饱了不都打瞌睡吗——咱们想个办法，秃老三你逃跑时比野兔子蹽得还快，你下午假装钻玉米地，把他引开窝铺，他肯定追不上你。然后咱们往他枪管里塞点臭包泥，他的枪肯定炸膛，炸膛了枪就报废了。"还是强子脑子快，想出了好办法。

"不不不，我不敢，他猎枪响了，枪砂可比我的腿快多啦。"秃老三一缩脖子，像要躲猎枪喷出的枪砂。

"你真笨，他大白天的不会背着猎枪追你。背着枪，更跑不过你了啊。得了，那我去引开屎瘫子吧。"强子说。

王小军看了看英俊的强子，咬咬牙，下决心似的说："我来引出屎瘫子，你们找机会破坏他的猎枪吧。"

2

多年以后，回忆起那天晚上发生的举世震惊的大地震时，王小军怎么也回忆不起来那天晚上，屎瘫子居住的东坨村的大牲口们是如何发出鬼哭狼嚎般的惨叫的，在那次地震中，整个东坨村被夷为平地。年迈的母亲提起当年的地震，总是念叨这件事，母亲还说，不光牲口叫，咱家养的鸡鹅，说啥也不肯进窝。而后来，王小军和小伙伴们一起聚会喝酒，回忆起多年前的大地震，他们更惋惜的是自杀身亡的强子。每次聚会，王小军都坚持多摆一把椅子，多放一套餐具，他会自言自语般念叨，唉，如果强子还在，他就可以和咱们一起喝剑南春，吃大螃蟹了。

那个偷玉米失败的下午，王小军他们走在谭家港唯一的柏油路上，阳光热烈，四周明亮，他们看到远处一团黑乎乎的人在靠近。不一会儿，人团儿更近了，竟然是一群人围着一辆驴车。驴车上摇摇晃晃站了一男一女，都被粗麻绳捆绑着，他俩都耷拉着脑袋，女的头更低，看不清脸。人团在高喊："臊死这俩搞破鞋的！""没羞没臊，搞破鞋！"每骂一句，那男的就梗一下脖子，看样子想对骂，但是他的嘴张不开，嘴里分明塞了一团浸过柴油的脏棉纱。

王小军他们傻愣愣地站了一会儿，看着兴奋的人团儿远去了，几个人百思不解地互相瞅瞅，都不理解搞破鞋是咋回事，隐隐觉得不是啥光彩的事情，都不好意思说这个词，就低着头继续向前走。

王小军记得，小臭的妈妈和秃老三的妈妈因为她们两家养的鸡，经常在野地里集体行动，它们把鸡蛋下在野地里，鸡蛋上没有标签，分不清是小臭家的还是秃老三家的鸡蛋。她们就因为此事打起来了。女人打架就是对骂，骂街的内容也基本一样：

"你臭养汉老婆，搞破鞋！"

"你搞破鞋，臭养汉老婆！"

王小军他们实在不懂养汉老婆、搞破鞋与鸡蛋的关系。

还是继续讲那天下午的事吧。

王小军第一个走近看青的窝棚，大喊一声："屎瘫子，你不让我们挖野菜，我就偏挖，看你能咋着。"刚想喊第二遍，屎瘫子就探出头来，王小军立刻向南跑，在屎瘫子眼皮底下，跳过壕沟，钻进了茂密迷人的玉米地。

屎瘫子没注意到隐藏着的强子、秃老三和小臭，跳下窝铺就去撵王小军。强子他们高兴坏了，看屎瘫子跑远了，赶紧跑向窝铺，去抓那杆猎枪。强子把手里的泥球刚塞进枪管，刚塞进三个泥球，屎瘫子在他们身后一声断喝，把几个孩子吓了一大跳，屎瘫子竟然回到了窝铺，怒气冲冲瞪着强子他们。强子灵机一动，举起猎枪，枪口对准了屎瘫子。强子的举动把秃老三、小臭都吓着了，他们都痴呆呆地盯着强子，唯恐他的手指扣动扳机。

屎瘫子突然乐了，他趾高气扬地对强子说："小战士啊，可千万别不开枪啊，可惜枪里没有火药。"说着伸手就要抓枪管。

强子心里发虚，愣了一下，鼓起勇气说："谁说没火药，我刚装进去的，不许动！"

"嘀，还挺能吹，你知道火药咋装吗，知道我把火药放哪儿了吗？"屎瘫子说着已经抓住了枪管，强子一泄气，手就松了，屎瘫子抢过猎枪扔到窝铺的床板上，腾出手就要抓强子，此时王小军已经返回来，他看到强子处境危险，赶忙高喊："强子，快跑啊。"

但是强子还是被屎瘫子按倒了，王小军他们愣了一下，王小军带头，一起冲向屎瘫子，几个人很快把屎瘫子从强子身上揪开，按到地上，一顿拳脚。没几下，屎瘫子就求饶了，竟然喊王小军他们小爷爷："小爷爷们，别打了，我服了还不行吗？再打就出人命了。"

王小军听到"出人命"仨字，看到屎瘫子鼻孔里鲜血直流，手就软了，赶紧喊几个伙伴撤退，四个孩子野兔子一般嗖嗖地跑远了。

这天下午四点多，东坨村的几十个村民用门板抬着屎瘫子，举着扁担锄头，挥舞着镰刀，浩浩荡荡，涌向了东风盐化厂厂部。他们把厂长办公室团团围住，嚷嚷着要抓出打人的凶手。

王小军他们几个吓得魂飞魄散，在野地里躲到天黑，再不回家实在不行了，他们才无可奈何硬着头皮回家。

王小军的父亲平时在家时，偶尔会念叨起当初开滩兴建盐化厂时的事儿，他说，咱们是入侵者、外来户，所以附近很多村子对咱们有意见，认为咱们抢占了他们的地盘，咱们厂子慢慢有钱了，咱们吃的喝的都比他们好，平时总从海边水门那边运鱼虾螃蟹给大家分，周末还有电影看，他们早就眼红了，有点事就找茬，找厂子讹钱，所以，你们小孩子记住了，咱们尽量别招惹他们。

王小军预感，今晚回家后，一顿臭揍是免不了了。其他小伙伴也都脚步沉重，一个个像走向刑场的囚犯。

慢腾腾挨近家门口，王小军听到院子里鸡在惨叫。他跨进院门，见父亲猫着腰，正全神贯注瞄着一只母鸡。母鸡哆哆嗦嗦的，被堵到了墙角，父亲正要来个饿虎扑食去抓鸡，他听到身后的脚步声，回头看了一眼王小军。王小军像被冰刀子刺了一下，觉得父亲的眼神冷飕飕地瘆人，让他心里更发毛。谁知，父亲喊了一嗓子："小军，快来，帮爸爸抓鸡，他奶奶的，今天的鸡要造反啊，都不想进窝，都想喂黄鼠狼啊。"

王小军像得了特赦令，一下子轻松了，他知道，爸爸喊他"小军"时，肯定不会打他。如果喊他"王小军同学"，那才吓人呢。

等把家里的八只母鸡一只鹅全部塞进鸡窝，王小军已经满头大汗，肚子里叽里咕噜叫个不停，他扑进屋抓起饭桌上的包子大口吃起来，但心里还是很纳闷，爸爸为什么不审讯他打屎瘫子的案件呢。

当晚睡下后，王小军觉得家里太闷热了，迷迷糊糊的，不知道几点了，睡梦里听到了坦克车队隆隆前进的声音。

地震来临时，聚落中很多未眠的人看到了窗外耀眼的地光，这地光比最强烈的闪电还耀眼，天地瞬间通亮，地光直冲九霄，先后闪过三次。之后，就感觉大地深处传来了闷重的轰鸣声，就好像一辆辆汽车从远处驶来，也像是庞大的野牛群在狂奔，更像是坦克部队的机械轰鸣。接着，大地突然升高，然后猛然降落，降落后，大地再次抬升，再次自由落体一样更猛烈地坠落，然后，所有的光亮都消失了，世界一片漆黑，瞬间死寂。但是死寂只有短短的瞬间，随之而来的，是大地开始猛烈摇晃。此时，一片片的房屋等建筑物开始颤抖摇晃，十分剧烈，房屋开始冰山融化一样坍倒，随后，大地又一片轰隆轰隆的轰鸣声。

"不好，地震了！"恍惚中，王小军听到爸爸低声喊了一嗓子，接着他就感觉自己飘浮了起来，原来已经到了爸爸胳膊上，爸爸喘着粗气抱着王小军出了屋门，出了屋门，爸爸马上放下他，王小军才明白坦克声咋来到梦里的——院墙全倒了，坦克声就是院墙倒塌的声音。地上都是乱砖头，踩上去坑洼硌脚。出了院子，胡同口立满了墓碑一样的大人们，而且越聚越多，他们低声交谈着，语气凝重。

天上下着小雨，王小军的头发很快淋湿了，他还在努力理解地震的含义，有点蒙。此时还是夜里，四处黑暗，只有来自盐滩方向的星星点点的亮光。王小军努力在人群里寻找自己的小伙伴。很快，王小军就和几个小伙伴会合了，他们彼此站得很近，激动地告诉彼此刚才的感受，心里少了对这场莫名其妙的地震的恐惧，多了一些因为突如其来发生的事件引起生活混乱后的兴奋，他们甚至隐隐地期待着未来几天中有更多新奇的体验。

"大家别站这里，还有强烈地震，赶紧往玉米地走！"分辨不清谁在高喊，王小军只觉得人流拥着自己，向前流动，他身不由己，控制不了自己的行动，只能随着人流走，很快，双脚就踩在了柏油路上。

"小伙子们都站出来，咱们去东坨村抢险，东坨村都平了，人都砸里了。"有人继续喊。

王小军和小伙伴们热血上涌，他们挣扎着，脱离了人群，循着刚才高喊的声音奔了过去。

3

两辆开着刺眼的大灯的大嘎斯车轰鸣着把王小军他们拉到了东坨村口时，天微微透出亮光了，汽车大灯的微光还是把密密麻麻的雨水、飞虫照得很清晰。好在上车时每人发了一件雨衣，一把铁锹。细密的雨打在雨衣帽子上，当当作响。到了东坨村，王小军惊呆了，这个村子像趴在了地上，没有一间房子是站立的，只能从废墟的轮廓，看出这里是个村落。后来有人分析，为什么盐化厂职工宿舍的房子在地震中没有一间坍塌，而周边农村的房子几乎没有站立着的，大家结论是，地震波经过盐化厂宿舍，恰好是地震波波谷，所以没有倒，经过周边村落时，恰好是破坏力最大的波峰。再加上农村的土坯房经不起地震的三次摇晃，就出现了这种情况。

进村的路口，有个人影正在来回走动，近了，原来是屎瘫子。全村就他因为看青，没被砸在废墟里。

屎瘫子看见两卡车的人，冲过来，边哭号边用手比画："全砸里了，赶紧救人呐。"

昨天下午屎瘫子明明被人抬到了厂部，他咋又能活蹦乱跳走动了？原来咱们没把他打成重伤啊，妈兮的，他是装的！王小军和小臭悄悄议论。

看到平日看青时趾高气扬的屎瘫子现在是这般可怜模样，王小军突然心软了，他和大家一起跳下车，看到比自己大的人们神情紧张地冲向废墟，自己也就没理由犹豫了，也加入了搬运废墟的人群里。土坯房的废墟很难清理，房屋的梁柱粗大，干土坯被雨水浸湿，无比沉重，压在秫秸秆捆扎的垛子上，无论搬运土坯还是垛子，都很艰难。王小军他们的手很快就被划伤了。过了一会儿，第一个人被刨了出来，屎瘫子看到刨出来的人，喊了声爷爷。屎瘫子的爷爷还活着，他用手向身下指，大家明白，他旁边还有家人埋着呢。大家赶紧动手继续刨人。把刨出来的人们抬上嘎斯车，有人命令王小军他们年岁小的孩子上车，陪伤员去盐化厂医院。

到了医院，王小军他们更加傻眼了，医院门口的小路两边，躺满了人，也分不清死人活人了，他们就在雨中安静地躺着，时不时从他们中间传出低沉的呻吟声。天已经亮了，医院里面，是伤情更重的人，也都或躺着或坐着，有人给他们撑开被单子挡雨，好多伤员满脸鲜血，神情呆滞。有个妇女，抱着一个孩子在喂奶，旁边的人正在劝她："孩子已经没了啊，他吃不进奶水了。"妇女仍然执着地把淌着乳汁的乳头往孩子微张的嘴唇里塞。王小军看到这一幕全身哆嗦了一下,不由自主地舔舔嘴唇,咽了一口口水。

快到中午时,学校传来命令,让王小军他们这些初二的男生去看守盐化厂供应站。命令是强子的校长爸爸下达的,强子的校长爸爸说:"咱们青年学生,一定要争当抗震救灾的小英雄!"

强子被学校领导任命为保卫供应站物资队队长。强子品学兼优,大家不觉得强子的爸爸在以权谋私,都很赞同强子当队长。供应站没有倒塌,只是墙体出现了很多道裂痕,透过缝隙,能看到里面都是各种食品,饼干、核桃酥、各种猪肉罐头、水果罐头、橘子汁啥的,得防守好这里,免得发生哄抢事件。

强子带着十几个男孩子浩浩荡荡来到了供应站,一辆满载西瓜的嘎斯车就停在供应站后院,满车的西瓜被帆布蒙着。王小军他们就在汽车附近建立了看守营房。大家都很兴奋,抽空回家向家长报了信。

下午,电线杆子上挂的大喇叭一直在响,有个声音好听的阿姨一直重复这样的内容:

"我们要坚决保护国家集体财产,对趁乱哄抢集体他人财物的罪犯,严惩不贷!决不手软!"

强子一脸郑重,好像真的有千斤重担压在他肩头了。他眉头紧锁,念叨着,真有强盗,咱们没有武器咋办啊?

强子下午回了一趟学校,再返回来时,他的眉头舒展了。

晚饭吃的是盐化厂食堂送来的用咸水和面烙的饼,苦涩得难以下咽,吃完了,马上口渴得要命。吃完晚饭,民兵连送来了四只步枪,王小军他们一人分了一支。大家无比激动,好像拿着枪,自己就真的成了战士。他们对枪械一点也不陌生,学校曾经组织过他们去靶垱打靶,他们都会上子弹,打开步枪的保险,三点一线瞄准,轻轻扣动扳机。王小军的枪法是最好的,所以分了一支步枪,队长强子自然分了一支,另外两支,给了秃老三和小臭。强子队长要求，拿枪的必须在夜里站岗，王小军他们仨虽然哈欠连天了，还是毫不犹豫接受了命令。

守夜时，蚊子密密麻麻，铺天盖地而来。这些蚊子是他们从没见识过的，个大，壳硬，撞在脸上很难受，隔着衣服就叮人。大家都快熬不住了，小臭突然建议，大家分两个西瓜，就说这是上级领导允许的。他的建议立刻得到了大家的热烈响应。强子犹豫了很久，总算点头答应了。小臭爬上汽车，抛下两个大西瓜。第一口热乎乎的西瓜入口，终于把满嗓子齁咸的味道压倒了，小伙伴们心情大好。

吃西瓜时，有个抢险回来到供应站玩的大孩子，带来了外面的消息，他说，昨天下午游街的那对搞破鞋的狗男女，趁地震，从关押他们的小屋子里逃跑了。民兵连一百多人已经兵分十路，去抓他俩了，任他俩插翅也难逃。他看孩子们对这个话题很有兴趣，就添油加醋地继续介绍。这对狗男女，早就被厂保卫科瞄上了，就等他们俩办事儿了。办事儿——你们懂吗？办事儿就是——唉，你们都没长毛呢，说出来你们也不懂……最后埋伏了三天的民兵从芦苇垛里把他俩掏出来了，掏出来时，他俩都脱了一半衣服了，女的是文工团的报幕员，可好看了，都说她那对大乳房，像白面馒头，男的还是第一劳改队一个干部的儿子。

说到那女子乳房如大白面馒头时，王小军他们都吞了几口口水，吞口水的声音有点大，这让他们稍稍有点害臊。大家沉默了一会儿，继续吃西瓜，咕嘟咕嘟吞咽着西瓜的汁水，心思全到了白面馒头上，全然忘了西瓜的甜味。

大家吃着西瓜，肚子都撑圆了，一地的西瓜皮。他们挥舞手里的芦苇，驱赶密密麻麻的蚊子，忽然听到远处黑夜里传来了轰轰隆隆的声音，声音越来越大，王小军他们紧张地猜测着，可就是猜不出啥东西发出来的响声。过了一会儿，几十匹马、骡子混合在一起的大牲口，还有几十头猪，从远处公路上滚滚而来。一会儿工夫，牲口群又从他们面前狂奔远去，有的牲口干脆被挤到了驳盐沟里，发出凄惨的哀鸣。王小军他们感到一阵一阵的紧张恐惧，好像马上就会发生巨大的灾难。他们抓紧了手里的步枪，面面相觑。

　　后半夜时，王小军要求队长强子睡觉，因为明天白天任务也很艰巨。强子和其他小伙伴都在汽车底下睡下了，小臭往王小军、秃老三手里分别塞了一枚沉甸甸硬邦邦的小东西，是子弹。

　　子弹不上膛，咱们这枪还有啥用，烧火棍都不如，小臭低声说，子弹是我从我爸爸办公室偷来的，只有四颗，我给强子的枪里装了一颗，你们千万保密，千万注意安全啊。

　　白面馒头的故事让他们三个人撑了一夜没合眼。

4

　　第二天中午，当屎瘫子带着几个东坨村的人来到了供应站，说要拿走一些水果罐头、几个西瓜，给医院里的伤员吃，强子坚决不同意。

　　"他们都快死了，吃一口西瓜咋了？"屎瘫子口气挺横。

　　"供应站的物资是公家的，谁也不能随便拿，拿就是犯法，犯法就枪毙！"强子一点也不让步。

　　强子的话让十几个孩子意识到了自己此刻肩负的神圣责任，迷迷糊糊的王小军、秃老三、小臭也背着步枪，晃晃悠悠地站到了前排，睁着惺忪的睡眼与屎瘫子他们对视着。强子爬上了汽车顶，他用枪对着就要动手的屎瘫子。

　　"不许动，我已经警告你了，再动就开枪！"

　　屎瘫子一脸鄙夷，他根本不信枪里有子弹，挥舞着胳膊把王小军他们扒拉开，动手就解苫布。此时，屎瘫子他们看到了地上吃剩下的西瓜皮，更加来劲了：

　　"你们这些小蛋脐子，你们吃了这么多公家西瓜，贼喊捉贼啊。"

眼看屎瘫子他们已经把西瓜抱在了怀里，强子大喊了一声："小军，你们都闪开，我要开枪了。"其他小伙伴也给强子加油："队长，代表人民代表政府，毙了这个混蛋屎瘫子！"屎瘫子满不在乎："小蛋脐子们，有种就开枪啊，就怕你拿的是烧火棍吧。你枪里又忘了装火药了吧？唉，可惜，你这枪得装子弹，给你火药也没用啊。"

强子气急了，大声喊道："我代表人民代表党，宣布屎瘫子死刑！"说着，强子打开了步枪的保险栓。

小臭突然想起什么，厉声叫喊："强子，你枪里真有子弹，别开枪！别开——"强子大概是以为小臭在和他合作演戏，吓唬屎瘫子。强子的手指一哆嗦，嘭的一声巨响，枪真响了。这乓的一声，震得王小军的心都疼痛。现场的人们都被震蒙了，屎瘫子更是一脸惊恐，他眼睛瞪得鸡蛋一样大，晃了晃身子，向强子指了指，大张着嘴巴，像要说什么，却发不出任何声音，他突然栽倒在地，身子剧烈抽搐几下，再也不动了。他的肚子下面，慢慢涌出一大片鲜血，鲜血越流越多，几乎把他漂浮起来，屎瘫子也像趴在一张血红色的床单上。

"快抓住杀人犯，出人命了！"屎瘫子带来的几个人突然缓过神来，他们冲上去，把已经扔掉步枪的强子拽下车，奋力按倒在地。强子的脸被挤压在地上，半张脸变了形。控制住强子后，有一个人一路狂奔，跑远了。

强子脸色更加惨白，他的腿虽然采取了跪姿，但已经无法撑起身体了，他歪歪斜斜地卧坐在地上，背靠着嘎斯车车轮，大口大口地喘着粗气。保卫供应站的孩子们也都吓呆了，喜子和二棒子干脆撒腿跑开了。小臭吓哭了，他望着正在迅速枯萎下去的强子，泣不成声。

王小军在一旁傻站着，他真的看到了强子像烈日下被折断花枝的花朵一样，在迅速枯萎凋谢着。等待的时间让人窒息，烈日下，大家都思绪恍惚。王小军用力想象着，他希望时间退回去，退到那乓的一声之前。

　　大概一个小时后，一辆警车呼啸而至，警察收了王小军他们的步枪，封锁了现场，给强子戴上了明晃晃的手铐，抬进了警车。

5

　　七天后。强子被无罪释放了。回到盐滩后，他眼光呆滞，面容枯槁。

　　震后抢险救灾工作基本结束，盐化厂的工人干部以及家属们都住进了路边搭建的简易棚。这七天中，王小军、秃老三、小臭多次被盐化厂保卫科的人叫走，了解强子开枪的问题，王小军第一次见识了大人们寒气逼人的面孔，那种铁一样冷硬的表情是可以杀死人的，他也第一次在自己名字上按了红手印。

　　强子无罪释放，但是东坨村的村民们不依不饶。尽管地震时盐化厂的职工家属们第一时间冲到村中救人，但是，还是无法抵消村民对屎瘫子被枪杀的愤怒。

　　他们拒绝火化屎瘫子的尸体，他们把装着屎瘫子尸体的棺材摆放在盐化厂总部门口，昼夜有人为屎瘫子守灵，三天后，从棺材缝隙钻出丝丝缕缕的恶臭，熏得上班的领导都不走正门了。

　　迫于东坨村民的压力，厂领导宣布，发给屎瘫子家属抚恤金一万元，安排十名东坨村民进盐化厂上班，扒盐季节给海盐集坨、打包、装车时，要优先雇用东坨村人当临时工。强子同学被开除学籍，强子的爸爸也被免去了校长的职务，调到条件最艰苦的一号滩地去当工人。强子一家的抗震棚直接搭建在了没几户人家的，到处都是地震时冒出的砂浆的一号滩地。小臭也受到留校察看处分，他爸爸作为厂领导之一，也因为私拿厂里的子弹，做了深刻的检讨。

　　东坨村还提要求说，恢复生产后，盐化厂所有运往火车站的卤块儿、元明粉，必须全部用东坨村的马车运输，不得用嘎斯车运输了。厂领导早就被闹得焦头烂额，他们也提了一个条件，如果答应了上述要求，屎瘫子的遗体必须马上火化。火化费、骨灰盒钱由厂里出。厂领导商量，日后他们即使捧着屎瘫子的骨灰盒找到厂里，也比抬着棺材来闹事味道强吧。

屎瘫子火化前一天，盐化厂又出了一档子事。有人看到那对逃走的男女，在十几里地外大河堤旁的树林里出现了。厂里派人去抓他们时，只在树林里找到了一地的空罐头盒、罐头瓶，有猪午餐肉的、红果罐头的，都是那时人们觉得最解馋的东西。一个空罐头盒里，塞了一封遗书。他们的尸体转天也在大河里浮了上来，他们一侧的胳膊和腿都用绳子紧紧捆绑在了一起。公安局法医很快给出鉴定结果，二人是自己把自己捆绑到一起后，慢慢蹚下水自杀的。尸体运到了火化场，厂里通知了双方家属来认领尸体。家属本来已经赶来，一听自己家人是因为见不得人的奸情自杀的，当下扭头就走，连尸体都坚决不认领了。厂里没辙，只好决定把这二人的遗体与屎瘫子的一起火化。

也该着出事，火化时，震后火化任务繁重的火化工，竟然忘了谁是谁的骨灰，最后只能把三份骨灰分别装进三个骨灰盒，也没贴相片，只写了编号，就被厂里人带回来了。厂领导紧急决定，把三个骨灰盒赶紧埋葬，地点就是东边的老坟圈子。谁问起来，就说没有搞错，反正打开骨灰盒，里面的东西都一样。

一切恢复了正常。

秋天的骄阳再一次普照滩地里的盐沟、盐坨，芦苇、黄须草以及地震后多出来的许多新坟头时，王小军他们开学了。教室里强子的位置被另外一个同学替代了，强子用的那张刻着"早"字的桌子也不见了，强子在桌子上刻这个"早"字时，王小军就在旁边，王小军用拍马屁的口气说，强子，你将来肯定能当像鲁迅一样的大作家。

在通往学校的那条马路上，王小军、秃老三、小臭他们总看到马车经过，马车向盐化厂方向去时，都是空车，王小军他们会跳上去，搭个便车，马车夫也不理会，抱着马鞭子，晃悠着身子打瞌睡；马车向远离盐化厂方向走时，速度都很慢，车上装满了两层圆筒状的卤块儿，那些卤块儿，看起来像巨大的红糖块儿，很诱惑王小军他们的馋虫。

每逢周末，王小军会喊上秃老三、小臭去一号滩地找强子，他们在晒盐池附近的滩窝子里找到了强子，已经当上了跑卤工的强子，晒得黪黑，穿着盐工们一样的蓝色工作服，脚蹬瓮子鞋，怀里抱着一把倒卤工专用的铁锹。他们在滩窝子的院子里坐着，强子不说话，只低着头。

王小军就把学校学到的新功课告诉强子，他们学了化学，物理的电学，都很有趣。强子脸上挤出一点笑，认真地听着。当王小军说，他化学课的第一次测验得了满分时，强子忽地站立起来，说自己要去跑滩了，扭身就走了。王小军看到强子的背影很奇怪，他的肩头一耸一耸的，像是哭了。

那次以后，王小军他们再去找强子，强子都不在滩窝子，工友们说，强子一准是躲在哪个盐坨里看书去了。

初三第一学期寒假，发生了一件奇怪的事，王小军他们去坟地里找野兔子时，看到埋葬屎瘫子和那对男女的坟墓被刨开了，骨灰盒打开，盖子扔在一边，里面的骨灰不见了。坟头旁堆放的大大小小的土块儿，有清晰的铁锹痕迹，王小军一下子就明白了。

王小军招呼秃老三、小臭把骨灰盒掩埋好，让他俩发毒誓，这事儿谁也不要说出去。

"谁要说出去，谁他妈的就睡骨灰盒里。"

6

初三毕业后，王小军家搬离了盐化厂宿舍，搬进了城市，他再也不知道强子的消息了。高一快开学时，他又去一号滩地找过强子，可无论问谁，也不知道强子去了哪里。王小军把他用过的所有初三年级的教材都留在了滩窝子，他告诉盐工们，这些书是给强子的。

在盐化厂宿舍找到秃老三和小臭后，王小军听说，学校东边的玉米地，暑假里不再有东坨村民看青了，盐化厂的家属子弟，谁想钻玉米地都可以，根本没人管了。

上高中后，王小军开始努力学习，他听说盐化厂很多干部工人都搬进城市了，他们散落在了这座小城市的各个街道，遇到他们不太容易了。从此以后，王小军再没回过一号滩地。

直到三十年后，才有人告诉已经当上国企处长的王小军，强子在王小军他们升入高中的那年深冬，一场大雪后，在驳盐沟失足溺亡了。他家搬到一号滩地后，没有邻居，这个消息无法扩散出去，应该很正常吧。

一转眼就是三十年，王小军虽然觉得自己内心还是个孩子，可他已经鬓发染霜，大腹便便了。成年的王小军，不论在哪个城市，无论是在人群里行走，还是歌厅里喷着酒气唱歌，还是在豪华洗浴接受异性按摩，都会期待他昔日好友强子，能够劈面出现。因为他觉得，强子那么优秀，也该像他一样，有着完整茁壮的人生过程。偶尔到大城市出差，睡豪华宾馆，吃小时候想象都想象不出来的山珍海味。

说不定，强子真会冲上来拥抱自己，然后说："嘿，这不是王小军吗，我认识你呀，你还是我的小伙伴呢，对，你肯定就是王小军！"

当然，强子肯定不知道，上大学前，王小军就改了名字，从那以后，他叫王潇君。他的初恋女友，他的妻子、孩子，他后来认识的形形色色的朋友，没人知道他在盐滩生长时，曾叫王小军。

打分手

一

在王小军的记忆里，盐工宿舍的那些大人们上夜班，手电筒是他们必不可少的装备。出发前提溜在手里，显得要多神气有多神气，吧嗒一推，开关开了，通向工区的小路，本来漆黑一团，又漫长难走，手电筒一开，顿时被雪白的光束照亮。光线从手电筒圆圆的柱头里射出来，就像拖着一道长尾巴的大扫把，顺着土路大摇大摆地扫射遍全程。

盐工们上班的工区都靠近海边，远离居住地，就算是顺风骑车，也还得花费一个小时。百里滩被晒盐的大汪子填满了，大汪子类似农田，可是比田亩辽阔得多，大大小小形状各异的水汪子横七竖八地分布着，堤埝蜿蜒崎岖，行夜路，很容易从堤埝上掉进黏冷的卤水里。有一次，王小军和小伙伴们在暑假里去海边大汪子钓鱼，那天的海鲇鱼出奇地多，不停地咬钩，王小军他们贪图多钓点鱼，回家晚了，装满海鲇鱼的大篮子挎在车把上，骑车时大篮子撞腿，车把就开始晃悠，好不容易走到一半路程时，天就黑透了，一个叫大力的小伙伴将自行车骑进了路边的淤泥里，人栽倒不说，钓的鱼也都甩进了盐沟，掉进盐沟的鱼摸不到几条了，冤得大力趴在地上哇哇大哭。

就在这时，王小军看到支着手电筒骑行在夜路上的盐工们就像一只只巨大的萤火虫，从城市一端蜿蜒飘忽而来，让他觉得那些悠闲骑车的盐工们无比神奇、神气。特别是邻居大红海骑过来时，他的手电筒贼亮贼亮的，刺得王小军眼睛酸疼。

对手电筒，王小军并不陌生，手电筒通常都是可以放四节一号电池的，电池耐久，手电筒的光柱坚硬有力，盐工夜间骑车时，光柱从两腿之间射出，随着路的颠簸抖动着，像一种无法言说的神奇武器。

王小军还发现，大红海骑车的轨迹比其他的盐工要复杂，因为他总是醉醺醺的，包括他的破水管自行车，也总是像个醉得晕头转向的酒鬼，平衡不稳。大红海与王小军家住邻居，他身上永远散发着两种味道，鱼腥味和酒味。他身上总是粘着一些干巴巴的鱼鳞，阳光下能发光，亮闪闪的，好像这些鳞片是镶嵌在他衣服上的饰品，衣兜里总会藏着一瓶白酒，走着走着骑着骑着就会突然掏出来举在太阳光下咕嘟咕嘟喝两大口，好像阳光是随时可以伴着下酒的菜肴。大红海家，到了夏天会听到一种嗡嗡的轰鸣声，那是落在大红海用的各种腥臭的渔网上的大绿豆蝇快乐大合唱的声音。这些声音总是让王小军的注意力离开暑假作业，他的心也嗡嗡地飞起来了。大红海家是王小军心里的神秘之所。

本来王小军家与大红海家不是邻居，前年深秋王小军家的邻居升官了，单位给调换了房子，大红海就成了王小军家的新邻居了，同时住进去的还有那些肥硕的大苍蝇。从那时起，王小军家总能闻到隔壁院子里冒出来的香喷喷的炖鱼味，还有混杂在鱼香味中的酒味。

王小军的爸爸闻到这些味道后，总会对着高大的院墙仰望长叹，然后独自喝闷酒，喝多了就看家里人谁都不顺眼，指桑骂槐唠叨不停。这样的夜晚让王小军感到痛苦压抑。大红海就一个人住，为什么总把自己家的晚饭搞得那么香，这让王小军很好奇。院墙很高，这是以前的邻居和王小军的爸爸因为一只母鸡的归属吵架后赌气加高的，高得像山一样。王小军没见过山，只看到过盐坨，他和小伙伴们把盐坨叫作盐山，记得小学语文课本里有山这个字，老师也讲过，他琢磨，山不过就是比这堵墙高一点吧。

在一个炎热沉闷让人恹恹欲睡的午后，大红海家锁了门，王小军喊着大力夯着胆子翻过大红海家的院墙，想看看他家究竟有多少只苍蝇。他看到的场景大大出乎意料。一跳进院子，苍蝇毫不眼生地奔袭过来，猛撞他俩的脸，每被撞一下，王小军就一阵恶心。大力沮丧地说，这些苍蝇肯定把他的脸当茅房坑了，它们每撞一下，一定在他脸上解大便了。后来，王小军仔细观察大力的脸，他脸上果然有很多雀斑呢，这些雀斑与王小军家屋顶斑斑点点的苍蝇屎没啥区别。

适应了苍蝇的围攻，王小军看到黑压压密匝匝的苍蝇落满了挂在墙上的渔网，无论是箔网还是旋网拉网麻虾网，厚厚地落满了一层，苍蝇被惊扰腾身飞起后，王小军才看出那些网边原来是白颜色的。靠屋门的窗台上，摆了一只大海碗，海碗接了半碗雨水，暗黄的水里面也落满了死苍蝇，苍蝇的尸体绿莹莹黑灿灿的，像盛了半碗绿豆和黑豆。这难忘的一幕让王小军干哕了一天。他才明白了他听到的苍蝇的轰鸣声为什么那么巨大。打那以后他再看到大红海时，马上联想到一只巨大的苍蝇的巢穴，好像苍蝇就在大红海身体里藏着，随时要钻出他的鼻孔，想到此，王小军禁不住喉咙里发痒发潮，被一股强烈的恶心感占据。

从那个夜晚见识了盐工们手电筒的神奇魅力后，手电筒也成了王小军与小伙伴们最奢侈的玩具，他们觉得以前迷恋玩泥巴简直就是冒傻气。他们趁大人不在家时，偷出手电筒，在黑乎乎的胡同里互相照对方，跑到飞舞着密密麻麻水蝇子的盐沟边，挥着手电筒的光柱，像挥舞一把砍刀。大人们发现手电筒没装几天的电池竟然很快没电了，王小军他们免不了得挨各自家长的一顿揍。尽管如此，他们还是忍不住把手电筒偷出来玩。王小军还找了一个残留着酒味的玻璃瓶，揣在怀里，模仿大红海喝酒的样子，也咕嘟几口自来水，其他孩子会抢着也喝两口，仿佛自来水装进玻璃瓶子，就变成美味了。

王小军的爸爸就着刚出锅的熬鱼，一边挥手轰赶苍蝇，一边对王小军的妈妈感慨，他说，我算服气了，大红海是不折不扣的鱼鹰子、老鱼王。王小军知道，他爸爸很笨，胆子也小，不会打鱼摸虾，可是嘴还特别馋，最喜欢就着新出锅的鱼喝酒。王小军知道，那些盐工大人们好多都爱喝酒，他们爱打鱼摸虾，就是为家里省点菜钱，为自己多捞点喝酒的理由，鱼虾也是他们眼里最好的酒肴。大力和二锁的爸爸，不也总是满身酒气吗。

爸爸一夸大红海，王小军就知道，家里吃的海鱼八成是大红海送的。王小军的爸爸继续慨叹，这个大红海啊，无论是潮涨潮落的大海沟，还是混养汪子，还是汪子周围的上水沟下水沟还是农田之间的小河沟，海水鱼淡水鱼都逃不过他的渔网。这家伙，嘿，神了。之后，爸爸就用一种奇怪的眼神看着脸上挂着干鼻涕的王小军，好像在打王小军的坏主意。爸爸说，王小军，你咋长得这么慢呢，养你十五年了，你咋刚比水缸高呢。王小军被爸爸的眼神和话语搞得浑身不自在，他哆嗦了一下身子，抗议说，大红海多邋遢啊，看着他我就想哕。

你个小屁孩知道啥，人家大红海会治鱼，吃喝不愁，你和大力二锁他们好好学学人家，别整天瞎淘。你们那破学校上个啥劲儿，老师都是盐工出身。这些话爸爸是撇着嘴说出来的。

王小军也一撇嘴，还击说你是大人，你咋不学？

爸爸突然默不作声了，妈妈在一旁帮腔说，小军，你知道啥，你爸爸一见水就犯迷糊，你爸爸一头栽水里淹死咋办？

王小军的爸爸听到淹死这个词，很恼火地把酒杯重重蹾在饭桌上，酒杯里的一串酒滴受到惊吓一般蹿到杯沿，险些鱼跃而出。

妈妈得意地冲王小军笑着吐吐舌头，溜到锅台那边去了。

王小军的爸爸只会举着鱼竿在他家附近的一条长满芦苇的水沟里钓几条草腥味的小鲫瓜子。盐工宿舍东面一条水沟芦苇丛生，沟水油绿，鲫鱼很多。但是盐工们一般不喜欢那里的鱼，因为沟的最北端，有个公共厕所，盐工们和盐工家属的大小便就屙在这个厕所里，尽管有掏粪车拉走大粪，但是尿液难免流进沟里。每次闻到大红海家飘来的浓郁的熬海鱼的香味，王小军的爸爸就会丢下筷子，叫王小军给大红海家送点他钓的小鲫鱼，结果呢，大红海不仅不要小鲫鱼，还会让王小军端回来一大盘子大个头的海鱼，这些海鱼香喷喷肉乎乎，都是大鱼切块熬熟的，与骨瘦如柴的甚至被王小军怀疑有淡淡尿臊味的小鲫瓜子真是云泥之别。偶尔几次，大红海不仅让王小军端鱼回来，还让王小军喊他爸爸去他家喝酒。王小军的爸爸一听就跟听到升迁的圣旨一样，兴高采烈，一秒也不耽误地飞出家门。等他喝完酒挺着大肚子回来，满嘴胡话和酒气，让昏睡的王小军觉得发出声响的爸爸简直就是忘了盖盖子的酒缸沿上摆的一个打开的小电匣子。

因为爸爸的这些可耻的行为，王小军在小伙伴中一直抬不起头。

二

王小军对爸爸拽着他去大红海家哀求大红海收自己为徒的事情一直心怀不满。

王小军的爸爸明确告诉王小军必须跟着大红海学习打鱼摸虾后，王小军知道执拗不过家长，忍痛与几个铁哥们儿——王小军十五岁时，他觉得他们不再是一起玩耍的小伙伴了，他们成了他可以诉说心事的铁哥们儿——在盐工宿舍东边长满芦苇的小河边话别后，王小军对他爸爸的鄙视如盐碱滩上的碱蓬沐浴了雨水与骄阳，旺盛生长着。

王小军的爸爸拽死狗一样把王小军拽进大红海家。收徒仪式很简单，就是给大红海磕了三个响头，喊了一声师傅。

大红海没有儿子，但是他非常喜欢男孩子，他老婆为他生下三个女儿后不久，受不了他又是酒气又是腥气借酒撒疯骂人，带着女儿们跑回河北老家了，从此音讯皆无，大红海喝醉了想起此事，会蹦起来骂老婆是个千人骑万人跨的老骚货，跑了更省心。

本来就喜欢男孩的大红海对突然冒出来的徒弟显然又欢喜又措手不及，他接受了王小军的叩头后，沙沙作响地搓着大手，在堂屋溜达了几个来回，走进卧室，一阵翻找东西的窸窣声后，举出一瓶酒，塞给王小军。王小军定睛一看，酒瓶上竟然有标签，标签上有三个大字：老白干。那个年代，老白干酒虽然不贵，但是盐工们谁也舍不得买。王小军不解师傅的意思，王小军的爸爸看王小军愣神，赶紧接过酒，抓牢了，嘴角咧到了腮帮子，脸上笑开了花，连声说，好酒好酒啊，等咱们的小军长大了喝。

拜师仪式后，王小军每天很不情愿地憋着呼吸出入大红海家，时间久了，臭烘烘的气味和撞脸的苍蝇也就习以为常了，再加上大红海隔三差五塞给他一两块零花钱，他实在抗拒不了用这些零花钱买来五香花生仁与大力二锁分享时，他俩为了多吃几粒花生米争抢着讨好他的快乐。

大红海的家就是个渔具展览会，什么渔具都有，什么箔网拉网旋网粘网棍网罾网泼网提网赶网麻虾网，啥都有，你们信不？王小军对铁哥们们吹嘘着，他希望看到哥们儿们眼馋的神情，这种神情很能给他安慰，好在哥们儿们每次都不让他失望，他们羡慕的眼神在王小军话语结束后闪现的速度与比按下水缸的葫芦水舀子浮起的速度还快。

拜师一个月后王小军第一次见识了什么叫血网。

大红海把一盆新鲜的猪血兑上水，把一团乱糟糟的棉线泡进去，猪血的殷红在棉线上浸开，浸泡半天后，大红海又让王小军在院子里烧火，把蘸了猪血的棉线团放在蒸锅里蒸，热气冒上来时，一股怪味直钻鼻子。蒸了片刻，就把棉线团捞出来，用竹竿挑着，搭在晾衣绳上。

大红海指挥着王小军，把冒着热气的棉线团捭开，王小军就看到了细密的网眼上，像眼睛挂着泪珠一样带着血水。血水滴滴答答砸在地上，苍蝇们兴奋地包围过来，嘤嘤嗡嗡挤满了棉线网。

当天，一股奇臭味道由淡变浓弥漫开来，王小军被熏得晚饭都吃不下了，他对爸爸让他拜师的不满正好借题发挥，趁着恶心赌气少吃一顿饭。

血网晾干了，收拾渔网时大红海很得意地告诉王小军，这种棉线网是专门拉麻虾的，用几次就得用猪血血一次，这叫血网，其他盐工都不咋会血网。

多年以后从日本进口的聚乙烯网线替代棉网线，血网的味道才从大红海家消失。

第一次和大红海去插箔，王小军还是很兴奋的。

季节已是初冬了，扒盐季节结束了，盐工们开始歇冬三月，王小军上学的盐工子弟学校经常停课搞游行，王小军干脆也不去学校了。

海边一个叫土桥子的渔村派人来请大红海，告诉他去一号混养汪子打分手。大红海找到正和伙伴们玩骑驴游戏的王小军，师徒俩驮着胶皮裤、气撤子、汽车内胎等物什出发了，王小军就坐在大铁筐里，用手死死抓住筐沿。大水管车子很慢，在铺着蛤蜊皮的小路上沙沙前进，钻进鼻孔的风开始变卤变腥。

王小军觉得自己就是一条大鱼，被网获到了鱼筐里，估计是逃不掉了。对这次外出捕鱼，他心里面又抗拒又期待，他不喜欢远离铁哥们儿，又对陌生的野外捕鱼有很大的好奇。

鱼筐很大，王小军蜷缩着坐在里面不觉得挤得慌。大红海一边奋力蹬着车子一边回头和王小军说话，他用讨好的口气说，小军，咱这个大水管自行车，经过改造过，你看看，后椅架加高了半尺，这样挎上铁筐就可以离地皮儿半尺高，这里面有些窍门儿——打鱼摸虾走的是泥浆浆的黏土堤埝、蛤蜊皮小路。下了雨，泥浆会粘在车圈上，人只能侧身推着自行车，铁筐距离地面矬了，很容易刮地。蛤蜊皮也经常把车胎刮破，瘪了胎的车子，矮了两寸，铁筐底儿也不至于刮地。咱们出来打鱼，就怕车坏了。

你看这两个大铁筐上的挂钩，不是焊接在筐沿儿，是焊接在低于筐口半尺处，这样，咱们的铁筐筐身就比别人的长了一尺。别小瞧这多出的一尺筐身，能多装一二百斤鱼获呐。每次去插箔，旋网拉网、大棉猴、黑狗皮褥子啥的就能装半筐。老百姓说，身大力不亏，你看咱的大筐，多有劲。

快到海边了，路两边都是浩渺无边的水光。大红海把车子靠在汪子边一个苇箔苫盖的窝铺上时，王小军两条麻木的腿才伸直了，站在了生长着已经泛红的黄须菜的堤埝上。狂野的海风把苇箔掀起，苇箔又被身上的麻绳拽住趴下，苇箔呼哒呼哒响。四野无人，只有几个窝铺懒洋洋的流浪狗一样卧在遥远的堤埝上。大红海把铁筐里胶皮裤扔在地上，把其他的东西搬到窝铺里，大红海对王小军说，小军你在窝铺里看着东西，我下水插箔。

王小军钻进满是尘土气味的窝铺，风被关在了外面，苇箔的呼哒声却更大了。窝铺里幽暗空荡，只有一个木板床架子，上面有片破凉席，凉席破碎，落满了黄土。太阳光从窝铺透亮处穿刺进来，道道光剑中，尘土如新生的夏虫一样，在欢快地翻飞着。

王小军钻出窝铺，发现大红海已经不在堤埝上，他四处踅摸，看到穿好胶皮裤的大红海已经拖着一卷苇箔下水了。王小军这才注意到，堤埝上有一捆捆卷成圆筒的芦苇箔。

王小军在堤埝上百无聊赖，看着大红海在水里忙活，那些苇箔被他插在水里，插成了一排墙，墙的尽头则插成了喇叭筒。王小军觉得很可笑，鱼虾就这样捕捞吗，它们怎么肯乖乖地钻进去呢。

太阳斜斜地到头顶了，大红海上了大埝，皮叉裤淌着水，走路胡噜胡噜响。大红海面色青紫，嘴唇微微打着哆嗦，看起来被冻坏了。他麻利地脱下叉裤，招呼傻看着自己的王小军钻进窝铺。大红海一屁股坐在床板上，从怀里摸出酒瓶，咕咕嘟嘟喝了几口，哈出一串白气。他把酒瓶递给王小军，王小军接过来，以为是让他把酒瓶放好，王小军低头找放酒瓶的地方时，大红海说，傻小子，让你喝一口。王小军迟疑地举着酒瓶，看着酒瓶透明液体里一些来自大红海口中的食物残渣，有点不敢张口。喝吧，咱们打鱼人，风里浪里的，没有酒可不行。王小军不再迟疑，嘴唇找到瓶口，屏住呼吸，喝了一大口。火辣辣的白酒吞下喉咙，留下了一条烫伤一样的疼痛，直通肠胃。

一口酒喝下去，尽管没什么享受感，王小军却觉得自己像是个大人了。

王小军问，师傅，这些苇箔就能把鱼虾治上来吗。大红海说，这么大的汪子，捕鱼捞虾，最好的手段就是插箔，到了深秋和初冬，鱼虾潜在水下不爱动弹，只有插箔才能把它们治干净。天冷了突然赶上搅天，刮大西北风了，很多海边渔村生产队的大汪子里还有上万斤的鱼虾没治上来，大队就派人找我，帮我和工区请假，让我帮忙去插箔。刮西北风，大汪子里的虾钱儿会扎泥，虾钱儿扎了泥，就无法捕捞了，所以得抓紧时间把残余的虾钱儿用箔网治干净。按咱们百里滩的规矩，插箔前三天的鱼获归渔业大队，第四天起，再从箔网里捞的鱼虾，就归咱们插箔人。从箔里捞的鱼虾，都有插箔人的分成，这就叫"打分手"。

王小军问，那第四天要是没有鱼了咋办。大红海笑笑，放心吧，傻小子，第四天你就瞧好吧。

在窝铺里简单吃了干粮，大红海在床板上铺开一张黑狗皮，让王小军打个瞌睡。躺下不久，王小军就听到窝铺外面有了热闹的说话声。钻出窝铺，王小军看到来了几个人，围着大红海嘻嘻哈哈说话呢。这几个人也都穿着胶皮叉裤，举着长柄大捞拎，看来他们马上要下水了；再看堤埝下面，有一条木船停在水边，这些人似乎是划着船过来的。果然，他们开始往堤埝下挪动，大红海走在前面，率先下了水，几个人尾随着，推着船，向第一道箔靠近。汪子里的水浪撞击着他们，飞溅起来的水花不断开落。王小军跳下堤埝，在水边焦急地走动，恨不能也蹚水追随他们，他的鞋很快就被淤泥吸住，他赶紧扭身拔动双脚，立在硬土地上，水边留下了两个深深的脚印，脚印很快被风吹动的水浪浸泡冲刷变了形。远处几个人已经到了苇箔尽头,他们挥舞着捞拎。捞拎轻飘飘插进箔网里,然后捞拎竿再举起时却变弯曲了,奋力之下,捞拎出了水面,捞拎网兜里已经满是白白的鱼鳞闪耀。他们把鱼倒入船舱,继续捞鱼,有几条鱼飞了起来,跳出了箔网,水面上顿时一片水花开放。

等他们捞完了大红海插的三道箔网,把船推向岸边,王小军看到船上鱼已经起了尖,最上面的鱼还在挣扎着弹动身子。

一辆拖拉机把一车鱼拉走时,已经是日头偏西了。大红海再次下水,捞了两个苇箔,鱼就装满了一麻袋。大红海推着水管车子,王小军一手打着手电跟在屁股后头,一手帮大红海推车。两个大铁筐里有百十斤鱼,加上叉裤等物什,已经满满的了,在坑洼不平的大埝上,推起来很费力。手电筒的光束在他们脚下摇晃跳跃着。

大红海和王小军快到家时,都累得精疲力竭。快到盐工宿舍时王小军曾经试着推一会儿车子,谁知他刚抓到车把,水管车子就跟一匹烈马似的站立起身子,王小军拧着车把,车子晃晃悠悠就要立起身子,大红海赶紧帮王小军压住前轮,车子才老实了一些。大红海刚一撒手,车子的前轮就又离开了地面。逗得大红海哈哈大笑。

他们经过盐工宿舍的人们的视野时,歪斜的车子和他们奋力推车的样子还是引起了大家的关注。大水管车子被推进院子后,王小军的爸爸得意扬扬地领着大力二锁的爸爸都尾随进来了。

红海,今天货不少吧。大力的爸爸问。

有港梭鱼吧,河刀海鲙港梭鱼啊。王小军的爸爸说。

大红海笑笑,招呼着大家,说,有货有货,给我徒弟小军分点,还有几十条二丁。王小军也是刚从师傅口中知道,梭鱼的大小论"丁","一丁"就是一尺长,"二丁"就是二尺长。师傅捞的都是一丁二丁的大梭鱼,小的根本不要。

卖吗,卖给我们几条吧。

卖啥,对门间壁的,磕碜我啊,想吃就抓两条回家熬去。

大力二锁的爸爸听了大红海这句话，凑近了铁筐，眼神刀一样地往铁筐里剜。大红海把鱼倒在院子里，他先拨拉出了一半，对王小军说，小军这是你家的，回家取家伙什装鱼。王小军有点迟疑，自己连水都没下，基本没做啥，大红海怎么舍得分一半鱼给自己这个小屁孩呢。他嗫嚅道，我家有两条就够了。

王小军的话还没说完，他爸爸就拉着王小军的手冲出了院子，等王小军和他爸爸举着大木盆兴冲冲跑来，大红海那堆鱼只剩下七八条了。与留给小军家的那堆鱼比，大红海剩下的鱼少得让人心疼。王小军想把属于自家的鱼分一些给大红海，王小军的爸爸拉住王小军的胳膊，高声说，红海，晚上去我家吃吧，咱们馇一缸梭鱼酱，两家伙着吃。这么大的港梭鱼，馇酱最好了，你看我治鱼外行，可馇鱼拿手。大红海很高兴，说，兄弟，那把鱼都弄走吧，明天我和小军接着捞箔，鱼肯定吃不完。

王小军的爸爸把所有的鱼都弄回家，王小军的爸爸妈妈大红海都围着鱼堆，刮鱼鳞，掏鱼肠。大红海说，这种港梭鱼进了箔网后，会惊慌失措往水面上跳，蹦跳一次就会拉泡屎，几泡屎就把肠道清理干净了，百里滩人有句话，港梭鱼——净肠的。港梭鱼的鱼肠去了苦胆，与鱼肉一起炖，油汪汪的比鱼肉还好吃呢。

王小军的爸爸突然想起什么，挑出几条鱼，装在搪瓷盆里，说，小军，去给你班主任送去，以后再耽误课，班主任找上门咋办。

王小军硬着头皮来到了前排，敲开了班主任刘老师的家门，刘老师乐得搔着王小军头发说，没看出你这孩子还挺懂事，我最爱吃港梭鱼，老话说，梭鱼头是香油罐啊。

那个晚上，酒香与鱼香把大力二锁的爸爸都招来了，后来又陆续来了几个住前后排的大人，黑压压围了一桌子。王小军记忆里，这是个美好的夜晚。满院子满胡同浮动的醇厚沉重的鱼香酒气虽然看不到摸不着，却又那么浓烈、清晰、真切，就像某位很少走动却突然一天来访的阔亲戚，给家里带来了值得炫耀的幸福气息。在饭桌边，王小军只要轻轻翕动一下鼻孔，香气就让他满足得陶醉。想到其他几个铁哥们儿家也都吃了鱼，大家的幸福感觉雷同又实在，王小军觉得打鱼也很有乐趣啊。

到了深夜时分，大红海与爸爸喝成了多年不见的挚友，言语热乎温暖，王小军的妈妈不住地笑，让王小军心情更加激动。

三

捞箔的第四天，王小军格外兴奋，因为从今天开始，捞箔的鱼都归师傅和他了，而且师傅说，今晚必须住在窝铺里。能在野外过夜，王小军激动无比。王小军第一个愿望就是多卖鱼，好买一只手电筒，要与师傅用的一样大的，插四节电池的。

他们推着一辆木排子车在早晨天不亮时上路了。师傅推着车，王小军跟在后面，走得很慢，车上装了好多东西，也不知什么，被一个破棉被盖着。王小军想象着车上装满了鱼的情景，心里却满怀希望，未来几天的经历，又可以对那几个哥们儿吹嘘一番了，以后，自己的腰杆儿会越来越硬。

天光大亮时他们大汗淋漓地来到了窝铺。放好东西站定了，北风嗖嗖地钻进被汗水打湿的衣服里，冰凉冰凉的。大红海喊小军赶紧进窝铺，他则到四下蹅摸了一些干草破木板，在窝铺门口点燃了一丛篝火后，喊王小军出来烤火。枯草噼噼啪啪燃烧着，枯木头变得火红，透明的火苗半人多高，随着风势乱舞，像游行队伍里舞动的红绸子一样。不一会儿，王小军觉得身上热烘烘，舒服多了。师傅把残火聚拢，把铁筐架在火上，摆上了两个大馒头，几条咸鱼，接着开始把一个汽车内胎擤足气，穿上皮叉裤，举起白蜡杆的捞拎，准备下水。

师傅，我也想下水，王小军说。看到师傅全副武装的样子，王小军好生羡慕。

你别急，我下去捞一次看看，你先把咱们带的冷馒头烤了，一会儿我上来咱爷俩一起吃。

王小军点点头，看着大红海高大的背影下了堤埝，心里突然涌起一股温暖，苍蝇群舞的嗡嗡声也在心里远去了，他突然对这位师傅有了亲切感。

王小军盯着馒头咸鱼，时不时瞟一眼水里师傅的身影。他看到大红海只捞了一个箔就往岸上走了，没有了小船，他推着浮在水面上的轮胎，好像有什么东西隆起在轮胎中央。不多时，师傅提着沉甸甸水淋淋的蛇皮袋子吭哧吭哧走过来，身上的皮叉裤沾了水，摩擦出奇怪的声响，像爸爸总钓鱼的那条河沟里芦苇丛中的老蛤蟆在有气无力地叫唤。

水里肯定冰冷，师傅的嘴唇都青紫了，师傅丢下袋子，扒下叉裤，从怀里掏出一个扁扁的酒瓶，仰脖子灌了两口，嘴里咕哝着什么。

馒头咸鱼都烤好了，香味招来了更强劲的风，风裹挟了香味跑远了。王小军重新添了一些柴草，让奄奄一息的火苗再次复活，得了后援柴草支持的余烬瞬间活泼起来，师傅贴着腾身而起的火苗，烤着前胸后背。

四野空旷，水光接天，破碎的阳光在水面上汹涌着，一个人影也没有。

水凉啊，鱼不咋爱动弹，箔里鱼不多，中午暖和了就好了。好像怕王小军失望，大红海语气里带着安慰。王小军心头一凉，低头看地上湿淋淋的袋子，袋子口露出了几条鱼，鱼中间还冒出几根暗红的虾须子。

这些鱼虾够咱爷俩吃的。大红海说。

王小军疑惑地四下瞅瞅，不知道这些鱼在野地里怎么变熟，难道也在火上烤吗。

吃完馒头，大红海招呼王小军卸车。撩开破棉被，是一口扣放车上的巨大的锈铁锅，一把掘锨，一盘麻绳，两卷破苇席，两个大棉猴，一个装满水的白塑料桶，还有一个装着盆碗油瓶等物的柳条筐。搬下铁锅，铁锅下面藏着的还是那张黑狗皮褥子，褥子打成了卷，手电筒的脑袋瓜伸在外面。最让王小军欣喜的是他看到了一条叉裤。他估摸这是师傅给他带的，他没穿过叉裤，很想马上试试。

大红海抓起掘锨，在窝铺的下风头堤埝上开始挖土，不一会儿就挖出一个深坑，大红海把铁锅坐上去，又搬下来，反复几次，铁锅坐稳了。王小军很懂事地提着一把砍刀四下拾柴火，堤埝两侧，有很多干枯的碱蓬和一人多高的鬼柳。

王小军抱着一大抱柴草回来时，大红海已经把铁锅刷干净，铁锅里整齐地挤放着那个袋子里的鱼虾。师傅攥了一丛草从刚才的火堆里引着，然后塞进锅底的土坑里，火苗冒起来后，继续添鬼柳枝条，火苗很快添遍了整个锅底。堤埝上散起了好闻的烟火气息。

一个小时后，铁锅热气腾腾，水泡翻滚，鱼虾在水泡推动下颤抖着身子，汤面上飘着一层油，香味诱人。

以前，王小军只是和小伙伴在野地里煮过鸟蛋、烧过蚂蚱、青蛙，从没体验过这种正规的野炊，他兴奋地期待师傅发令，好甩开腮帮子品尝鱼虾。

尽情品尝鱼虾，捞箔的鱼获还能卖钱，还没有爸爸的呵斥，王小军突然觉得此刻幸福无比，这种幸福来得太快了，让他很担心自己在做一个随时会被惊醒的美梦。想到此，他忍不住四下观瞧，视野里没有人影，只有风吹得不断摇摆的丛丛枯草。

师徒俩围着铁锅吃饱了午饭，太阳斜斜地到了头顶，大红海把另外一条叉裤提了起来，平铺在地上，让王小军试穿。

叉裤很肥大，王小军钻进去，叉裤到了他脖子的高度，只露出头来，大红海笑着用绳子把叉裤裤腰捆绑了一下，让王小军在堤埝上试着走动，开始，王小军像一只小笨熊一样踉跄，来回走了几圈，脚步就稳当了。

下了水，师傅在前面推着滚圆的轮胎，让王小军抓着捞拎木把，牵小狗一样拽着王小军，蹚向第一个箔网头。大汪子的水底坡度很缓很坚实，水一直齐腰深，王小军心不再慌张了。他松了捞拎把，与师傅并肩走，帮师傅推着漂在水面上的大轮胎。

走到第一个箔网头时，咸水的冰冷已经渗透了叉裤，侵入王小军的骨头，手冻得僵硬粗大，两腿也有点不听话了。站定了，师傅用捞拎竿磕打着箔网外沿，然后才举起捞拎插入箔网里，捞拎在水下画了一个圆圈，猛地托出水面，捞拎网兜里竟然满满地都是鳞光闪闪的鱼。

王小军帮师傅把鱼装进袋子，把袋子口系紧，放在轮胎中间绳网上，此时的轮胎就是一只小船了。捞完两个箔网，轮胎被鱼压得快沉没了，大红海招呼王小军上岸，此时，师徒俩都冷得嘴唇发青，牙齿打颤。

到了水边，师傅背着装鱼的袋子，王小军在下面托着袋子，奋力爬上了堤埝，赶忙脱下冰冷僵硬的叉裤，大红海掏出小酒瓶，自己灌了一大口，又把酒瓶塞给王小军，王小军也学着师傅的样子，猛灌了口酒，热辣辣的酒液流过了喉咙，嘴里又热又麻。

下午，师徒俩把其他箔网都捞了一遍，鱼获堆了一排子车，大红海把大虾和几十条大鱼捡出来，放到盆子里说，小军，你看着东西，我去把鱼卖了。你爸爸下午要是来找咱们，就把这些鱼虾给他带回去。王小军乖巧地点点头，看着师傅推着排子车高一脚矮一脚在堤埝上远去了。

王小军张望了一下午，他爸爸的影子也没出现，太阳西斜时，师傅回来了，排子车上有一捆破木板和一些大盐粒子。大红海塞给王小军十元钱，说，收好了，自己留着花，别让你爸爸知道喽。

傍晚，一个骑自行车的人由远而近，竟然真是王小军的爸爸。王小军有点高兴，原来爸爸也很惦记他。王小军的爸爸看到了大红海和王小军，用力挥手。到了窝铺跟前，放下自行车，王小军的爸爸很自豪地说，我没绕远，直接就找到你们爷俩了。看，我给你们带来了小虾皮白菜馅的大包子，还温乎呢，赶紧吃了。大红海咧着嘴乐，接过破棉袄包裹的饭盆，钻进了窝铺。王小军的爸爸凑到王小军旁边，耳语道，今天咋样，鱼多吗？有虾吗？

多。王小军自豪地说，师傅下午用车推到渔村，都卖了。

你跟去了吗？爸爸急切地问。

没，我看窝铺。

呸！爸爸啐了一口，扭身钻进了窝铺。

爸爸离去时，带走了一大兜子鱼。

寒冷寂静的黑夜来临了。

黑夜让一切都有了陌生感，无论是熟悉的景物还是熟悉的人，在浓厚的夜色里都隐匿，阴暗，半遮半掩，蒙上了一层陌生的漆黑。

大红海说，半夜睡觉听到啥声音也别管，安心睡着。王小军顿觉惊恐，咦了一声，问，半夜三更谁会来这里，闹鬼吗？师傅摇头笑笑，不是鬼，是人，来的人是谁我也不知道，他们辛辛苦苦来偷箔，随他们来吧。王小军低头想了想，豁然醒悟，瞪大眼睛喊到，哦，那不就是来偷咱的鱼的吗！师傅未置可否说，这大冬天，能吃上几顿新鲜鱼，多美气。谁不想啊。有个胆子大的偷箔的人，喜欢藏在大汪子边的坟圈子里，或者躺在裸露的棺材板上，做出怪声吓唬胆小的看箔人，看箔的被吓跑了，他就大大方方下水捞箔，一晚上几百斤鱼虾，能卖不少钱啊。

那，师傅，你被吓跑过吗？王小军后背发凉，颤声问。

大红海乐了，我不管偷箔的，他们就不吓唬我啦，懂这个理儿吗，傻小子。

王小军摇摇头，还是为师傅以前丢鱼的损失感到可惜。

夜里，王小军竖着耳朵听外面的动静，好像只有风声。

第二天，大红海带着王小军继续捞箔，这天的鱼更多，大红海教王小军把稍微小点的鱼开膛破肚，用大盐揉搓了，晾在破苇席上，说，这些鱼可以到深冬时去农村换粮食。王小军对换粮食当然没兴趣，他关心的是那些新鲜的大鱼可以卖多少钱。

快傍晚，王小军的爸爸又来了，带了几个馒头，带走一兜子鱼。

第三天夜里，喝醉了酒的大红海鼾声雷鸣，王小军怎么也睡不着，他举着手电筒钻出窝铺，起初的新鲜劲已经过去，他有点想家了。也不知道大力二锁他们在干啥。手电筒在堤埝和水里胡乱扫射着，也没啥新发现，一会儿就没意思了，王小军就用手电筒往天上照，照了一会儿弯弯的月亮和稀疏的星星。

回到窝铺，钻进破棉被里，把棉猴捂住脑袋，他迷迷糊糊想睡觉，翻来覆去半天，还是睡不着，这时，窝铺外面好像有些异样的声音。偷箔的人来了？王小军心里一阵惊悚和兴奋，电影里的那些坏人，真来到自己身边了？

他爬起来，把窝铺对着水面的小窗户扒开一点缝隙，用力向外看，真有几个人影在水里。王小军心咚咚狂跳，这时，一只大手把他按回被窝，王小军知道这是师傅的手，他乖乖地躺下了，心想，原来师傅也没睡啊，他也听到偷箔人蹚水的动静了啊。

从寂静如死亡的窝铺外面隐隐传来的声音，像密码天书一样在王小军心里迅速破译着，他在猜想来人究竟有几个，都是什么人，是不是都青面獠牙面目可憎，他们会不会来窝铺抢东西。半天过去了，也没破译出什么答案。王小军像是身处一场灾难当中，他无力反抗，只能盼着灾难赶紧过去。蹚水声没了，几个人好像上了堤埝，这时，突然传来一个人低声的惊呼，我操，你们捞了这么多啊，咸鱼别动。

这声音让王小军如针刺一般难受，他听出来，发出那个声音的人，很像是他爸爸。

天快亮时，王小军钻出窝铺，他推亮手电筒，手电筒的光柱像刀剑一样在水面劈来砍去，他借助手电筒的亮光，看到距离窝铺不远处，有一条湿漉漉的痕迹，往前走，再看远处的几道箔，都有类似的水印由汪子里通向堤埝。王小军低着头，满怀负罪感，回到窝铺边。放下手电筒，东方微明，他点着了柴火，赎罪一样，把柴火烧得很旺。火光在朝霞中鲜艳动人。他用心烤好了馒头和咸鱼，喊师傅来吃。

王小军偷窥师傅脸上没有生气的表情，很是诧异。师傅很高兴地啃着馒头撕扯着咸鱼。王小军说，师傅，今天我来捞箔吧，您老歇着。

大红海哈哈大笑说，我徒弟真懂事，师傅哪能让你自己下水呢，咱爷俩下午捞完箔得回去一趟。

尽管这一天捞的鱼少了很多，加上晾晒的咸鱼，也满满地装了一车。天快擦黑，爷俩精疲力竭地回到了家里。

快到家时，王小军闻到了盐工宿舍胡同里弥漫着熬鱼的和晒咸鱼的香味腥味。

大红海打开院门，王小军看到院子的地上散落着一些东西，有几个抽屉，还有几个敞着口的破麻袋。他再扭头看门窗，果然有一扇窗户是敞开的。这一切大红海也看到了，他却很镇定，似乎什么都没看到。

心情沉重地帮师傅把鱼搬进院子里，他把师傅塞给他的几张钞票藏好，王小军低着头提着一袋子鱼回家。

把鱼丢在院子里，王小军就像立了功的大英雄一样，趾高气扬走出家门，找大力二锁他们去了。

家里没有人，王小军就去他们经常玩的地方找，那条臭河沟边，芦苇垛，副食店的东房山，都没找到他俩。天黑了，王小军在两间没人住的破房子里发现了光亮，他悄悄摸过去，从没了窗户的墙洞往里窥视，他看到大力和二锁一人拿了一只锃亮的手电筒，正在照屋顶上的燕子窝。

呔，你们两个蟊贼，往哪里逃！王小军学着评书里的话，高声断喝。他本想吓唬大力和二锁一下，再和他们笑成一团。谁知他俩面色极其慌张，把手电筒往屁股后面藏，抬头看到是王小军，神情才恢复常态，大力颤抖着声音说，小军，你回来了啊。

王小军凑过去，要抢大力的手电筒，口里说，哪里来的手电筒？你爸爸那个没这么大啊。

大力支支吾吾的，我爸爸昨天买的。手电筒没递给王小军，却递给王小军一包吃了一半的江米条。

王小军挥手把江米条打落在地，瞪眼质问，你俩准是偷了我师傅的钱了，对不？

大力二锁听了，面面相觑，然后俩人蹿起来，猛然推开王小军，钻出门洞，转眼就跑得没影了。

四

夜里起了大风，西北风把王小军家的窗户当成了口哨，嗡嗡地吹了一宿。天亮时，大红海来砸门，王小军吓了一跳，他觉得师傅肯定要和他算账，说不定要让他带着派出所的警察去抓大力和二锁。

王小军躲在屋子里，侧耳听大红海和爸爸说话。

大红海说，兄弟，咱们得去大汪子边去捡冻鱼，这一宿大风，汪子里的鱼肯定冻僵了，我先带着小军去，你喊人跟上吧，记着让大伙带着木棍子，砸鱼用。

爸爸给王小军布置了任务，先去通知大力二锁两家去捡冻鱼，再去找师傅大红海，要在第一时间赶到汪子边。

顶着力度强劲的北风推着排子车来到汪子边时已经快中午了，王小军觉得自己快被冻成冰坨了，从骨头里冒寒气。脸上像结了层冰壳，摸上去都冰手指。大汪子的水还没结冰，水波冷涩黏稠，泡沫被风吹得蝴蝶一样四处飞舞。再仔细在水岸连接处寻找，真的有一些冻僵的筷子长的梭鱼被水浪推到了岸边，白花花的俯首可拾。王小军和大红海赶紧忙活，有的大梭鱼还能游动，但是已经到了浅水处，用木棍砸下去，被打中的鱼瞬间就翻出水面。在第一批来捡冻鱼的人到来时，他们已经捡了两袋子大梭鱼。条条梭鱼都像白萝卜一样肥得滚圆。

来的这些人里有大力二锁还有他们的爸爸，看到堤埝上那两袋子鱼，他们都急红了脸，默不作声地急匆匆跳下堤埝，在水边紧张地寻觅，手里的木棍时不时地砸向水面，噼噼啪啪，稀里哗啦。他们手里提着的鱼兜子也慢慢变沉重，每个人都掩饰不住地激动兴奋。接着，第二批第三批人也都赶来了，上一批捡冻鱼人的鱼获无疑刺激了新来的人们，他们更加急切地跳下堤埝，大汪子下风头的这个角落，很快乱成一团。不断有鱼从深水处游来，只要它们的身影被发现，几根木棍会抢着砸下去，很多人浑身湿漉，也舍不得离开半步。这些梭鱼像被施了魔法，源源不断涌向浅水处，让人们忘记了一切。

　　傍晚来了，大红海让王小军在排子车边看着捡上来的鱼获，光线昏暗中，一把把手电筒都亮了，鱼似乎越来越多，狂风把捡冻鱼的人们吹向了汪子的一个东南角。王小军看到他们发了疯一样踩着泥水，手里的木棍狠狠砸向水面。很快，那里有了一个大大的人团儿，人们手里举起的木棍，就像刺猬身上的毛刺。就在这时，王小军听到一声闷重的响，他寻着声音找，王小军看到大红海身体晃了晃，僵直地摔倒在水里。王小军高喊，砸到人啦，谁砸了我师傅啦。但是那些人就像木头人，谁也听不见王小军在呼喊；他们又像一群盲人，谁也看不到大红海跌倒在水里。王小军愣了一下神，赶紧跳下堤埝，飞跑过去，从冰冷的水里拽出了大红海，他喊身边人帮忙，才有两个陌生的大人不情愿地各伸出一只手，帮王小军把大红海拖到岸边。大红海猛烈地咳嗽了一阵，嘴里吐出几口呕吐物，身体开始发抖。

　　王小军在乱哄哄的砸鱼喧嚣中艰难地推着大红海离开了堤埝，他没有央求认识的大人帮忙，因为他知道，大人们此刻脑子里只有多捡冻鱼。把排子车推上通往盐场晒盐工区的那条路上时，天上的星星早就睁开了眼睛，用满眼的寒光冷漠地俯瞰着像雪橇狗一样的王小军。收获满满的人们陆续超过了他们师徒俩，每一辆自行车晃晃悠悠醉汉一样从王小军身边安静地驶过时，全身大汗的王小军就觉得一阵又一阵的寒凉。

五

　　还是王小军独自一人从师傅家找到盐工医疗证，把大红海推进盐工医院，每天给大红海端屎倒尿，送妈妈给做的一日三餐，尽管爸爸不满的声音很刺耳，王小军还是坚持每天去医院。

　　半个月后，从医院出来，大红海恢复得还好，就是变得有点傻了，他的口水就像屋檐上滴下的雨水一样多，总是稀稀拉拉溜出来，挂在胸前。

　　王小军发现，师傅似乎永远不知道自己口袋里装了几块钱，也不知道钱揣在哪个兜里，有时候他随手掏口袋，掏出一张一块两块的纸币，把自己都惊喜得冒出了鼻涕泡，他会举着钱寻找王小军，把钱塞进王小军的衣兜。

　　王小军对插箔治鱼的手艺豁然领悟了，他在大海结冰前，从大红海插的箔网里又捞了几次鱼，他给自己鼓劲，把鱼推到周边的乡村卖掉了，给大红海换了很多土豆大白菜还有稻米，连王小军的爸爸在骂王小军吃里扒外时，暗地里和王小军的妈妈耳语说儿子突然懂事长大了。

　　盐工子弟学校放了寒假，王小军因为总给班主任家送鱼，期末考试也都及格了，这年他上初三，爸爸说，毕业后就提前接班，当一名正式盐工。王小军想，只要不耽误他插箔治鱼卖钱就行，当盐工也可以接受。

　　快小年了，王小军的爸爸借题发挥，请了大力二锁的爸爸在家喝酒，酒肴是一盘馏咸梭鱼，一盘馇梭鱼冻，一盘花生米，一盘炒鸡蛋，一盘虾油白菜。

　　大红海不知啥时候走到了王小军家院门口，透过玻璃窗，王小军看到了大红海熟悉的身影，他赶忙跑出屋，把大红海搀扶进屋，大红海傻乎乎地也不推辞，任由王小军摆布。进了屋，大红海站在正在吃喝的三个大人身后，闻到了酒香，大红海的口水就像大雨时屋檐落下的雨滴，几乎连成线了。王小军在一旁很焦急，他期盼着三位大人中谁肯开口说，呀，这不是大红海吗，快来喝两盅。有了这句像台阶一样的话，王小军好给师傅搬凳子，摆酒盅碗筷。

　　可是，王小军和大红海站了很久，三个大人自顾自饮酒谈笑，根本没人搭理口水连连的大红海。王小军在一旁焦急等待着，他觉得大红海肯定变成一团透明的空气了，所以大人们才看不到他。他就走过去，站在大红海身边，希望大人们看到他俩。可是王小军的爸爸回过头瞪了一眼，说，你还不出去找大力玩去？大力肯定想你了，快去。王小军明白，此刻几个大人把大红海当成令人厌烦的乞丐了，他们硬下心不肯施舍。

　　王小军失魂落魄地把眼睛一直盯着饭桌的大红海拽出屋，拉回家，王小军心里一片白茫茫的冰雪世界。

　　回家时，王小军质问醉醺醺的爸爸，为什么不请大红海一起喝酒。爸爸看到王小军气愤的神情，也掉了脸子，硬声硬气地说，你个傻子小子，他要是在咱家喝酒时突然犯病死了，你还要给他打幡抱罐啊，真是白养你了。

　　过年了。王小军从他家鸡窝里掏出大红海受伤之前给他的一百多块钱，拿出一沓，买了一只手电筒两瓶老白干酒一包花生米半斤酱驴肉。他把两瓶酒花生米酱驴肉偷偷送到师傅家，塞给师傅时，看到师傅流着哈喇子傻乎乎微笑的样子，王小军觉得一阵心酸，他眼里含着泪与师傅吃完了这顿年夜饭。

　　他开始疏远大力和二锁他们了。好多夜晚，陪师傅吃完饭，伺候师傅躺下，再从师傅家出来，他会提着手电筒，在盐工宿舍周围照来照去的，像个查夜的巡警，也像只原野里的流浪狗。

　　盐工们对这个落单的少年王小军指指点点，他们发现他的手电筒近看光亮充足，可是距离远了，就显得微弱无力，因为王小军手电筒发出的那一束光亮，被盐工宿舍各家窗户外泄的灯光以及偶尔驶过的汽车灯光以及路灯光，潮水一样淹没吞噬得干干净净。

让鱼听到我的忧伤

不一样的声音就是王小军内心不同心情的开关。

他和伙伴们玩得满头大汗时,妈妈喊他回家吃饭的声音就是他烦躁心情的开关。妈妈扯着嗓子一喊,吧嗒,一道开关打开,他心里顿时烦恼无比,他舍不得就这样结束游戏;而躲在屋顶很薄的屋子里听到刺破墙壁和门窗的风声雨声时,王小军喜欢静静地躺着不动,觉得自己的身子正在被这些奇异的声响洞穿,一些声音涌进身体里来,风在一个看不见的地方不停地吹,雨在不断地敲打,他喜欢胡思乱想的开关就被打开了,整个人陷入到无边无际的遐想中;夜半时候爸爸那如雷的鼾声,会让他情不自禁地挣扎在爸爸讲过的厉鬼与侠客的恐怖故事里,他不得不努力把自己想成拿着一根铁棍的神奇猴子,与侠客合伙驱赶黑暗里那些让他心惊胆战的厉鬼;每个周末的清晨,他还在睡意朦胧中徘徊,爸爸起床弄出的开灯声穿鞋声,以及妈妈为爸爸炒鸡蛋时蛋液滑进铁锅立即被热油包围后迸溅起来的滋啦声,则好像开启了他嗅觉和味觉的开关,让他对一顿鲜美的熬鱼充满了甜蜜的期盼。

夜里,雨水把屋顶当成一面大鼓,敲打了整整一夜,鼓声时大时小,大的时候如同除夕夜才有的鞭炮齐鸣,小的时候很像妈妈在屋檐下簸陈米的沙沙声。

这天早上的声音是他甜蜜期盼的开关。只是在这开关开启之前，响起了一句低沉的喊声。二哥，起了。爸爸被窗外的喊声电击了一下似的，腾地坐了起来，马上和外面的喊声应答，白老弟，这就起，你们几个门口等我一会儿。随着爸爸的语声落地，紧接着响起了王小军熟悉的开灯声穿鞋声炒鸡蛋的滋啦声。

炒鸡蛋的香味除了让他不停地吞咽口水，就是还把他从睡梦里干净彻底地拉出来了。他闭着眼，闭着眼他就看到了盖着木锅盖的铁锅锅沿儿四周欢腾的白雾，然后就是端上饭桌的盘子里颤巍巍香喷喷的鱼肉，还有就是不停伸向鱼肉的一双双筷子头儿。

天大亮时，秃老三站在院门口喊他时，王小军正趴在铁锅上寻找残留的炒鸡蛋的碎屑呢。

院子里的几只母鸡正在仰着脖子悠闲地喝着地上的雨水，母鸡仰脖子的样子，让他想起自己生病吃药时，脖子也需要这样一仰，药片才能咽得下去。

他和秃老三各自举着根长竹竿走到院门口，竹竿先从门口探出身子，他俩才斜着身子挨出院门，竖起竹竿架在肩头继续走，他俩看起来就像拿着长矛枪的童子军。秃老三手里还团弄着不停地钻出他手指缝隙的嫩红的蚯蚓，他们的目的地是驳盐沟。路过小臭家门时，小臭正拿着根破竹片，对着几只飞来飞去的土蚂蚱喊，杀，杀，杀。看到他俩，小臭就跑进院子，出来时，他的肩头也扛了根细竹子做的鱼竿。

到了堤埝上，他们的凉鞋已经黏上了厚厚的泥巴，走路就像穿了巨大的泥鞋。三个人干脆把鞋都脱了，扔在一边。他把鱼线绑在竹竿梢子上，取一条蚯蚓在掌心拍了拍，把蚯蚓肚子里的稀泥都拍出来了，然后用黏糊糊的手指掐断蚯蚓，给鱼钩上鱼饵。等把鱼钩下好了，丢下鱼竿，他们仨就没事干了。

雨后天气很好，天透亮得像他们班教室刚擦完的玻璃，水面油一样黏稠、安静，远处几只鱼鹰在水面上飞。驳盐沟本来就没多少鱼，夜里的雨水让驳盐沟的水蓄得满满的，这样一来，鱼儿更难上钩了。

大人们去打河鱼了，王小军说。他说这话时，还往四外望了望，好像他已经看到大人们在河边抡着渔网。

嗯呐，他们打鲫瓜子黑鱼棒子鲤鱼拐子去了，秃老三也随着王小军说话，也向远处望着。

小臭吞下一大口口水，也随着他们把目光投向远处。

不是去桃园、辛庄，就是去东坨子了，肯定没去海边，王小军说。

嗯，没去桃园，也没去辛庄，是去了东坨子，早晨我听我爸说的，他喝完了热面汤，说去东坨子西边大沟打鱼，那里下完雨会开闸放水，有流，鱼厚，秃老三说。

他们住的地方，东面靠近渤海，海边这些渔村的名字，自然和对海鱼的记忆有关；西面是几个种大庄稼的农村，那里密布淡水沟渠，可以捕获淡水鱼。在王小军的记忆里，地名不同，那里所产出的鱼也不一样。

小军和秃老三对视了一眼，目光交错而过，他们不约而同地呲着牙乐起来了。他俩知道，每次大人们一起打鱼归来，两家的院子就会无比热闹。他们的院墙就是一些破砖头码起来的，到处都是缝隙，阳光与风可以在墙面上随便穿行；墙头很矮，只能遮住多半个身子，母鸡们高兴了，都可以蹿上墙头，跳到邻家院子里刨食。所以，他们彼此能看到邻家的热闹，更能听到欢快的笑声。

王小军喜欢在鱼香和酒香缭绕中听大人们说话。秃老三的爸爸亮着嗓子喊王小军爸爸二哥，他爸爸回喊对方老弟时，王小军的心会暖洋洋地颤悠一下，好像两个大人真的成了亲兄弟。大人们不是在这个院子吃鱼喝酒，就是在那个院子喝酒吃鱼。他们喝酒，每次会喝很久，他们快活的样子像节日里亲人的聚会。这种氛围里，大人们基本不会瞪眼睛呵斥孩子们，王小军和秃老三便会在桌子边肆无忌惮地盯着桌上的熬鱼吞口水。这时，王小军的爸爸会夹一筷子鱼肉，招呼秃老三吃；秃老三的爸爸，则会往王小军嘴里喂几块鱼肉。秃老三喊王小军的爸爸二爹,王小军喊秃老三的爸爸白叔。一次,白叔家腌鸭蛋,放在当院的鸭蛋坛子进了雨水,咸鸭蛋变成臭鸭蛋了,白婶把舍不得扔掉的臭鸭蛋煮熟了,先给他俩一人分了一个,没剥壳时,鸭蛋热乎乎的诱人,可敲开蛋壳,臭味就像半路的劫匪一样跳出来,赶跑了所有的好心情。他俩努力几次,屏住呼吸把鸭蛋举到嘴边,可是狡猾的鼻子还是遭遇了强烈的恶臭,他俩谁也吃不下。比臭豆腐还臭呢,他对秃老三扮着鬼脸说;当晚,大人们一起喝酒吃臭鸭蛋时,他看到大人们毫不在意臭鸭蛋的恶心气味,他就有些幸灾乐祸,觉得大人们好笨,那么臭的味道居然闻不到,是喝醉了的缘故呢,还是大人的嗅觉要比孩子们迟钝?反正他和秃老三看得捂着鼻子乐出了明晃晃的鼻涕泡。

太阳渐渐高起来了,炉火一样的烫,三个人的脸上,汗珠子小虫子一样钻出额头,在脸上蜿蜒着向下爬,王小军挥手把它们崴开,甩在阳光里。鱼漂像睡在了水面上,小臭不耐烦地把自己的鱼竿举起,又砸进水里,鱼线锋利地劈开柔软的风,发出嗖的一声。

就在他们把几条小鱼拉出水面后,王小军听到了呼喊他名字的声音。是弟弟。弟弟的人还隔着老远,声音已经凄惨地跑过来了。王小军远远看到弟弟的脸被阳光包围了,明晃晃的阳光在那张小小的脸上一闪一闪,就在这闪烁中,他还看到弟弟屋檐滴水似的光闪闪的眼泪。

王小军,快回家,爸爸他们打鱼,淹死了,妈妈———说到这里,弟弟用手指着家里的方向,哽咽着说不出话了,肩头因为猛烈的抽泣不停地耸动着。

王小军提起扔在地上的鞋子,抓起弟弟的手跑了起来,弟弟没几步就慢下来了,王小军低头看,弟弟光着脚丫子,他的鞋不知道被哪块泥地粘去了。

家门口聚了很多人,穿着各色的衣服,王小军立刻泪眼模糊了，只觉得很多不同色彩的身影——男的、女的，大人、小孩在晃动。然后是哭声，女人的哭声，在人群遮挡着的院子里，这哭声不屈不挠地响着。

妈妈坐在院子里，她身上像刚发生了一场龙卷风，乱糟糟的，沾满了泥水，头发像刚从爆米花锅里钻出来，蓬松凌乱地披在肩头。几个大娘大婶在一旁站着，她们都是束手无措的样子。王小军的出现让妈妈再次大放悲声，妈妈一把搂住他，闷雷一样的哭声从他耳边源源不断滚过。王小军低着脑袋，各种声音在响，争先恐后地响，交错着，冲撞着。乱哄哄的。王小军茫然地望着大家，他感觉自己的大脑里正落着一场雪，好大一场雪啊，白茫茫的，一片铺天盖地的白，一片空茫，他什么知觉都没有了，他听不清大家具体在说什么，争吵什么，议论什么。妈妈继续哭，他就呆立着被妈妈搂在胸前。

不知什么时候，门口聚集了好多人，他们拥挤在一起，组成了一道高大的堤埝，把风与阳光都挡在了门外。

马路那边有群人推着排子车来啦。人群里谁喊了一声，人群就像洪水冲垮的大堤一样哗啦啦溃退，都被无形的洪水推向了马路那边。这一瞬间，王小军感到妈妈突然被抽走了骨头一样，瞬时变成了棉花垛，软塌塌的，瘫在了地上。

王小军和妈妈一样，在原地呆愣着，母子俩像无路可走束手就擒的罪犯，等待噩耗把将他们击中，蹂躏，打垮。

王小军听到乱纷纷的脚步声又回来了，他全身颤抖，恐惧得闭上了眼睛。可是这声音像水流遇到堤岸阻拦一样突然转向，涌到了白婶家院子，紧跟着响起了白婶被酷刑折磨一样的惨烈哭声。王小军和妈妈都哆嗦了一下，这时候弟弟满脸通红跑进来了，边踉踉跄跄跑着边高喊，爸爸回来了，是白叔淹死啦。弟弟的声音还没有落地，王小军已经箭一般蹿出院子，他看见全身湿漉漉的爸爸已经扶着门框站在院门口了，爸爸目光呆滞，眼神恍惚，身子显得摇摇欲坠。

妈妈痴痴地看着爸爸，望了好一会儿。她的样子像过年时候的村戏演员，从台上的戏情里走出来，走到了后台。一从剧情里走出来，就立刻把悲伤表情换掉了，她忽然欢快地低叫一声，惊喜地挥舞着双手冲向爸爸，举起双手又放下，然后又举了起来。爸爸的表情却一点都不激动，他甚至显得出奇地冷静，拖着双腿走过妈妈身边时说，给我找身干衣服。妈妈的手才有了着落，妈妈随爸爸进了屋，双手伸向屋子里的柜子，王小军也跟了进去。

妈妈边翻找衣服，边颤声说，有人捎信儿来，说是你淹死了。

爸爸愣了一下，自言自语说，哦，是我让东坨子的人赶紧来送信，我报的是自己的名字，让给咱家送信，传话传错了吧。

爸爸没淹死，王小军心里的快乐突然炸开了花，淹死的不是爸爸。

王小军又走出屋子，外面都是悲伤的声音。他隔着墙头往白婶家院子里看，白婶被刚才的几个大娘正往屋里抬，人影闪过的缝隙间，一辆两轮的木排子车摆在院中，车上露出一个脑袋和两只泥脚，那分明就是淹死的白叔。

王小军蹲在墙根下，不敢再看墙头那边，他把耳朵里多余的声音驱赶干净，用力聆听邻家院子，就在这驳杂凌乱的声响中，他觉得心头在一阵一阵地恍惚，悲伤的声响像一小块儿乌云，刚才还笼罩在自己家上空，这会儿已经飘移到秃老三家屋顶上去了。

两个大人从他身边走过，进了他家屋子。他一眼就认出来了，都是爸爸的渔友：周叔和王叔。紧跟着，屋里传来了说话声。王小军走进屋，刚进屋的大人们站在里屋床边，爸爸靠在床头的被褥垛上，眼睛红红的，头发还没干透，打着绺。王小军静静地站在大人身后，听他们说话。

他仔细听每一个字，就像在地上寻找口袋里漏掉的钢镚儿一样仔细，他认真地把每一个字捕捉到，捡拾起来，小心翼翼地揣进心里。

闸门放水，老白把网撒出去，人就被网拽进水里，被水流卷走了。这是爸爸在说话。

嗯，水流太猛了，水性再好也不行，我当时离得远，听你喊了，才知道他掉水里了，周叔说。

是啊，他人掉水里后，马上被水卷没了，我离他最近，有十几米远，爸爸说。

唉，捞上来时，旋网的网绳还套在手腕上，肚子里没喝水，就控出点儿没消化的面汤。这是王叔的声音。接着就是大人们的叹息声，还有他们吸烟的吞吐声。

咱们几个人拿网扣他，打了十几网也没捞到，就去东坨子喊人了，停了水泵，老白才漂上来。爸爸有点像自言自语的话让王小军有点茫然，他期待的情节没有出现，他没有捡拾到令他惊喜的东西。为什么爸爸没有像电影里的英雄一样立刻飞身下水，伸出大手把白叔拉上岸呢。露天电影和小人书里，不都是这样的情节吗。

他退回到院子里，发现爸爸的破自行车不知被谁推进了院子，走不动路的老人一样斜靠在墙上。车子后面还挎着鱼筐，鱼兜子、渔网都在鱼筐里面。走近了，他听到鱼兜子里有微弱的声音。他把鱼兜子拎出来，扒开看，里面有些大小不一的鲫鱼，几条嘎鱼，还有像被刀切过的没有了下半身的多半条小草鱼。鱼的鳞片粘在鱼兜子上，有的鲫鱼还张着嘴大口大口地吞咽着空气，刚才的声音，就是这些鱼垂死的呼喊吧。

墙缝里，秃老三家哭声水浪一样此起彼伏，排子车没了，白叔已经头朝南躺在了木板上，身上蒙了一个床单子，脸也被盖上了，隆起的鼻子在床单下轮廓清晰。王小军突然想起自己蒙着被子睡觉的感觉，一阵憋闷，他深呼吸了一下，好像床单也把他蒙住了。

他隔墙望着躺在床单下的白叔发呆，等待着白叔能突然坐起来，他好马上高喊一声向大家报喜讯。

都别哭了，白叔复活了！他会攒足了劲高喊，把一切悲伤的开关都关闭。这句话就在他嗓子眼里憋着，随时会喷出嘴边。

他用力想着白叔平时的样子，希望这样能够让白叔加速复活。他想起白叔和爸爸在炉火边熔化铅块儿的情景。一口破铁锅里，冒着烟的铅块从锅底开始冰块一样熔化，毫无光泽的铅块的身下流出了银光闪闪的液体。等锅里完全是一片晃动的银光，他们就一个端锅，一个摆好铅坠模子。铅水像小孩子鼻孔里淌下的鼻涕一样慢慢滴下来，钻进了模具上的小孔。一会儿，把两块扣在一起的模具掰开，亮晶晶的铅坠就滑落在了地上。然后铅液继续钻进模具，一下午，就做出来好多铅坠。这些铅坠，就是大人们做新旋网网脚子用的。他们每人都有好几个旋网，什么一指眼的，二指眼的。网眼大的打河鱼，网眼小的打海鱼。铅坠做好了，他们又在各自的屋檐下织渔网，渔网开始时在手里织，网身长了，就挂在屋檐下织了，织好的渔网还要用不知什么油浸了，帐篷一样支在院子里晒干。白叔家和自己家就像两面互相映照的镜子，这家干啥，那家也基本差不多。

有时候白叔白婶来家里串门，白婶帮妈妈纳鞋底，俩人小声笑着说话；白叔就和爸爸下象棋，为一步棋大声吵。他俩抽烟很凶，屋子里就像下了雾一样。王小军呢，在大人的说话声中和缭绕的烟雾里给秃老三补习功课，他俩是同班同学，秃老三很笨，已经蹲过两班了，白叔总数落他，你个小笨蛋，就敞开了蹲吧，你要把学校蹲坍啦。

王小军的爸爸是个机关干部，其他的渔友都是盐工。那时的机关小干部很不吃香，工资低，啥权力和福利也没有；而盐工工资高，还经常发劳保用品，线手套，翁子鞋，劳动布裤褂，雨衣啥的。这让王小军的妈妈羡慕不已。自从爸爸和他们成了渔友，王小军的线裤就是用劳保手套织的。爸爸打鱼时穿的鞋，就是白叔给的翁子鞋。这种鞋结实，在泥水里怎么踏都行。

院墙那头开始升起了烧纸的气息，一个破脸盆已经摆好，烧纸在里面热闹地吐着火苗，秃老大和秃老二蹲在盆边，用火钩子挑着纸烧。白叔那直挺挺躺着的身体，还是纹丝不动。王小军眼睛都累酸了。这时妈妈悄声喊他进屋，他就进屋了。妈妈塞给他两张钞票，是二十块钱。妈妈说，去给白婶送去，就说是咱家的礼钱。他捏着钱低下头，一动不动，说，让弟弟送去吧。妈妈揉了他肩膀一下说，你是哥哥，让你去你就去。

他慢吞吞走向白婶家，进了院子，没人搭理他，额头已经裹上白布的秃老三也没看他一眼。他在人群里钻进屋子，在里屋床上找到了白婶，把钱递上去，小声说，我妈说这是我家的礼钱。谁知白婶突然嗷的一声捂着脸大哭起来，他手一哆嗦，两张钞票就飞落在床上，他赶紧逃出来，回到自己家院子时，腿软得厉害，心还在怦怦跳。

王小军的心跳刚平复下来，吱嘎，门一响，一个大脑袋挤进门缝来，是秃老三。王小军忽然想到他来找自己玩的那些快乐日子，顿时心头一喜。但是热情欢迎的话他没有说出口，因为他看到秃老三的脸上分明落着一层寒霜，一只脏乎乎的手里举着那两张钞票，把身子恶狠狠从门里挤进来，几步跨到王小军跟前，手里的钱忽然抖了抖，像扔擦屁股纸一样掼在王小军的脸上，气哼哼地喷出一句话，我妈说了，不要你家的钱，说完，转身就走。

王小军傻子一样站着，看着秃老三快速离去，他忽然觉得心里空空的，这一切是不真实的，而是一个梦，白日梦。他站在地上打了个盹儿，这噩梦就乘机挤了进来，要侵占他一直无忧无虑的心，并且毁坏他和秃老三长久以来结下的友谊。可是，墙那边的哭声一直咿咿呀呀地响彻，分明在提醒他这一切不是梦，是真实的，已经发生了，不容改变。他苦恼地摇摇头，进屋把钱重新递给妈妈，说了刚才的事。他看见两个大人的脸色慢慢地黯淡了下去，妈妈看了爸爸一眼，忽然红了脸，对着王小军吼了一句，笨，咋礼钱都送不出去！

王小军被这突如其来的怒吼吓蒙了,他呆在原地,傻傻地看着妈妈,他真不明白这一切关自己什么事儿,怎么都冲着自己来了呢?他究竟做错了什么呢?

妈妈走出屋子去了。过了好一会儿,妈妈返回来,眼睛红红的,他看到妈妈右手攥着拳头,十元钞票露出了一角。爸爸盯着妈妈的手,再没问什么,长叹一声,点着了一支烟,烟雾很快冒起来,罩住了爸爸郁郁不乐的脸。

晚上,周叔和王叔又来了,他们说他们的礼钱也被拒收了,爸爸妈妈听了,一直紧紧绷着的脸色突然缓和了一些,好像他们夫妻俩从这话中找到了一种什么能够让内心稍微平衡一些的东西。

大人们开始说话,王小军躲在外屋侦察兵一样监听。

这事能怨谁,都有一家子人,谁也不愿意他那样。周叔在说话,王小军听出来,他在劝着别人,也在安慰自己。

就是啊。这是赞同的声音。然后是爸爸自责的声音,怨我,我当时离他最近,他上了闸口,我没喊他一声。

不怨咱们,早上我们都说去海边打鱼,老白非说去东坨子大沟,王叔说。

大人们一直在说话,声音絮絮叨叨的,低沉,缓慢。天气很晚了,他们还在驴子拉磨一样说着类似的内容。王小军听了一会儿,就觉得这其实都是些车轱辘话,滚来滚去的,听不出什么新意。他觉得心情索然,只好和弟弟躺在外屋入睡,直到很晚了,大人们还是不散,还是在翻来覆去地说着那些话。他迷迷糊糊入睡了,睡梦里依稀听到有一些轻微的叹息在空气里慢慢地弥散,这叹息中充满了悔恨、失落和无奈,像夜晚潮乎乎的海风,在海堤上推着波浪轻轻地摇晃。

一口巨大的黑棺材被抬进了秃老三家的院子,几个人叮叮当当很快就把白叔钉在了里面。

厂子里派来的双排卡车停在秃老三家门口,准备抬起棺材时，王小军突然看到爸爸和周叔王叔出现在白叔家院子里，他们在棺材前齐刷刷跪下了，同时给棺材磕头。就在这时，王小军看到一旁的白婶突然甩开搀扶她的胳膊，一头撞向棺材，砰的一声，白婶直挺挺倒在了地上。人们一阵骚动。这一幕把王小军吓坏了，那砰的一声，重锤一样捶打在他胸口，爸爸和周叔王叔也被吓呆了，他们面面相觑。嘴唇上已经有了一层嫩嫩的胡须的秃老大跳了出来，高喊一声，你们都出去，害死我爸爸，还想把我妈妈逼死啊！这时候白婶醒转来了，像野兽一样哀号起来。这哭声像一把长剑，高高悬在头顶，在一道剑光的逼迫下，爸爸和周叔王叔赶忙低着头离开了。王小军怯生生地看着爸爸走回家里，他看到爸爸眼睛红红的，他不由得鼻子一酸，羞愧地低下头。爸爸却毫无征兆地抬脚在他屁股上猛踢一脚，骂了一句，滚远远的，有啥好看的！

  王小军挂着委屈的眼泪进了屋，他听到了棺材被抬上车时，蹭在车厢的铁皮上发出了巨大的摩擦声，同时还有人们的喊叫声，汽车发动的声音，还有追随着汽车慢慢远去的哭声。

  白叔下葬后，墙两边的院子同时陷入了沉默。巨大的沉默像一道漫天撒开的网，将两家人罩在下面，伴随着安静的，是一种尴尬，两家人隔着墙头互相看见，谁也不理谁。王小军从屋里经过院子走到外面时，就怕墙头那边也有人出或者进，每次他都是用力低着脑袋走路，出了院门，没遇到白家的人，他才长舒一口气。像在水里扎了一个漫长的猛子，终于把头露出水面，可以畅快呼吸。

  爸爸也不再与别人结伴打鱼了，有时候爸爸只带上王小军一个人，来去的路上，爸爸枯燥地瞪着车子，王小军一声不吭地坐在后面。爸爸再没有去过东坨子的那条大沟。爸爸撒下渔网，然后把网兜里的鱼扔过来，王小军提着鱼兜子，把打了泥滚儿的鱼装进鱼兜子，每装一条，他都会仔细看一眼鱼，寻找鱼眼睛里绝望的眼泪，可是，鱼为什么没有眼泪呢。有的鱼会在他注视时，蹦棱一下身子，把泥点子甩在他的脸上手上。除了这个，它们只会在鱼兜子里拼命地撞击，发出一些微弱凌乱毫无意义的声响。王小军在心里倾听着这声音，很奇怪，这声音让他内心无比悲伤，他觉得鱼一定非常痛恨他爸爸。

回家了，他家不再在院子里收拾鱼了，爸爸妈妈会躲在屋子里，把满屋搞得又腥又臭；熬鱼时，也把烧煤核的炉子搬进堂屋，锅盖盖得严严实实。

王小军的世界突然安静了，以前的好多声音都成了跑得无影无踪的逃兵，没人在他家院子里喊他——小军，走啊，钓鱼去；或者，小军，下鸟套子去！或者，小军，走，大沟凫澡去。这些声音，把去字都读成"切"这个音。这些声音，都是他的快乐按钮，只要一听到，他就扑棱着翅膀，呼嗒呼嗒飞出屋外。可是，现在，一切都不复存在了。

厂子里为了解决白家的困难，安排秃老大到厂子里接班了。有一天，秃老大喊来了几个工友，拉来了很多旧砖头，他们在院子里和泥，然后开始把院墙垒高。他们垒的时候，被砖头挤压出来的泥巴噼里啪啦掉在王小军家院子里。墙头长高一点，王小军家院子就暗淡一点。墙头和屋檐一样高时，他们收工了，然后他们把墙上所有的缝隙都用泥糊死了。忙完了，他们在院子里喝酒，秃老大像大人一样粗声招呼着工友们。王小军站在高高的墙下，侧耳聆听着墙那边的声音，这道墙尽管高，但是他们喝酒的气味，还是爬过墙头来了，直接钻进王小军的鼻孔里。墙虽然高，气味是隔不住的。

从那天开始，王小军家的早晨都没以前明亮了，好多阳光被拦截在了墙那边。

那堵高墙，让王小军觉得害怕，风很大时，他觉得高墙摇摇晃晃，忽忽悠悠，随时会倒塌。每天穿过高墙的影子走出家门，他都踩在开春的冰面上一样小心。

半夜睡不着时，只要院子里有什么异样的声音，他就会战战兢兢地把窗帘拉开一点点缝隙，向院子里看，他好像看到白叔站在院子里，那恍惚间闪过的白叔，总是一脸愁苦，全身精湿。

暑假结束，开学了，班主任号召大家给秃老三一家捐款。他迫不及待地向爸爸妈妈要了两毛钱。他捏着钱跑进办公室，不知道为什么，他心里很激动。他内心有一个念头，等这两毛钱转到了秃老三手里，秃老三一定会感觉到自己留在上面的余温。一定会的，他们曾经是那么好的朋友呢。班主任看见他了，说，王小军，因为一些复杂原因，你就免了吧，不用你捐款了。说完，班主任就忙着接收别的同学递上来的钱。王小军把钱捏进掌心里，慢慢地慢慢地退后，退出了老师办公室。他打了一个寒噤，抬头看天，天气晴朗，他觉得奇怪，明明是晴天嘛，自己为什么觉得这么冷呢？他的心里分明有一场冰雪正在落下，越落越厚。

捐款之后，班里组织了一次班会，秃老三被破格吸收为了少先队员，戴上了鲜艳的红领巾。戴着红领巾的秃老三激动得不行，控制不住了就干脆哭起来，哭得跟泪人似的。班主任老师拿着一张纸念了起来，纸上写的是同学们的捐款数和名字。老师的声音很高，好像他要通过这样一个高度来特意地凸显什么，强调什么。他每念出一个名字，王小军的心就跟着颤一下；在等待老师念出下一个名字的间隙里，他就像被鞭子抽打的人，屏住呼吸闭着眼等待空中的那把鞭子狠狠地落下来。王小军的爸爸是胆小鬼，见死不救！他感觉班里的每个角落都在响彻着这句话，而且这句话已经被同学们传来传去，大家分享喜悦一样一起分享着这句话，就如同分享过年时的一块糕饼。

他耳边整天回荡的都是同学们的嘲笑声，这些声音都是他羞耻心情的开关，这些开关遍布在教室里，操场上，回家的路上。放学了，秃老三被簇拥着回家，王小军像条野狗一样，在后面远远地落魄地游荡。

开学后的第一次数学考试后，他拿到被老师批阅过的试卷，发现自己的分数无缘无故被扣掉了两分。他第一次没有考第一名，第一名是厂保卫科科长的女儿张永红。更奇怪的是，考试中从来没有及格过的秃老三，这次竟然及格了。

全校大会召开了，秃老二和秃老三站上了主席台。他俩的胸前都戴上了一朵巨大的红花，红花的颜色好鲜艳啊，王小军偷偷抬眼望，他感觉这颜色不光映红了那哥俩的脸，连远在台下的自己的脸都变得红彤彤的了。校长夸奖了秃老二和秃老三，说他们是坚强的孩子。

散会之后放学回家的路上，王小军急匆匆走在前面，当他走在驳盐沟的堤埝上时，后面传来一片欢笑。他忍不住回头看，是一群孩子簇拥着秃老二和秃老三。他不由得放慢了脚步，他发现自己那么渴望加入他们，就像一只孤雁等待雁群飞来。他们近了，终于近了，王小军紧张得呼吸都要停止了。他们从他身边经过，紧擦着他的身体而过。王小军低着头，慢慢地走着。他发现他们和自己擦肩而过的时候不再说笑，集体沉默了，等走过去之后，又爆发出一阵大笑。王小军像钻进渔网后又从网眼里漏掉的小鱼。可是，他是多么渴望自己能留在那渔网里啊，留在渔网里，就留在了鱼群中，他不想一个人孤零零地游弋在空荡荡的冷水中。

王小军一直低着头走路，这时，忽然，后面的一个孩子紧赶几步，冲上来一把抓住了王小军的后背，不等他反应过来，身后那双手猛地用劲，狠狠一推，王小军立时被搡下驳盐沟，掉进了水里。王小军终于明白过来是怎么回事了。孩子们早就围住了水面，望着水里的王小军哈哈大笑。王小军心疼自己的书包，他赶紧把书包从水里捞出来，用力扔到岸上。谁知，他刚爬出水面，他的书包又被王叔的儿子小臭远远地抛进水里来了。书包一下子就沉底了。王小军也被谁扬起的一把土迷了眼。孩子们的笑声像泥巴，被稀里哗啦地扔过来，狠狠地砸着王小军的心。他干脆不再挣扎，慢慢地沉入水底，在驳盐沟里摸索，终于摸到了书包。

等他背着滴着泥水的书包狠狠地走进家门，这次，破天荒了，爸爸妈妈的责骂没有像过去一样噼里啪啦劈头盖脸地降临。

晚上，秃老三家的院子里很热闹，厂领导来他家慰问了。站在墙根下聆听着那边的热闹，王小军觉得自己家的院子里变得前所未有的清冷。这些天，来他家串门子的人分明地少了。周叔和王叔家因为住的远些，他们也很少来串门了。王小军感觉自己家简直成了一座孤岛。有时家里粮票没有了，爸爸妈妈干着急，也不好意思出去借了；过去，可是隔着墙头喊一声就能马上得到援助的啊。

学校里的声音依旧让他紧张，聚在一起的同学们大声说笑，他就觉得那是在嘲笑他和他爸爸。他一直都搞不懂，为什么那么高大威猛的爸爸，不能伸手把落下水的白叔拉上岸？爸爸的水性可是很好的啊，每次带他去河沟里凫澡，不论他漂多远，爸爸一伸胳膊，他就到了爸爸怀里，就能听到爸爸的两个大鼻孔里喷射着让他感到安全的喘气声。

王小军突然有个愿望，他想看看东坨子的那条大沟，为什么这条沟把白叔变成死人的同时也把爸爸变成了胆小鬼。

爸爸又独自出去打鱼的一个早上，王小军穿过那高大院墙的影子出了家门，他飞快地走着，呼进鼻孔的空气，味道也由咸腥味儿慢慢转化为青草香。路边那白色的盐坨从小山包一样高，到渐渐地矮下去，最后一点也看不见了。

大雁的叫声从天空里掉落下来时，他来到了东坨子的大沟边。这条沟的水面蜿蜒宽阔，岸边长满了高大的芦苇。芦苇从深深的河水里挺出腰身，露在水面的部分还有两米多高，每棵芦苇腰间的叶子都很宽阔舒展，它们在风中摇晃着身子，芦苇叶不断互相摩擦着，发出沙沙沙沙的声响。

他找到了闸门，在闸门边的水泥台子上立了很久，他看到自己的影子映在水里，好像要融化掉一样，在一直柔软地摇晃着。一群群白条鱼在水面上游来游去，他向水面吐一口唾沫，白条鱼们立刻围上来把唾沫吞掉，他就继续吐，直到嘴里干涩，实在没什么能吐出来了。那些小鱼还在眼巴巴等着他，他笑了，他想告诉这些鱼，你们别傻等了，那不是吃的，是我的唾沫！鱼儿们听不到他说话，他有点着急了，于是，他从扬水站的水泥台上纵身一跃，像一只鱼鹰一样钻进了水里。随着他缓缓地一点一点沉入水下，耳朵里灌满了水，水还在不断地涌入，压力越来越大，外界所有的声音都被水阻挡了，他什么都听不到了，那些控制他心情的声音开关——快乐的、悲伤的，被一只看不见的手一一地关闭了。

此时此刻，他只想变成一条鱼，他不再关心陆地上的事。他只想往水深处不断地潜入，往水底下那个神秘的世界里航行，只想在这个只有鱼儿的世界里待着，让所有的鱼都来倾听他的悲伤；他也想听听鱼儿们讲讲那天发生的故事，他想听到鱼儿们亲口告诉他，他爸爸不是胆小鬼，真的不是。

他在冷冷的水里鱼一样游着，他不停地扎猛子，他在水下睁开眼睛，寻找着鱼；他努力想听到鱼的声音，不管它们是快乐还是忧伤，他都想仔细地听一听，可水里的鱼儿们因为他的到来不肯说话了，它们选择了继续沉默，水里的世界除了寂静还是寂静。慢慢地，他失去了倾听的兴致，感到前所未有地累，一种巨大的疲累从身体深处看不见的地方弥散出来，慢慢地席卷了整个的身体。他疲倦地闭上了眼，朦朦胧胧中，依稀听到岸边有人在呼喊。

精疲力竭的王小军直到被一个力大无比的人拖上岸时，始终没有一条鱼肯游过来搭理他。他被一双有力的臂膀拖着，湿淋淋软乎乎往水面上划去，这一过程里，他强烈地感觉到自己就是一条被捕捉的大鱼。

自始至终，王小军都没有睁眼，只是伸手紧紧地搂住了这个人——他怕睁开眼睛，看到这个拖自己的人不是别人，正是白叔。

少年的废墟

寒风满世界嗖嗖嗖刮个不停的季节驳盐沟结冰了，眼看着那白花花的冰碴子一天一天增厚的时候王小军的快乐就来了。

这条驳盐沟的堤埝如刀切出来那样，整整齐齐的一道斜坡，上面略略有些陡峭。在夏季，驳盐沟里会嘟嘟嘟地开过一种小拖轮船，拖轮船的头顶上冒着一股黑黑的烟柱。因为驳盐沟的堤埝很高，远远看去，冒烟的拖轮船像是谁举着一个巨大的火把在疾走。小拖轮拖拽着一只只串成一线的木质驳盐船，驳盐船上，堆满了起尖的大颗粒的原盐，王小军和小伙伴们经常坐在驳盐沟高高的堤埝上，伸着手指一遍遍计算驳盐船的数量。每次数到最后，都会把眼睛数累了，所以几个小伙伴最后的数数结果总是不一样，因为不一样，他们就七嘴八舌地争吵不休，好像争吵能帮助他们得出一个大家都能接受的数目，盐沟边的争吵声总是在小拖轮远去后很久，水面的波纹都消失平静下来了，才会慢慢安静下来。

有时候他们会蜷缩着身子挤作一团，在堤埝的弯曲处等待。驳盐船拐弯时，船身会撞击陡峭的堤岸，这时候大家就趁机跳到船舱起尖儿的盐堆上，享受不用腿走路也能有空间位移的快乐。王小军他们这些野孩子没有坐过汽车，更别提火车，所以，偷偷坐一会儿驳盐船的快乐，对他们来说是很刺激、兴奋、开心的事。有时候他们看到被船身豁开的水浪是那么柔软好看,就会忍不住兴奋地呼喊,呼喊声引得开小拖轮的盐工从驾驶舱里懒洋洋地探出头,对他们嗷嗷地吆喝一声,然后盐工就像一只年老的蟾蜍一样,又缓缓缩回驾驶舱,再也不来多瞅他们一眼。盐工知道,这些孩子都是职工家属,所以吆喝一下也是象征性的,提醒孩子们别得意忘形就可以了。

有时候,王小军和伙伴们会把从家里带来的布口袋拿出来,把粗粝的大盐粒子一捧捧地捧进袋子里,然后在驳盐沟的下一个拐弯处,一个个跳上堤埝。这些粗盐,家家户户都有很多,在这个渤海之滨的长芦盐场的聚落里,谁家会缺盐呢。这些盐有点苦涩的咸味,炒菜是不行的,只能腌咸菜,腌咸鱼。要不是家长的命令,他们才懒得去偷盐呢。

有时候,王小军会独自一人坐在堤埝上发呆,时不时眺望一下远处一朵朵白云样的大盐坨。他曾经在老师办公室的地图上寻找过他们居住生活的地方,在老师的暗示指引下,他才找到了一个地名,原来,此地叫谭家港。

这个地名土里土气的,让他很失望,一个人发呆时,他会把那些冒着卤气的大盐坨想象成一座座只在露天电影里见过的楼房,幻想有朝一日可以出了家门就坐上火车。他听大人们说,港这个字,读成"讲"这个音,是指盐滩里浩渺的蓄水洼。

海水和淡水混合在低洼处,就成为了港,这里到处都是芦苇。最初,人们就是用芦苇做燃料,在大铁锅里放进海水煮,直到海水煮干,析出海盐;后来这里改用海水晒盐,就形成了长芦盐场,盐场有很多场区,每个场区都形成了一个盐工居住的聚落。所以知道了这些以后,王小军很替自己遗憾,如果当初这里不产盐,也许他就生在城市里了。

聚落四周有很多咸水港子,一眼看过去,浩渺无边。聚落里只有一所学校,一家商店,一个小书店,一个剃头的马大娘,一个卖冰棍的杨阿姨,还有一条马路,从一家盐化厂伸出来,通往周围的几个自然村，偶尔有昏昏欲睡的车把式赶着马车在马路上蜗牛一样慢悠悠爬行，边走边在路面上投下零零星星的马粪蛋。

在王小军短短的人生记忆里，只有盐坨、驳盐沟、芦苇圈以及这里盛产的港鱼、海鸟。能给孩子们带来更多乐趣的，就属驳盐沟了，夏天他们在里面凫水嬉闹，一个个晒得皮肤黑里透红，像即将被烤熟的苞米；冬天驳盐沟冻冰后，在盐沟里滑冰车，是他最喜欢的事。

王小军才十二岁，上四年级。别小看十二岁的少年，他已经是聚落里制作冰车的好手了。制作冰车需要木板，他就带同伴们去聚落不远的东风盐化厂去捡工厂扔出来的破木箱，这种木箱是一种装化工原料的瓷瓶子的外包装，拆开了，用钳子拔出生锈的铁钉子，把一块块整齐的木板再钉一钉，钉成一块椅子面那样的平板儿，能放下屁股和脚，就成了。然后，在平板下面靠边钉两根竖着摆放的木条，类似火车的铁轨一样，再把两根粗的钢丝固定在木条上面，冰车就做好了；再找两个火钎子，撑冰车时一手握一个，冰车就会在冰面上跑得飞快，快得连风都追不上他王小军。

顺着驳盐沟里撑冰车，身子矮下去，就看不见聚落里高高矮矮冒烟的烟囱们了，一顺溜就会来到盐化厂单身宿舍的后面。这里住了很多年轻的单身汉，他们会把很多干瘪的牙膏袋、玻璃酒瓶、带着肉香的空罐头盒顺着窗户扔出来。这些牙膏袋、酒瓶子可是王小军眼里的宝贝。牙膏袋有铅制的、铝制的，铅制的很容易折叠起来，捡到这种牙膏袋时，他会很高兴，因为铅制牙膏袋不仅可以卖钱，一个三分钱，还可以用剪刀剪开，折叠成钓鱼的鱼坠；铝制的差点，一个只能卖两分；而酒瓶子，一个值八分钱。小臭的妈妈就在废品回收站上班，聚落里，人们积攒下来的除了牙膏袋、酒瓶子，还有破麻袋、碎头发啥的，都可以去卖废品。每次他攒够了牙膏袋，就偷偷去小臭妈妈那里换钱，在这里，人们对废品价格的熟悉，远超过对自己面孔的熟悉。一个冬天下来，王小军捡的废品大概可以卖七八毛钱。

和王小军争夺这笔资源的，是个怪物一样的人，这怪物总是穿着褴褛的衣服，跛着一只脚，背一个粪兜子，沿路拾马粪。他的样子好像接近三十岁吧，个子不低，脑袋特别大。秃老三家贴的年画里的老寿星，也有这样的大脑袋，大脑门像个丰硕的葫芦肚子。他的嘴总是合不拢，嘴角常年挂着一串亮晶晶的涎水，好像他的嘴就是个因为滑丝而关不死的水龙头。

大家都叫他"芦苇坨的傻子"，因为他住在一个叫芦苇坨的村子。这个村子距离王小军居住的聚落不太远，傻子每天背着破麻袋，手里拿着一个木耙子，垂着涎水，静悄悄经过聚落。王小军听大人们说，这个傻子很灵，会算很多数学题。

王小军对傻子的第一次记忆，就是傻子路过时，有几个大一点的孩子，一声断喝，傻子，站住！然后就用小石头子砸他。当然，孩子们力气小，石子顶多落在傻子的脚底下或者被他笨拙地躲开。尽管如此，傻子仍然早就被吓得全身哆嗦，身体怯怯地尽量往后面闪躲，表情无比恐惧。之后，他就站在原地，一动不敢动了，好像被孙悟空施了魔法一样；大孩子们一群小野兽一样，围上去继续戏弄他，让他说什么，傻子都不敢不说。当时王小军只是远远地站在一边，呆呆地看着眼前惊心动魄的情景。

叫爸爸！

爸——

喊爷爷！

爷——

然后两个大孩子打了起来。

他妈的，傻子喊你爷爷，他只喊我爸爸，你这不是占我便宜吗！

王小军在一旁哈哈大笑。

他见过盐化厂的干部模样的人有时候也拿傻子消遣，消遣的方式是把傻子拦在半路，考他数学题。奇妙的是傻子每次都能在考官的话音刚落的那一刻就快速说出答案。好像那答案是一串长长的涎水,早挂在下巴上做好了等待的准备。

他大一点了,有点清晰的记忆了,就听明白人们总是爱问傻子关于鸡兔同笼问题。比如,一山兔子一山鸡,要数头三千六,要数腿一万一,问你共有多少兔子多少鸡,傻子每次都准确答出答案,兔子一千九,鸡一千七。

这个艰深的数学题,王小军苦思冥想了很多次,就是不明白为什么傻子能脱口算出,他却不行,有时候他自卑地怀疑自己的智力是不是还不如一个傻子,这怀疑让他沮丧,觉得自己也傻了吧唧的。

发现傻子是他拾破烂的竞争对手,是一个上午。这天,王小军起晚了,当他划着冰车来到盐化厂单身宿舍的垃圾堆后面时,他一个牙膏袋、酒瓶子也没捡到,他很失望地四下环顾,这时,隔着窗户,他听到一些声音。

傻子,又偷我们扔的东西了啊。然后是傻子含混不清的声音,傻子可能在傻笑。

快,脱了,只要爷们乐了,这点儿东西就归你了,傻子。

他凑近飘出声音的那个窗口,隔着打开的玻璃往里面看。他看到傻子露出丑陋的屁股,他的破棉裤堆在膝盖上;然后,傻子的右手在两腿间猛烈地揪弄着什么,几个工人笑得前仰后合,过了一会儿,傻子嗷嗷叫着,几个工人快笑趴下了。

他呆愣愣地看着,不知道这些工人为什么这么开心。

不久,傻子从窗户上爬出来,脸红彤彤的,背着破麻袋一脚高一脚低地走远了。

他恍然明白,是傻子抢走了属于他的牙膏袋。

眼看傻子在驳盐沟的堤埝上走远了,王小军划着冰车,追了上去。赶上傻子后,他提着沉重的冰车爬上堤埝,拦住了傻子,他也学着大孩子的样子一声断喝,傻子,站住!

傻子真站住了,但是傻子好像并不怕他,用眼睛瞪着他。冷不丁被这么瞪着，王小军反倒感到了害怕。他指着傻子背的破麻袋说，你敢偷工厂的东西，这里是啥？

谁知，傻子突然露出了一个狰狞的面目，歪歪斜斜地向他猛冲过来，嘴里嗷嗷叫着。傻子反常的举动，让他大惊失色，他赶紧撒腿向远处跑，傻子的破麻袋啪地一声掉在了地上，傻子才突然停下，回身去捡地上散落的东西。他感觉身后没有了傻子的脚步，就站住了回头看，阳光下，他看到傻子捡起的东西里，有一团铜质的华贵红光——分明是去了黑色胶皮的一小盘铜电线啊。

他眼馋地看傻子快捡完东西了，突然又对傻子有了恐惧，四下没一个人影儿帮他壮胆，王小军觉得傻子此刻竟然如此陌生可怕，他跳下堤埝，赶紧坐上冰车，奋力划远了。

王小军和傻子之间的垃圾争夺战持续了两个寒假，这时候刨去他偷偷买冰棍买水果糖的花销，他攒了大概一块钱了。这可是笔巨款。开始时，他把钱藏在一个药盒里，药盒就塞到了他家的鸡窝最深处，一次他忍不住把这个秘密告诉了小臭后，秘密刚一泄露他就后悔不迭地又为巨款的藏身处发愁了。最终他把装有巨款的玻璃药瓶埋到了咸菜缸旁边。在没告诉小臭前，他暂时是不会再转移了。

这时正是夏天，他准备动用这笔款子去书店购买早就垂涎很久的三本小人书和一本《格林童话选》。这几本书，他在书店心情忐忑地央求根本看不起他的售货员递给他翻阅过，他拿起了就舍不得放下。那本《格林童话选》里，有一个故事的名字让王小军后来魂牵梦绕，就是《为什么黄豆肚子上都有一道黑线》。他拿着书快速浏览后，售货员就以他的小手像狗爪子一样脏为理由，嚷嚷着把书收回去了。就这么一个没有看完全的故事，他掺杂着想象眉飞色舞讲给小臭、秃老三他们听时，已经足以让他们佩服得五体投地了。看着他们听故事时的一脸馋相，王小军很知足，但当小臭他们哀求他再讲点别的故事时，他像穷光蛋一样沮丧了。

这几本书总价钱是一块一毛钱,他终于在这个暑假攒够了。

就在他下决心挖出巨款去换自己心爱的书时,一场举世震惊的大地震降临了。

这一晚的睡梦里,王小军恍惚梦到了坦克,黑压压的一片,全是坦克。坦克轰隆隆地经过他的枕边,等他彻底清醒时,他已经迷迷糊糊站在屋外,他的前后左右都是墓碑一样的大人,他们在说话在议论,乱嚷嚷的,他们说地震了。他不懂得什么叫地震,只感觉到此时,雨点就像路灯下的飞虫一样,密集地撞击在他头顶、脸上,他全身湿漉漉,困倦不断袭来,让他十分难受。在越来越亮的晨曦里,他恍然明白,梦里的坦克声,其实是聚落里院墙倒坍的轰鸣声。他们住的房子还颤颤巍巍地站立在那里,但是几乎所有的院墙都坍塌了,没了院墙的房子,看起来就像一个丢失了拐杖的老人,随时面临着轰然倒地的危险。

天大亮后雨也很知趣地停了。大人们开始忙碌着从摇摇欲坠的房子里往外拿他们觉得贵重的东西,聚落里不时响起女人的哀号声。然后,几辆大卡车从远处开过来,停在路边,卡车上的人招呼人们去卸东西,卡车上都是木檩、油毡、塑料布。他趁机溜进自家院子,看看埋藏巨款的位置,咸菜缸已经被倒下的院墙埋住了,他很放心。到了下午,沿着那条唯一的柏油路,大人们支起了三角形的帐篷。他和小臭家住在一个帐篷里,他兴奋地拉着小臭从帐篷这个口钻进那个口。大人们一脸哀愁,忙着在地上铺芦苇,铺塑料布,铺被褥。见到小孩子蹿出蹿进地闹,他们很烦,张嘴就是一顿呵斥。

挨了训斥的王小军觉得心里没来由地沮丧,他突然想起的一个问题,不知道此时的书店会是什么样子,他喊上小臭一起跑向书店。

奔跑的路上,王小军在脑子里想象着书店歪歪斜斜的样子,等看到书店时,他还是觉得自己的想象力太贫乏了,——哪里还有书店,书店的位置,只有一片砖头堆垒的废墟。

他哎呀了一声，向前疾走，然后踩着瓦砾，四处踅摸。

他终于看到了被压在瓦砾下的书架，还有那些被他目光扫了不知几遍的书脊。这些书架大多是仰面朝天倒下的，有的书已经赤身裸体暴露在巨大废墟的缝隙间，因为被雨淋湿了，洁白的书页也显得湿漉漉、灰突突的。

他突然有点伤心，一屁股坐在砖头上，继续看着那些被压得面目扭曲的书。他不明白，为什么他家那风都可以吹下很多砖粉末的破房子，还能顽强地站立，他那么热爱的书店却这么不堪一击，已经散架趴在了地上，这可让他怎么买书啊。

小臭对书没兴趣，扫了几眼，就不耐烦地走开了，只有王小军一个人坐在废墟上。那些时不时路过的人们，偶尔也斜着眼向他这里张望一下。

王小军突然想起了那本《格林童话选》，他立刻爬起来，像低头一路嗅来嗅去寻找食物的狗，猫着腰在废墟上四处探寻。凭着对书籍摆放位置的记忆，他很快找到了那本书。书没有被淋湿太多，这让他觉得稍微有些欣慰。很快，其他几本小人书的位置也确定好了，他就搬了几块砖头，给自己码放出一个舒服的座位，坐在了一旁。

就在天快擦黑时，小臭来找他，说家里喊他去吃饭，他没有动，因为，他看到了那个傻子的身影，正一点点蠕动过来。

小臭回去给他拿吃的去了，他就一直盯着傻子的一举一动。

傻子靠近时，显然也看到了王小军，傻子愣了一下，不理王小军，继续低下头，他也在废墟上寻找，那眼光就像一只馋狗的大舌头，而这片废墟，就像一片肉骨头。

傻子低下身要捡拾什么时，他对着傻子高喊，不许碰书！傻子的手哆嗦了一下，然后就不再往前挪动了。

他就在废墟上和傻子对峙着，傻子不敢靠近他，也并不远离他，他们保持着稳定的距离，傻子的眼神扫向那些砖头下面被压得弯曲的书时，他就抬起眼睛，怒目相向。

傻子终于气馁了，慢吞吞退后，撤离。直到他终于走远，王小军抬起酸涩的眼睛看，不见小臭拿着吃的东西返回来，他就知道这个小臭靠不住，现在又失信了。肚子在叽里咕噜叫，像一群蛤蟆在吵架。

暮色的大袍子已经在远处往下落了，天地很快会被黑暗结结实实地罩起来，就算他很不放心，最后还是恋恋不舍地离开了。

这一晚他躺在很有新奇感的帐篷里，兴奋得睡不着，他挨着小臭，俩人嘻嘻哈哈一直说话，被大人们怒斥几次后才恋恋不舍地合上眼皮。

第二天天亮，大人们不知道都去忙活啥了，他早早就去废墟上守候。他发现，有的书已经被拿走了，原来压着书的位置，只剩下一片虚空。幸好他的书还在，他心里就踏实多了。

很多人经过时，都向坐在废墟里的他投来好奇的眼神。

太阳变得火辣辣的时候，几个骑自行车的人过来了，他们对王小军视而不见，支好自行车就在废墟下翻找，然后，每个人都拿起一摞书，塞进包里，他们大大咧咧，好像压根就没看到王小军这个人的存在。王小军急得直冒汗，张着嘴，又不敢喊什么。这几个人他认识，应该就是盐化厂的单身工人。

他们临走时，有一个留小胡子的瞪了他一眼，说，看嘛，小逼孩儿，敢胡说，打折你腿！

幸好，他们没有拿那几本书。不过，废墟下的书在不断消失，还是让他有点恐慌了，只要有人经过，他就大气不敢出地望着来人，心里祈求来人赶紧离开。

还是偶尔有人来翻找书，然后在他眼皮下面把书带走了。他干脆搬来几块砖头，遮挡着自己那几本书，然后坐在了上面。熬到中午，他狂奔回家，这次他不能再等能卖书的售货员了。他钻进自家院子，搬开压在咸菜缸附近的砖头，把装巨款的药瓶挖了出来，揣在手里。然后，他又钻进帐篷，翻出铅笔头，撕下作业本上的一页纸，写上一行字：这是我买格林童话渡江侦察记南征北战桐柏英雄的书钱。然后又写上：盐场子弟小学三年级王小军。他把纸片叠好，塞进药瓶里。又狂奔回书店的废墟上，搬开砖头，拽出自己那几本书，把玻璃药瓶放在抽出书的位置，用砖头虚掩着掩藏好，从各个角度都端详了一会儿，这才放心地走回家吃饭。

他留了个心眼儿，把书别在了裤腰上，拉下小褂盖住，再用手按着走进了帐篷。趁人不注意，他把四本书塞进了书包，然后将书包放在了他的枕头下面。

吃完饭，帐篷里没人时，他翻出《格林童话选》，还是藏在腰间，溜到驳盐沟那边，找个隐蔽的位置，搓搓小脏手，小心翼翼地打开了目录。

又一批油毡、木檩、苇箔运来了，大人们开始手忙脚乱地动手改造老房子。王小军觉得很奇怪，住在路边的帐篷里不是很好吗，何必这么着急折腾呢。他和其他孩子们一样，很失望地看着大人们忙碌，就像看一场美妙的露天电影的片尾，敌人都被杀死了，烈士的口号喊完后都牺牲了，我们就要胜利了，故事就要讲完了，他看着大幕徐徐落下，心里却涌上了一点点伤感，还有一丝难以说清的失落。

大人们把摇摇欲坠的老房子拆掉了房盖，然后把砖墙又拆去了大半，剩下半人高的砖墙后，他们就不再拆了，这些被保留的墙头就像被收割后的玉米地，只剩下一片整齐的玉米秸子。房子翻盖的速度比种子发芽的速度还飞快，转天房子就上了盖儿，苫了油毡。第四天，房子内的白灰墙还冒着汗水，各家各户就急匆匆搬回去了。路边的大喇叭又响了，还是《数九寒天下大雪》：数九寒天下大雪，天气虽冷我心里热……什么什么军（他实在听不清这几个字）来了整一个团，让咱们包围得牢又牢……

第五天，歌曲放了一半，突然停止了，然后是一个女人的居高临下的声音，同志们，地震后，大家齐心协力抗震救灾……但是一小撮人竟然……

那时他正趴在家里的木板床下看书呢——大人告诉他，白天在家时，最好躲在木板床下，怕还有强烈地震。所以，他的耳朵里只灌进了这些字眼儿。

那个广播播放了一遍又一遍，他只是听到了那个居高临下的女声，仍然没有留意内容。

转天的下午，他听到了突突突的摩托车声音，这个声音他很熟悉，这里只有场区保卫处的大胡子开一辆军绿色的挎斗摩托车。之后是脚步声，有人瓮声瓮气地高喊，王小军在家吗？

他赶紧钻出来，站在地面上，向外面迎接来人。看到来人，他的心咚嗦了一下，全身有点瘫软，来人竟然就是大胡子，后面跟着小臭。小臭看到他赶紧说，这就是偷书的王小军。

大人都不在家？那你跟我走一趟！大胡子面无表情地说。王小军像一只小雏鸡一样，被大胡子拎上了摩托车的挎斗，然后摩托车后面拉了很长的蓝烟儿，大胡子把他带到了场区的保卫处。

阴暗的空屋子里，一股烟草与潮湿发霉的气味混合的味道，让他觉得此处陌生又瘆人。

大胡子把王小军拎在墙边，叫他站好，像上学排队时那样站得笔直，大胡子自己点上一支烟，在屋子里踱来踱去。王小军悄悄转动眼珠子偷看，他那个样子像什么呢，很像一年后王小军在露天电影《黑三角》里看到的一脸好人相的侦查员。

王小军同学，你偷了几本书？

偷书？啥偷书，偷啥书？没偷，一本也没。他磕磕巴巴争辩着。

呵，小崽子，还撒谎，很多人都看到你和芦苇垛的傻子去偷书了，一百多本书都没了，还抵赖。

我没偷书，我是去买书。

大胡子哈哈大笑，差点把含在嘴里的一口热茶喷出来，大胡子用食指指着他的鼻尖说，书店都趴地上了，售货员都砸死了，你去哪买书，找谁买书？找鬼？你这个兔崽子，你爸叫啥名字？

王小军低下头嘟囔着，反正我没偷，我买的。

哦，好，那你买了几本书？

四本，我把一块一毛钱放在一个药瓶子里了，里面还写了纸条，书名都在纸条上，还写上了我的名字。

哦，那咱们去把瓶子找回来吧，诚实的小同志。

大胡子真带他去了。王小军在废墟上找自己遮掩药瓶的砖头，可是这里早被人都翻得乱七八糟了。他害怕了，开始趴着仔细向砖缝深处看，不断地扔开断砖头。远远看去，他就像一头猪在拱垃圾堆。

他手指都磨出了血，也没找到药瓶，他无比绝望地又被无比得意的大胡子带回了保卫处。

大胡子在一张纸上写了很多字，然后指着最后一行字的下面对他说，你写上自己的名字，按个手印。

按手印这事让王小军更恐惧了，他把手死死地揣在裤兜里，手在裤兜里又死死地攥着拳头。

你不回家吃饭？按完手印就回家玩吧，你爸爸妈妈该喊你回家了。

我按了手印，就算我偷书了吧？可我没偷。

大胡子急得抓耳挠腮，他脱去了外衣，露出了跨在屁股上的枪套，裸露着黑幽幽的手枪枪把。大胡子又从抽屉里掏出一副白晃晃的手铐，咣当扔在桌子上，大胡子怒吼道，再不听话，给你带手铐，拉出去枪毙！然后大胡子用右手比画了一个手枪的形状，用枪管对着王小军的鼻尖，嘴里配音：砰！

王小军一哆嗦，腿一软就蹲在地上了，赶紧用胳膊挡住脸，失声痛哭，鼻涕眼泪一起流了出来，他用衣袖不停地擦抹。

怕死了？

嗯。

那还不按手印！

没偷。

你不怕死？

怕。

那按手印！

我就不！

他的屁股被大胡子重重地踢了一脚，王小军差点吓晕了，生怕大胡子屁股上的枪会走火儿。

大胡子拿起笔，把王小军的右手从裤子口袋拽出来，把他的手指掰开，然后把笔塞进他手掌里，抓着他的小手在纸上写下了王小军三个字，又抻直了他的食指，在印泥盒里蘸了一下，死死地把他食指压在了他的名字上。

滚吧，奶奶的，下午把你偷的书都给我送来！

他失魂落魄地走回家，一路上，腿好像不是自己的，只是凭着一种本能一前一后地往家里的方向挪动。

他快到家时，看到很多人围着他家门口，他一眼看到小臭也在里面。

他低着头从人缝里挤进去。还没抬起头，他脸上就被狠狠地打了个耳光，他眼前一黑。耳道里乱哄哄的，好多好多的声音乱糟糟往耳朵里挤，他什么都听不到，只迷迷糊糊听到有个声音像爸爸，爸爸在骂什么呢。

下午，王小军被爸爸逮到了保卫处，交出了那四本书。大胡子说，这四本哪够啊，还差得多呢，不交出来，等着瞧吧。

回家后，王小军跪在地上，尽管他说了好多次自己攒钱买书的事，爸爸还是不让他站起来，直到他实在撑不住了，一下子歪在了地上。

第二天上午，小臭告诉他，班主任通知，全班同学都到校紧急集合。他知道，肯定和他有关。

果然，同学们到齐了，老师让他站在讲台旁边，让两个强壮的男生抓住他的胳膊，把他的脑袋也死死按住。

同学们，我们班从没被人抹黑过，可是今天，这个人却在全国人们奋力抗震救灾的时刻，去咱们的新华书店偷书，态度很不老实，至今还有一百多本书不知下落。我现在宣布，我们这个光荣的班级不会再要这样的人，我们要以这样的人在我们身边感到可耻，这个人现在就这么大胆无耻，等长大了不知道还会编什么样的谎言，干什么样的坏事，我估计，他肯定会杀人放火，通敌叛国！今天，我们的任务是拯救他，奉劝他，帮助他赶紧悬崖勒马！

　　后面的话王小军听不清楚了，悬崖勒马这四个字他还是第一次听到，让他有点迷糊，不知自己和悬崖和马有什么关系；他只听到一阵掌声，像放鞭炮一样响亮，啪啪啪，干脆，清爽，带着幸灾乐祸地的味道，还有几个班干部带头向地面上呸呸呸地吐口水。

　　然后他被几个男生推着，在空荡荡的校园里走了三圈儿，后面浩浩荡荡跟着一个队伍，那是全班同学。

　　这肯定是个无比耻辱的上午。王小军脑子里空空荡荡，回想着自己艰辛地攒钱的历程，回想自己做过的一切，他不明白，为什么事情会是这样，他怎么就成了一个未来的大坏蛋呢。

　　他灰溜溜地回家了，家里没人搭理他，两个弟弟也把他当一只大绿豆蝇一样看待。他想再去书店的废墟上找那只药瓶，可是爸爸大声说，不许他再出去丢人现眼。

　　下午时，小臭兴冲冲地跑进来喊了一声，快去看，傻子被游街呢，坐着大胡子的摩托车！他竖起耳朵仔细听，听到了熟悉的突突声音。

　　可他实在没勇气走出门去看这个热闹了。

　　晚上，爸爸回家来态度缓和了很多，不再满眼怒火地看他了。

　　他从爸爸妈妈的对话里，隐约听到他们说，是傻子拿了那个药瓶，药瓶里真有那个纸条。

　　他躲在被子里，哭了一个晚上，他想，明天，大胡子，还有老师还有那几个抓他胳膊按他脑袋的男同学还有他爸爸，都该向他道歉了吧，他们向他道歉时，他一定会狠狠地瞪他们一眼，然后就原谅他们。还有，那四本书明天也该归还他了吧，想到这里，他觉得心里有了暖意，在抽抽噎噎中睡着了。

转天，他走了出去，外面阳光刺眼，他不再猫腰低头走路了，可是，很多小伙伴和他擦肩而过时，还是没人肯搭理他。也许是因为他们还没向自己道歉，他还没原谅他们吧，他寻思着。

他等待了很多天，仍然没人和他道歉，药瓶也没还给他。

有一天，他看到了那个傻子，傻子在路边上狂奔，虽然腿脚笨拙，但他还是做出了努力狂奔的样子，好像身后有一群看不见的恶狗，在对他穷追不舍。

后来，大人们也发现了，只要傻子在这条柏油路上出现，就是狂奔的姿势，当有人试图走近他，想再考他数学题时，傻子会突然怒目相向，随手抓起土坷垃、碎砖头儿，死死攥在手里，一边瞪着眼一边后退，那随时准备战斗的姿态让人不敢靠近。

王小军不再成天地跑到驳盐沟游玩，他把几乎所有的时间都花在睡觉这件事上，一有空就在床上静静躺着，脸上不哭也不笑，一下子从那个淘气包捣蛋鬼换了个人，只有他一个人知道自己在内心里乱纷纷纠缠着什么。其实他痛苦失望到了极点，老师还没向他道歉，大胡子也没有，其他人更没有。眼看就要开学了，他不知道自己是否还能去学校上学。有一晚爸爸喝醉了酒，大巴掌在桌子上拍得啪啪响，说他已经把赔偿书店的二十多元钱交给了场区保卫处，学校允许王小军去上学了，但是需要先留校察看一段时间。二十多块钱，是咱们家一个月的饭菜钱，爸爸说，以后，咱们要吃一个月咸菜疙瘩了。爸爸的话刚落地，两个弟弟用筷子敲打着饭碗，敲出一串接一串的脆响，以此表达他们内心强烈的不满。王小军在这响声里默默垂下头，什么都吃不下了。

终于到正式开学报到的日子了，在爸爸妈妈的催促声中，王小军慢吞吞爬起来洗了手和脸，将脏乎乎的鞋也刷了刷，临出门还对着妈妈的小镜子把自己的脸照了一会儿，但是他没有去学校，他背着书包走出家门，估计自己的身影走出爸爸妈妈视线的范围后，就转身走向了驳盐沟。他一个人在驳盐沟边游荡，天气很好，天蓝得像一片崭新的布，远处的大盐坨更加洁白了，就连驳盐沟里的水，也油亮油亮的。他在堤埝上坐了很久，用力把大盐坨想象成一座座楼房，把正向他驶来的小拖轮想象成一列火车。然后他跳上了嘟嘟嘟冒着黑烟驶来的驳盐船，他扔下书包，仰面朝天躺在了盐堆上，他看着崭新的天空在摇摇晃晃中向后移动，他不知道驳盐船会开到哪里去，反正，它去哪里，他就到哪里。

少年的逃离

三步并作两步，王小军就从家里蹦跳出来，走在了上学的柏油路上。这条路是渤海湾长芦盐场分场场区里唯一一条柏油路，又平坦又笔直，尽管很短。路边的电线杆，也不过二十几根，王小军每一根都用手搂抱过。这些电杆，夏天热乎乎的，贴在他的小肚皮上，很舒服；如果把耳朵贴上去，还能听到嗡嗡的声音，不知是风吹动电线的声音还是电流在电线里跑来跑去的喘气声。冬天就不行了，每一根水泥柱子都冷飕飕的，像学校里老师们没事就紧紧板着的冷面孔，虽然电杆的声音还是依旧。

回头看看，秃老三家的大黄狗并没有追上来。王小军有点失望。从家里带早饭，王小军总是偷偷多掰一块儿玉米面掺和白面的干馒头，就是因为心里惦记着大黄狗。每当它快活地狂奔过来时，用热烘烘、软乎乎的大舌头一个劲儿舔王小军的手和脸时，王小军就会顺手把干馒头赏赐给它。王小军喜欢看它吞吃馒头时尾巴像风车那样使劲摇晃的样子。王小军知道，狗东西是在表达对自己的感激呢。

王小军一手举着馒头，一手举着一块儿黑鱼肉。黑鱼肉很好吃，这块鱼肉是黑鱼的屁眼儿下面那截，只有一根粗大的鱼刺，不用担心细小的鱼刺扎进嗓子眼。鱼肉很硬，很紧实。王小军吃得太快了，吞咽时，脸憋得通红，觉得鱼肉和干馒头的混合物把嗓子眼都磨疼了。好不容易咽下去一大口，王小军眼泪都憋出来了。不过，总比电影《上甘岭》里战士们的表情好看吧，他们吞咽压缩饼干时多难受啊，王小军胡思乱想着。

靠近学校了，王小军没有向学校大门口走，他知道，学校南面的院墙下面有个拱形的孔洞，只要猫腰一钻，人就站在学校里了。王小军就这么进了学校院子，走了几十步，就来到了他们二年级教室跟前。场区孩子少，这个学校，从小学一年级到初中三年级，每个年级只有一个班。

那些大孩子里，谁打架时最厉害，谁凫水时一个猛子可以扎到纳潮沟对岸，谁喜欢拦住小孩子翻口袋里的钱，王小军都一清二楚。遇到这些大孩子，王小军像遇到森林里的猛兽一样警惕，尽管王小军从没真的见过那些猛兽。但是，大孩子们向他们这些小不点儿宣讲自己制造出的"伟大而英雄的事迹"时，顺便在嘴边吞吐出来的猛兽般的凶狠词语，足以让王小军想象出猛兽有多可怕了。

要进教室时，王小军把早饭都吞进肚子里了，将手在屁股上蹭了蹭，准备进教室。迈进教室时，王小军脚步放慢了，因为王小军听到了那个总是趾高气扬的女同学小莲的声音。班里的女生中，只有小莲穿过红色的皮鞋。王小军觉得小莲像电影里走出来的人一样好看，虽然她没有在那块露天电影的幕布上出现过；王小军还是觉得，早晚这个小莲会走进电影里，在电影幕布上面继续居高临下地嘲笑他。

硬着头皮走进教室时，王小军看到小莲站在一群同学中间，眉飞色舞地说着什么。王小军一出现，小莲的话音就消失了。王小军顿时感觉到同学们一束束手电筒一样的目光密集地射向自己，他全身立刻感到不自在，心想，这个死小莲，也许又在笑话他裤子后面难看的大补丁呢。

就在王小军捂着屁股走向教室后面的座位时，小莲突然跳到王小军面前，大声说：

王小军，你收到逮捕证了吗？

"逮捕证"这三个字吓了王小军一跳，王小军一时间不明白为什么这三个字会和自己有关，但这三个字马上又变成了三支冷箭，直刺入王小军的心。小莲的声音那么响亮，就像电影里公安人员对罪犯的一声怒吼：你被逮捕啦，举起手来！王小军下意识地摇摇头，低声回答小莲：没有。

郭涛他们已经被办学习班啦，你知道吗？小莲还是不依不饶地问王小军。

逮捕证这三个字是三支冷箭，那么学习班这三个字，就是三下闷棍了。王小军先是被刺痛了，接着又被打蒙了。他脑子里飞快地回忆着最近跟郭涛一块儿玩耍的画面。

郭涛是王小军的同学，他的调皮在班里是出了名的。刚上一年级就偷偷买九分钱一盒的绿叶牌香烟抽，他不光自己抽，还强迫其他同学抽，这是大家都知道的。抽烟的事败露后，他还被爸爸捆在家中院子里那棵苹果树上用皮带抽打过。郭涛爸爸抽打孩子时，气急败坏地大声质问：爸大儿大？郭涛梗着脖子高声回答：你爹我大！

有好一阵子，爸爸大还是儿子大这个问题，成了大孩子欺负更小的孩子的热门话语，大孩子掐住小孩子的脖子，然后质问：爸大儿大？小孩子们说：爸大。大孩子才满意地松开手。这句话在大家的玩乐中被一次次不厌其烦地玩味，就像刚入嘴的唆了蜜一样，舍不得离开舌尖。当然，没有谁像郭涛那样敢说：你爹我大！

从此以后，勇敢的郭涛，无疑成了小伙伴们的大王、领袖。

王小军长这么大，还没受过被爸爸捆在树上用皮带抽打的酷刑。但是王小军早就做好了思想准备，如果有朝一日自己真的被捆绑着挨皮带抽打时，也不能太害怕，至少不能太孬种。因为王小军从心里暗自佩服郭涛，能被皮带抽打而做出那么铿锵有力的回答，说明这小子和电影里被敌人严刑拷打的地下党差不多一样勇敢了。

学校不上课时，他们就喜欢聚在郭涛家玩。郭涛他爸爸妈妈都是场区医院里的大夫，所以他家里总有一股医院的气味，闻起来有点瘆人，闻起来全身会不由自主哆嗦一下，总是让人觉得屁股那里在麻酥酥地难受，好像有一支举在空中的注射器，随时要扎进屁股里来。

可是，郭涛和自己有什么关系呢？王小军脑子继续飞速运转着，自己也没抽多少"绿叶"烟。王小军想了半天也没想出自己为什么要被逮捕。

王小军一屁股坐在椅子上，再也没心思站起来了。果然，教室里没有看到郭涛的影子。第一声上课铃响，王小军期待郭涛走进教室，粉碎小莲的恐怖威胁，但郭涛的座位整整一上午都空荡荡的。小莲的爸爸是场区保卫处的，看来她说的可能是真的了。

他们居住的渤海湾长芦盐场场区内，只有一个穿着肥大警服的大胡子警察，时不时地骑着军绿色挎斗摩托车，载着小莲的爸爸，突突突，突突突，很神气地在那条唯一的柏油路上跑来跑去。

王小军和小伙伴在马路上玩推铁圈时，用泥巴在路边玩"摔锅"时，只要听到突突突声，他们就会立马肃立在原地。当他们看到大胡子屁股后面的警服下，露出了手枪的枪把，他们会紧张得不敢喘气，生怕那只手枪会因为他们大声说话而走火儿。等大胡子的摩托车跑远了，大家都争着说，我看到手枪了，是真家伙呢！

所以，在这个难熬的上午，王小军一直在绝望地等待着，等待那突突突突然响起声，然后就是大胡子高声呐喊，王小军，你被逮捕啦！然后，王小军会在小莲幸灾乐祸的目光下，无比羞耻地被戴上手铐，接着，会被扔进摩托车的挎斗里，最后，王小军这辈子就完蛋了。

王小军被这种等待煎熬着，简直全身都要散架瘫痪了。

可是，自己到底怎么了，为什么要被逮捕呢？王小军百思不解，自己功课很好的，上学期还是三好生呢，就是没当上第一批红小兵。第一批红小兵，都是场区的干部的孩子们，包括小莲。虽然他们的学习成绩都不如王小军，可班主任说他们品质好，班主任还说了，第二批肯定有王小军。那么，这不就说明王小军的品质也不是很坏吗。

第一个课间的时候，王小军看到小莲又被很多好奇的同学围住了。终于，王小军从小莲嘴里听到了逮捕王小军的理由：郭涛的妈妈在场区医院值班时，把郭涛带去了，郭涛趁妈妈不注意，偷了几个注射器，分给了几个孩子！

他们这是盗窃集体财产，盗窃完了还分赃！小莲继续恶狠狠地说着。

王小军突然想起来了，昨天学校下午不上课，因为五年级以上的同学去柏油路上举着写满字的用红绿纸做的小旗子游行。王小军去郭涛家玩时，郭涛和几个小伙伴正在用注射器打水仗，一个个像淋过暴雨的小公鸡似的，郭涛见了王小军，顺手把一个破了口的注射器送给了王小军。郭涛大方地说，送给你啦。

王小军接过注射器，揣进口袋，在郭涛家玩了一会儿，王小军就回家了。他用脸盆接了多半盆水，在自己家院子里玩了一下午。

这个注射器太神奇了，上面有跟做数学题用的尺子一样的刻度，把注射器按在脸盆里，水就眼瞅着被嘬进了玻璃管，用力推针管，又圆又细的水柱就喷射出来，想喷哪里都行。唯一遗憾的是，注射器有个缺口，每次不能把水吸足。

在这以前，他们打水仗，只能用一种塑料药瓶。塑料药瓶好像是装眼药水或者开塞露的。据说开塞露是往屁眼里塞的，太脏了。这种小塑料瓶子，按压几次，就瘪得没了弹性，用几次后，就得扔掉。

那个下午，王小军如醉如痴地玩着注射器。半脸盆水都被他用注射器滋到了墙上。王小军还把属于自己的芦花鸡搂在怀里，用注射器往鸡嘴里注水。芦花鸡放回地上后，都懒得瞅王小军一眼了——平时王小军的鸡见到王小军放学了，都是直接狂奔过来，蹦起来啄王小军的衣服，找王小军要蚂蚱、油壳螂、**蝲蝲蛄**吃。

看来，自己是犯了罪了，真要完蛋了。估计明天就要进学习班了。王小军不知道被办学习班要学习啥，王小军朦朦胧胧地觉得，学习班就是被关进一个小黑屋，从小黑屋出来，就再没脸见人了。

王小军家前排的二地主，因为偷了工厂的铜电线卖钱，就被办了学习班，大家见了他都躲着走，王小军就没见二地主笑过，而且，二地主从学习班出来后，个子也没再长高，总是矮矮的一个人低头走，眼睛也变得歪斜了。还有一个偷看女工人洗澡的场区干部被办过学习班，他们全家人从此都没再外面说过一句话。

以后，王小军也会像二地主那样，只能顺着墙根走路了，眼睛也会歪斜了，个子也不会再长高了；以后，他也许就和哑巴一样，再也不能说话了。王小军悲哀地想象着自己暗淡的未来。

中午放学前，班主任来到教室，告诉大家下午不上课了，初中年级学生去一个叫东坨子的村子学农，去拾麦穗；小学生们放假半天。

中午放学，王小军等待那些脖子上系着红领巾的同学都走光后，才悄悄溜出校门，心惊胆战地往家走。

突然间，走在路上的王小军想到，不是有个词叫坦白从宽吗，假如自己把那个注射器交给老师，是不是就可以免于逮捕了呢。

在这个念头支撑下，王小军才敢迈进家门，当王小军拉开藏注射器的抽屉时，王小军傻眼了，注射器竟然不在抽屉里！

王小军记得是放在这个抽屉里了啊，王小军又翻腾了另外的抽屉，还是没有；王小军又去鸡窝边找，没有；咸菜缸后面，还是没有……

　　这时，妈妈回来了，看王小军满头大汗的样子，问他：你又藏啥了啊？你的芦花鸡又提前下蛋啦？

　　王小军顾不得许多了，带着哭音儿颤声问妈妈，妈，看到我的注射器了吗？

　　啥注射器？咱家哪有那东西。妈妈说完就进屋了，她听到妈妈在屋里惊呼，要造反啊，抽屉都扔地上了！你都多大了，还这么不懂事，看我不驴你！王小军知道，妈妈对王小军发脾气时，总爱嘴上说驴王小军，王小军估计，妈妈也许是想捆王小军，不知道为什么却说成驴王小军。也许是像抽打驴子那样捆打王小军吧。

　　坦白的路也没法走了，只能逃了。王小军跑出了家门，整个下午，王小军就顺着盐沟往远处逃，王小军走啊走啊，心里只有一个简单而坚定的念头，越远越好，只要大胡子找不到他！

　　远处是几座白得刺眼的大盐坨，天上的云彩也很白，盐坨和白云完全是一个颜色。通往盐坨的小路上铺满了碎蛤蜊皮子，这些蛤蜊皮子很锋利，王小军不敢在这样的路上光脚走。王小军的布鞋底子很软，很薄，踩在坚硬锐利的东西上时，王小军会很警觉地转换身体重心，提防硬物硌疼自己的脚丫子。小路四周，是荡漾着泡沫的盐汪子，这些盐汪子中间，总是站着群水鸟，王小军靠近时，水鸟们就叽叽喳喳起飞，飞到距离王小军稍远的地方。王小军继续前进，鸟儿们继续起飞，总是和王小军保持着足够的距离，这样的距离，即使王小军扔石头子儿，也打不到水鸟们。

　　王小军知道，盐汪子中间，盐碱地裸露出来的那一片，白花花的都是鸟屎，很多鸟都会在那里下蛋，它们下蛋的地方，都在盐碱地的高岗处，用蛤蜊皮围成一个圆形，很像向日葵的样子，三五颗鸟蛋，就卧在蛤蜊皮中间。过去王小军常常和小伙伴们蹚过盐汪子的深水沟，去盐碱地上寻过鸟蛋。

那些鸟蛋被他们揣进口袋带回家。等到家时，有的鸟蛋被压碎了，蛋液都顺着衣服流淌下来，黏糊糊的，很烦人。不过，煮鸟蛋还是很好吃的，尽管有时会遇到一些小毛蛋。

今天只有王小军一个人，王小军有些害怕，没有心情去贪恋那些鸟蛋。

穿过了水面广阔的盐汪子，王小军来到了一片更辽阔的盐碱地上。这里也是王小军和伙伴们经常来的地方，春天这里会有很多野菜，比如曲麻菜，羊犄角菜。挖出来带回家，洗干净后，蘸着酱油吃，也很解馋的。夏天，很多坟头上生长的野葡萄，就会变得紫黑紫黑，吃在嘴里，有一点点酸甜的味道。这种味道，只有商店卖的好吃的东西里才会有，但是那得花钱去买。王小军和穷小伙伴们，根本买不起商店里的好吃的。他们的口袋里，除了装过煮鸟蛋、烧蚂蚱、干馒头，很少装过毛票儿。如果家长开恩，给三分五分的硬币，他们会用最快的速度找到推着自行车卖冰棍的老大娘，买三分或者五分的水果冰棍、奶油冰棍，举在手里，在伙伴们眼前慢慢舔着吃。那种炫耀时刻，就怕遇到嘴馋的大孩子，他们会走过来说，给我尝一口！然后就抓举着冰棍，往他们嘴里送，一口咬下去，半根冰棍就囫囵在大孩子嘴里了。那时候他们这些小不点儿只有干瞪眼又不敢哭的份儿。他们要是敢夯刺儿，就会被按住脖子，接着就是"爸大儿大"的拷问。

太阳有点晒，王小军觉得脸烫烫的，有点疼。王小军突然觉得又饥又渴。他想起了和郭涛他们去盐滩上套鸟时，路过的盐工值班的滩窝子。套鸟时口渴了，他们就去滩窝子里向盐工叔叔讨水喝。他们用大水舀子咕嘟咕嘟喝水，盐工叔叔们都是和善的。场区广阔的晒盐池之间，有十几个滩窝子。滩窝子就是几间低矮的红砖房，一般就在那些小山丘一样的盐坨下面。走进滩窝子，外屋总有一个巨大的水缸，水缸里的自来水总是满满的，喝起来很凉爽。

走进了滩窝子的院子，王小军看到院子里有一个独轮车，车旁边放着铁锨和捞网。院子中间是一块菜地，南瓜已经爬满了竹竿搭成的架子上，几朵焦黄的花朵闭拢了花瓣。

　　站在滩窝子门口，王小军看到一个赤条条的人躺在里屋苇席上，他岔开双腿，双腿间黑蓬蓬一丛，一个软物隐藏其间。王小军从没这样看过男人的生殖器，他觉得这东西实在是太丑陋了。他沮丧地想到，自己将来也会变得这样，他不由得对未来生出了一点忧虑。

　　这时，躺在地上的人醒了，一眼看到了王小军，他大呵一声，小孩儿，干啥的，小偷吧！

　　我不是小偷，我渴了，想喝口水。王小军赶紧解释。那人一骨碌爬起来，高高大大地站在王小军面前。

　　几岁啦，咋不上学，逃学了吧，干啥坏事了，说！一看就不是啥好东西。那人又说。

　　王小军一哆嗦，他闭着嘴，不知说啥好，眼睛瞅着门边的水缸。

　　哦，是你啊小孩儿，我记起来了，你去过女澡堂子，对不对，小孩儿？那人说。

　　王小军吓了一跳。他确实进过女澡堂子，但只进去过一次，还是妈妈把他骗进去的。那可是他内心深处无比羞耻的记忆啊。

　　那时还没发生大地震，他也没上学。场区的公共澡堂子整天热气腾腾，初夏的一天，王小军被妈妈稀里糊涂地就拖进了女浴池。王小军印象深刻的是，他一出现在更衣室，正在脱衣服和穿衣服的女孩子、姑娘们，都发出一声轻柔短暂的惨叫。那一刻，王小军的脸一下子羞得热辣辣的，眼泪在眼圈里直转悠。妈妈像过年时给刚杀了的鸡褪毛一样，很麻利地扒光了王小军，然后把王小军按在热水池里。王小军被洗干净，被穿好衣服，满头大汗地逃出了浴池的女部，他也没敢四处看。看了也看不清楚——他的泪水一直含在眼眶里呢。

　　蹿出浴池女部的瞬间，他立刻被几个正在进出相邻男浴门口的成年男人看到。他们非常惊诧，眼神一下子紧紧抓住了满脸通红的王小军。王小军清晰地听到他们在咕嘟咕嘟吞咽着口水。有一个人还凑过来，颤着嗓音悄声问王小军，小孩儿，你都看到啥了？

好一阵子，王小军在郭涛他们面前羞得抬不起头，伙伴们和他吵架时，只要说出"你进过女澡堂子"这句话，王小军立刻如踩进冰窟窿里一样。

转年就是著名的唐山大地震，王小军就再没进过澡堂子了，因为澡堂子彻底坍塌了，连个梁柱都没剩下。

滩窝子里的这个赤身裸体的人，竟然知道自己进过澡堂子。王小军更加紧张害怕了，他扭身出了门，他不想喝水了，只想赶紧逃跑。

小孩儿，站住，你在女澡堂子都看到啥了，还记得吗？哎，你说了我给你水喝。那人声音突然变和气了。可是此刻王小军已经全身惊悚，他只想把胳膊变为海鸟的巨大翅膀，赶紧扇动翅膀，从滩窝子起飞。

王小军飞快地跑出了院子。他一路狂奔。太阳光从白亮亮变得红彤彤，王小军的脸上也结出了一层汗碱，用手一搓，搓出了盐面一样的东西。放在嘴里，咸咸的。

滩窝子逐渐变小了，那个赤身裸体的盐工也没追赶他，他不再回头看滩窝子了。他继续向前走，他抬头看时，看到了海边一排水泥墙一样的水门。

水门那边就是大海，海水就是通过水门的几个大水泵，被抽到纳潮沟里，再通过枝枝叉叉的纳潮沟，流进一个个盐池。

都到了水门了。王小军很惊诧，自己跑得太远了。水门这里，他和伙伴们就来过有数的几次。他们听大人说，看守水门的人都是盐场犯过错误的人。犯了错误的人就是"坏人"了。小伙伴们对阴森森的水门有种难以抵抗的恐惧。因为他们心里，"坏人"都是面目狰狞，手持匕首，杀人不眨眼的。

王小军正犹豫时，他已经站在水门泵房跟前了。水门那边，大海正在涨潮，东南风鼓动着海浪，海浪一波波撞击着海垱上的大石头。海浪拍打下，堆积在岸边的白色泡沫越来越厚，然后一阵风吹过时，泡沫就被吹过海垱，皮球一样滚过堤埝，然后一个个被隆起的土坷垃撞得粉碎。王小军的身上，一会儿就沾了一些这样的泡沫。海边很潮湿，呼吸里都是腥咸的味道，海风黏糊糊蹭着王小军的脸颊。他更加口渴了。

　　王小军看到泵房的门开着，他就走进去，一眼就看到了大水缸，水缸满是尘土的木盖板上，一个肮脏的葫芦水瓢躺在上面，水瓢上粘了一些蜘蛛网。他握住水瓢，推开缸盖，刚要俯下身子舀水。他只觉得门口那边的光线突然暗了下来，然后是一声呵斥，和刚才在滩窝子听到的类似呵斥：

　　干啥的，小孩？！

　　王小军回过身子，还没看清来人，就一脸可怜地回答，我想……喝口水。

　　他抬头看门口那人，觉得这人很眼熟。因为这人有一脸黑乎乎的胡子楂。王小军在柏油路上见过的大人里，只有他有这样的胡子楂。这人还有点谢顶，但是头发梳理得很整齐。一个大风天，大风刮得昏天黑地的，把人们都刮得躲在家里不敢出来。王小军低着脑袋顶着大风，去合作社买了铅笔，赶回家写作业。合作社距离他家有一段路，中间都是芦苇圈子，半路上有个破败的厕所，被一人高的芦苇包围。王小军想撒尿，就跑向厕所。他就看到一个穿红呢子上衣围着花围脖的女人，从里面也走了出来，女人个子很高，头发卷曲着，边走边整理衣服。因为围脖捂着脸，只露着眼睛，王小军不认识这女人。王小军正在惊诧：怎么女人进了男厕所？！谁知，这个黑胡子楂随后也从男厕所里拐了出来。他看到了王小军，顿时很慌张的样子，他对着王小军，眼睛睁得很大，做出惊诧的神情，用手指指男厕所，又指指女人匆匆走远的背影。王小军迷迷糊糊地看着这一幕，然后黑胡子楂看王小军不吱声，就匆匆离去了。回家路上，王小军越想越糊涂，那个女的竟然进了男厕所，她不认识厕所墙上的有点模糊的"男"字吗？这个黑胡子楂看到女人上厕所了，那他比王小军进过女澡堂子更应该害臊吧。

多年以后，王小军成年了，这个年少时的记忆还是让他难以理解。这俩人如果偷情，为什么选择男厕所呢，——环境恶劣啊。如果是女人误入男厕，黑胡子楂应该先从男厕里逃出来啊。——真是让人费解。

胡思乱想的王小军下定决心，你要是敢欺负我，我就把你看见过女人上男厕所的事喊出来，看你咋办。幸好，眼前这人不记得王小军。

哦，渴了啊。叫啥名字，小孩儿？

王小军。

王小军，在哪个学校上学？上几年级了？

五分场子弟学校，三年级。

哦，五分场的啊。上学期都考多少分？

语文98，算术100。

哦，学习还不错。考你一下，桌子有四个角，用刀切下一个角，还剩几个角？

5个。

嗯，还挺灵。会……唱歌吗？

……会。

爱听歌吗？

王小军以为这人会继续问他会唱哪些歌，学校里就教了他们一首"吹起小喇叭，嗒嘀嗒嘀嗒……"这句歌词已经到王小军喉咙里了，黑胡子楂竟然问了别的问题。

王小军咽下喉咙里的歌词，点点头。

想——听我唱歌吗？

王小军琢磨了一下，估计回答"想"，对方会满意，于是他说，想。

黑胡子楂突然满脸绽放了笑容，他说，水缸里的水早就臭了，我给你唱歌，你得认真听，我唱完了给你喝白糖水。

要不是"白糖水"这三个字刺激了王小军的味觉，他早就想找机会溜掉了，他觉得这个黑胡子楂就是个疯子。

黑胡子楂开始唱了，王小军听他柔柔软软地唱着，他从没听过这样软乎乎绵乎乎，又软又绵的歌曲。这人声音好听，就是听不太懂歌词。王小军只听到了歌词里有哥啊妹啊的。

黑胡子楂陶醉地比画着手势。他的手臂忽而做拥抱状，忽而又捂住胸口，忽而又同时举过头顶。他满脸兴奋地连续唱了几首歌，直到看出王小军有点不耐烦了，就泄了气，说，你等着我，我给你去拿水。

王小军接过他递过来的搪瓷茶缸时，他看到茶缸上几个印成了圆弧形的红字：文艺汇演一等奖。王小军咕嘟咕嘟喝干了半茶缸糖水，糖水甜丝丝的味道留在了舌尖上，让他很满足。

这人太讨厌了，他唱完一首又一首，简直就像是家里的半导体收音机刚换了电池，底气很足，不觉得累。王小军困了，他的眼皮越来越沉重，身子也像深秋季节盐滩上的开花的芦苇一样，深深垂了下去。

王小军迷迷糊糊中又被黑胡子楂的歌声吵清醒了，王小军有点不耐烦，他喊道，我得回家啦。

黑胡子楂有点依依不舍，他伸出胳膊，做出阻拦的姿势说，你再听我唱几支歌，我给你炖鱼吃。王小军有点恼火了，他脱口而出，我见过你，你和一个女人一起去过厕所。

黑胡子楂的反应让王小军惊呆了，黑胡子楂像一张硬朗的白纸突然落在了红彤彤的炉火上，瞬间变成柔软松垮的灰烬。

王小军离开时，黑胡子楂塞给王小军一块奶油的糖果。又低声下气嘱咐王小军，让王小军不要和别人说他刚才唱歌的事。

王小军攥着糖果，胡乱答应着黑胡子楂。糖果不知放了多久了，包装纸和奶油糖牢牢地粘在了一起，王小军走上堤埝后，赶紧用牙咬去糖纸拧麻花的两端，把紧紧粘着糖纸的奶油汤含在嘴里，放进嘴里时，他才注意到，这块古老的奶油糖上，印着大红喜字。他用力咬碎糖纸，使劲吸吮那很醉人的奶甜，再把慢慢咀嚼后的糖纸也咽下喉咙。

他看到太阳的颜色变得像鸡蛋黄时，他又走回到了采野菜的那块坟地。

四处找找，王小军躲到了一片盐碱高地中最大的坟头后面。王小军又饿又渴，就在一些长着各种杂草的坟头上，扒开杂草，揪了一些黑黑的野葡萄吃，吃得王小军的嘴唇黑紫黑紫的。

有的坟头，像被电线杆子戳了一下，有个很大很圆的黑洞。洞口幽深，看不到里面有什么。大人们曾吓唬王小军这么大的孩子们，说那里住着骚狗，骚狗就是草狐狸，专门吃死人肉的。想到此，王小军打了一个冷战，赶紧收回目光。

就这样静静地待着，脑子里想象着钟表的表盘，表针在不停地转动。王小军祈祷要逮捕他的那个大胡子，赶紧把自己忘掉；祈祷着郭涛他们赶紧从学习班顺利毕业。天就快黑了，鬼们该出来了吧，他们不会欢迎自己的；王小军害怕极了，对于坟地的本能恐惧，让王小军突然毛骨悚然。可是，王小军不敢回家，回到家，保卫科的大胡子就会把王小军抓走了。

天完全黑了，四周的盐汪子，开始闪烁着月亮般的破碎的光亮，借着这点光亮，可以辨认出盐汪子的堤埝来。

无边无际的恐惧，让王小军开始不由自主地往回家的方向走。王小军走得忽快忽慢，不时回头看一眼，总觉得后面有沉重的脚步声在紧紧跟随。王小军突然停下来，猛然回头看，王小军想象一只毛茸茸的大黑手会一下子搭在他的肩膀上，那只大毛手上的黑毛如此之近，他呼吸时，黑的绒毛都随着王小军的呼吸倒伏……他突然哇地一声哭起来了，开始在堤埝上奔跑，深一脚，浅一脚。王小军觉得自己就要被一群在他身后追赶的恶鬼掐死了。

终于靠近场区的宿舍了，王小军看到了踏实的灯光。有郭涛家的，有秃老三家的，有王小军自己家的……他才敢使劲喘了口粗气。

肚子里好像藏了一群蛤蟆，咕咕呱呱地叫，王小军饿得快喘不动气了；可是，对被逮捕的恐惧，突然又强烈了。王小军收住了脚步，王小军突然看到了秃老三家房山旁边的大芦苇垛，那是他们几个小伙伴经常钻进钻出的地方，王小军不再犹豫了，走过去，掀开一片干芦苇，钻了进去。

芦苇上被抖落起来的尘土，呛得王小军打了一个喷嚏。

芦苇垛里面，有他们以前掏出来的空洞，王小军坐下来，脑袋不至于被芦苇沉甸甸地压着。

要是哪个小伙伴能钻进来就好了，给王小军偷一块馒头，端一瓢凉水，就太好了。

昏昏沉沉地胡思乱想着，王小军把身体尽量舒展了一些，伸开腿，在芦苇垛中蜷缩着躺下，那些身下的芦苇秆，扎得王小军后背很不舒服，但是困倦袭来，王小军管不了那么多了，昏昏沉沉进入了梦乡。

恍惚中，似乎是大黄狗钻了进来，它安静地躺在王小军旁边，热乎乎的舌头在不断舔王小军的手、脸。又痒痒，又好受。王小军伸手搂住大黄狗的肚子，心里突然觉得很踏实。

不知过了多久，王小军还是被饿醒了，大黄狗竟然真的躺在王小军怀里。王小军竖起耳朵，外面吹过的风中，好像有妈妈凄惨的呼声，王小军突然觉得，自己无论如何得回家了，因为，王小军现在实在无处可逃啊。

于是，王小军硬着头皮，急急地走回家。

拐进院门，他看到两个弟弟坐在饭桌边，爸爸妈妈都不在，弟弟们看到王小军，都惊呼起来：哥，你还活着呐？妈妈爸爸都找你去了，妈都急哭了。

王小军呆愣愣站在院子里，不知所措，过了很久，院子外面传来了脚步声，然后，邻居大叔出现了。大叔看到王小军，用手指着王小军说，咦，这不回家了吗，你爸爸妈妈都快急上吊了。说着，大叔转身跑远了。王小军听到大叔在喊，孩子回来啦，回来啦。

爸爸妈妈一前一后踉跄着奔进家门。看见王小军踏踏实实站在院子里，他们一脸惊喜。爸爸走过来摸摸王小军的脑袋，没有责怪王小军，独自走进屋。妈妈一把把王小军搂在怀里，像揉搓衣服一样搂着他，一阵阵使劲，妈妈的胳膊箍得他有点喘不过气。妈妈问，你都去哪里了，傻孩子？

一家人默默地吃了饭。在妈妈怀里，王小军告诉了爸爸妈妈他下午去了哪里，看到了什么，那个黑胡子楂给他奶油糖的事，他也说了。最后，他哭着告诉妈妈，他要被逮捕了，要进学习班了，再也回不了家了。

没想到，爸爸妈妈互相瞅了瞅，对王小军即将离开家去残酷的学习班这件事反应很冷淡。直到催王小军上炕睡觉，也没给王小军收拾去学习班的衣服、被褥。而王小军知道，进学习班，要住在里面很久，不带被褥恐怕不行的。半夜里，王小军迷迷糊糊听到爸爸妈妈悄声说话。

那个黑胡子楂是谁啊，你认识吗，我听说犯了错误的人才去守水门，妈妈说。那个人不就是小赵吗，场区文工团唱歌的，他和未婚妻就差一个月举行婚礼了，证都领了半年了，结果，俩人憋不住在宿舍办事，被人抓了个正着，文工团不要他了，他未婚妻疯了，被家人接回河北老家去了。

第二天起床，妈妈把书包挂在王小军脖子上，说，去，你这傻蛋蛋，给我老实上学去！

当王小军鼓足勇气，脚步沉重地挪进教室时，小莲仍然被很多同学包围着，在比比画画地说着什么。她的声音真刺耳啊。

上学的日子就这么苦熬着。王小军自打听到爸爸妈妈半夜说起黑胡子楂的事，他就从心眼里惦记这个唱歌好听的人。直到一个月后，他又听到爸爸妈妈说话，爸爸叹着气说，那个看水门的，突然找不到人了。失踪多久了？妈妈紧张地问。谁知道呢，也许一个月，也许半个月，场保卫科去找他，水门那里就锁门了。

　　有一天下午不上课，王小军和几个伙伴跑去水门，那里果然换了人，看水门的，就是向王小军打听女澡堂子事儿的人。

　　日子慢慢平静了，他无论怎么竖起耳朵，也再没听到过爸爸妈妈提起那个黑胡子楂。这学期末，王小军照常低着头走进了教室。死小莲一眼看到低头走路的王小军，她又神气活现地跳出人堆儿，挡在王小军面前，高声对王小军宣布：王小军，你听着！场保卫科征求了学校的意见，班主任说你平时学习不错，你又是初犯，你爸爸举报坏人有功，保卫科决定，不逮捕你啦！

　　对啦，小莲继续补充说，老师说了，第二批红小兵里有你，不过，你们这批同学不叫红小兵，叫少先队员！

少年的电影

几只水鸟鸣叫着，掠过王小军家的房顶，向着聚落东边的大汪子飞去。日头转到了头顶上，阳光不断泼洒下来，满屋亮得耀眼。盐沟的腥咸味道被风吹进窗棂。

这个周二下午，王小军就读的百里滩长芦盐场子弟学校，又不上课了。

王小军吃过了午饭，在家就待不住了。明天晚上又是放露天电影的好日子，王小军想和小伙伴们商量一下啥时候一起拎着小板凳去占位置。可跑了几家，好几个伙伴都不在。

路过大锁家，听到院子里很多叽叽喳喳的声音，王小军就钻进了院子。只见院内十几个平时一起玩的伙伴挤满了院子，他们好像在商量啥事呢。

嘴最快的小臭看到王小军，抢身过来，兴奋地问，今天晚上，我们和总队的人打仗，敢参加吗？

小臭话音未落，二柜上前一步，把小臭劈手扒拉开，用手一指王小军，轻蔑地笑话小臭，他参加顶个屁用！这事得保密，知道吗?!

听了二柜的话，王小军觉得自己马上比别人矮了一截，这样的秘密行动连小臭都知道，而他王小军竟然不知道，这么看，小臭都比他强了。那次，小臭和他打架，可是被他骑在了裤裆底下，喊了三声爷爷的呢。这事足以证明，他比小臭作战能力强多了。想到此，王小军站在原地，深吸一口气，瘪进肚子，挺直腰杆，绷紧全身薄薄的肌肉，想让大家觉得自己很强壮，也想让二柜为他刚才所说的话后悔。

蹲在地上的大锁站起来，看了王小军一眼，说，人多力量大，让他参加吧，小栓还打不过他呢。

大锁、二柜、小栓是亲哥仨，他们的妈妈是个疯子，去年掉进长芦盐场工区的驳盐沟里淹死了，他们的爸爸是个老酒鬼，有时候喝多了撒酒疯，有一次被大锁按在地上揍一顿，从那以后，他们家里，大人说话不算数，他们家就成了小伙伴平时聚会的据点，大锁也是很多孩子心目中的英雄——大锁是唯一敢打他爸爸的好汉。

小栓听哥哥说自己打不过王小军，红涨了脸，不服气地冲过来，一把薅住王小军的肩膀，想摔跤，二柜拦住了小栓说，都啥时候了，赶紧团泥蛋儿，晒干了晚上好用！然后二柜对王小军说：你也去，赶紧团泥球蛋。

有了团泥蛋这个任务，他就可以参加今晚的行动了，王小军无比激动，赶紧凑到几个小伙伴跟前，这几个人面前放着几块泥巴，他们正搓着双手团玻璃球大小的泥蛋呢。平时，他们用弹弓去打家雀儿，才团这样的泥蛋，看来这次战斗很正规呢。

旁边的鸡窝上，已经团好的泥蛋摆放在破油毡上，冲着阳光的一面已经晒干、发白了。

团泥蛋时，王小军才从小伙伴嘴里打听到，原来，每周日晚上，长芦盐场场区放露天电影，新村的孩子早早摆好的小板凳，多次被总队的孩子们扔到了一边，他们太欺负人了。如果再不对他们宣战，以后就无法看电影了，不能咽下这口恶气！

他们所在的长芦盐场场区，一条柏油路穿过两个居民片，名字分别叫新村、总队，居民各百十来户。

新村住的多是修滩扒盐的被称为盐驴子的盐工的孩子。新村的房子很破，都是原来住过劳改犯的劳改宿舍，墙上的红砖都被卤风吹酥了,用手一抹就掉粉末儿。后来劳改犯们搬家了,去了南堡盐场改造,劳改犯们曾经居住的房子,就成了普通盐工的宿舍。

总队这个名字,其实就是劳改总队的简称,那里的房子原来住的就是管教干部,监狱搬走,管教干部就地转业,都成了长芦盐场的大小领导了。他们都是穿干部衣服的——四个口袋的那种上衣。他们会把干净的白衬衣扎进裤子里,可洋气了。他们的子弟很少穿破衣服,偶尔还举着果子、面包在教室里大吃大嚼,趾高气扬的,很可恶,他们吃的东西太香了,每次都引起新村的穷孩子们一片此起彼伏的口水吞咽声。他们根本瞧不起新村的孩子们,说这些孩子半年才洗一次澡,身上总有一股咸菜缸味儿,一股野狸子味儿,从新村的孩子身边经过,就像经过路边的破茅房。

可是,这能怪新村的孩子们吗?大地震后,唯一可以允许新村孩子进入的澡堂子被震趴下了。对那个澡堂子,王小军唯一一次记忆还是略带羞耻的。

那时还没发生大地震,场区的公共澡堂子整天热气腾腾冒着香胰子味儿,王小军被妈妈稀里糊涂地就拖进了女浴池。他一出现,正在脱衣服和穿衣服的女孩子、姑娘们,发出了一片轻柔短暂的惨叫,那一刻,王小军的眼泪就羞臊得在眼圈里转悠了,妈妈很麻利,像过年时给刚杀了的鸡褪毛一样,扒光了王小军,然后把王小军按在翻滚着白汤的热水池里。王小军被洗干净,被穿好衣服,满头大汗地逃出了浴池的女部时,他的泪水还含在眼里呢。

蹿出浴池女部的瞬间,王小军立刻被几个成年男人看到,这几位都是盐工,他们的眼神一下子紧紧抓住了满脸通红的王小军,咕嘟咕嘟吞咽着口水,有一个还凑过来,颤着嗓音悄声问王小军,小孩儿,你都看到啥了——?好一阵子,王小军在伙伴们中间羞得抬不起头。

之后就是大地震,王小军就再没进过澡堂子了,因为澡堂子彻底坍塌了,连个梁柱都没剩下。

从此，他一个冬天都不会洗澡，尽管身上臭烘烘的，他也不在乎。伸出的手腕实在太脏了，他就吐点口水，把手腕上的皴搓掉。总队的孩子们有父母带他们去场区盐化厂里洗澡，那里，盐工的孩子进不去，看门的说，盐驴子的孩子们都是小偷，工厂里的废铜烂铁、废电线，都被盐驴子的孩子们偷走了。

　　有的新村的孩子，去合作社打酒、打酱油，偶尔还会被总队的孩子拦截。总队的孩子们，为首叫红卫、蓝毛的，不知从哪里蹿出来找新村的孩子要钱，不给他们几分钱，就会挨打。王小军就挨打过好几次，因为王小军的口袋和他的屁股一样，除了泥土污垢，啥也没有。

　　再不对他们宣战，以后咱们合作社里的水果糖、江米条、核桃酥都别想买啦，大锁曾经满怀忧虑地和伙伴们说，咱们都是顶天立地的男子汉，要为自由而斗争！大锁的话，让王小军激动不已，他奋力团着泥蛋儿，对晚上的恶战充满期待。

　　王小军在这些伤心回忆中继续愤怒地团着泥蛋时，他还看到大锁他们几个大孩子在对着一堆很奇怪的石头发愣。这些石头，他认识，是场区盐化厂的，大家叫这些石头臭尕石，淋上水就会冒白气，冒白沫，然后用火柴点，就会燃起蓝色的火苗，还会冒臭气，是盐化厂电焊工用的。听话音，大锁他们好像要用这种石头研制手榴弹。

　　这个上午，伙伴们像电影里打倒地主后开批斗大会一样，历数总队孩子们的罪行，大家群情激奋，斗志昂扬。从大家的话里，王小军还听出来了，大锁已经向红卫、蓝毛下了战书，战斗就在今晚八点，谁不去就是王八下的。

　　大家估计，此时此刻，红卫他们也在积极备战呢，所以今晚的战斗将会很激烈！

　　最后，大锁他们把盐场电焊用的电石——他们叫臭尕石，试着塞进几个深色玻璃药瓶子里，王小军听他们推测说，晚上战斗打响的时候，可以放进水，点着了火，拧上瓶盖，扔向敌人，估计肯定会爆炸的。这就是新村造的手榴弹，他们制胜的武器。可是，大锁他们试了很多次，瓶子里放进臭尕石，再放进水，用洋火点着了，刚扣上瓶盖，还没来得及扔上屋顶，火苗就没了，没有火苗就不能爆炸了，那就没威力了。

　　大锁他们折腾了好久，一次也没成功，但是他们决定，晚上还是带上几个，实在不行就不盖瓶子盖儿了，戴着手套，点着了直接扔出去，就像过年时放二踢脚那样。

　　王小军一下子对这几个大孩子萌生了敬意，突然又有点莫名其妙的紧张，看来，这场战斗会很激烈呀，自己要抓住这次好机会，在新村孩子们中树立自己的英雄形象，让进过女澡堂子的人生污点，尽快被大家忘记。

　　二柜把做好的弹弓给每人发一把，这些弹弓就是用盐化厂工人发的胶皮手套剪开了做的，胶皮很有弹性，弹弓把儿都是八号钢丝弯成的，这样的弹弓，王小军从来没拥有过，他根本弯不动这么粗的钢丝。

　　院子里笑声不断，好像他们已经胜利了。

　　中午时分，都准备好了，大家约定了时间，每个人口袋里装了不少半干的泥蛋子，约定好了晚上集合的时间地点，小臭还模仿电影里的情节，说自己人要有联络暗号，大家一致同意，暗号就是，你说臭咸鱼，对方就回答臭鸭蛋，都准备好了，互相嘱咐别让大人知道，就各自回家了。

　　王小军捂着沉甸甸的衣兜，迈着沉甸甸的双腿，小心地往家里走，走了一半路，他突然想试试弹弓，就转身往东边蓄积海水的大汪子方向走。大汪子一望无际，大海中鱼虾密密匝匝的卵，在春天随着海水被水泵抽进大汪子，没了潮汐，卵孵出的小鱼虾就在里面幸福地生长，汪子里的鱼虾成了海鸟们的一日三餐。汪子也成了盐工们歇班时打鱼摸虾的天堂。

　　跨过小咸水沟，一股闷热的卤气吹过来了，直撞鼻子。远远地看到汪子水面上，真有几只白得晃眼的鱼鹰，王小军掏出弹弓，从裤兜里摸出一粒泥蛋子，塞进弹弓的皮兜，用力拉开弹弓，对着鱼鹰一松手，弹丸嗖地射了出去，弹丸没够到鱼鹰，就在汪子里砸出了水花儿，鱼鹰子们对王小军很不满，嘎嘎地发着牢骚，意思是，你这缺德孩子，真是七八九嫌死狗。扑棱着翅膀惊飞了。

王小军又意犹未尽地摸出一粒泥蛋，提着弹弓沿着水边走，汪子的水波被吹出了很多白色的泡沫，一层一层地堆向堤埝，很像妈妈那次带王小军去公共浴池洗澡时，在他的眼泪中为他搓出的一层层体垢后，堆积在地上的肥皂泡沫。

在继续向一只孤单的海鸟瞄准的时候，王小军听到身后大锁在喊他，小军，小军，走，跟我们起鸟套子去！

大锁、二柜他们四五个大孩子正超过王小军，要向大埝南边走。

大锁可是王小军心目中的英雄，被他亲切地呼唤了自己的名字，王小军心里甜蜜蜜的，像电影里的小战士，被首长的手指刮了一下鼻子那么荣幸。他胡乱射出了弹弓里的泥蛋，跟上了大锁他们。

王小军对鸟套子不陌生，有一次小栓曾经招呼他去长满黄须菜和鬼柳的野地里下过鸟套子，新村里好像只有大锁他们哥仨会用鸟套子捕鸟。这也是王小军佩服大锁他们哥仨的另外一个理由。

下鸟套子，就是在野地里低洼狭窄的，满是乳白色鸟屎的堤埝上，密密地插满一排芦苇秆，挡住串地鹛（一种喜欢在汪子边跑来跑去捕食的小海鸟，行走如闪电）的道路，然后在芦苇秆插成的栅栏中间，留个豁口，豁口处放一个类似老鼠夹子一样的机关；再把一个有弹性的扫帚苗，粗的一端深深插进堤埝，细的一端系上一个三股的棉线，棉线一端撑开一个麻蚱子大小的栓贼扣。连上机关，只要串地鹛踩在机关上，扫帚苗就会突然弹起来，一瞬间，栓贼扣就把串地鹛吊在半空，它越挣扎，绳子扣越紧。鸟套子一般要下几十个，每天都要巡视一遍，套住的串地鹛不及时起走，就会很快被晒干、晒臭，或者被路过的人摘走，有的还会被草狐狸、黄鼠狼偷吃。

他们雄赳赳地在堤埝上继续展望着今晚的战斗，走了很远，也没觉得累。身后，是渐渐变小的新村的房屋，这些低矮的房屋总是冒着盐碱和卤气，像刚从盐池里捞上来晾晒一般。第一排鸟套子出现在眼前，果然，有的扫帚苗已经弹起，棉绳上吊着只惊慌扑腾的串地鹂。大锁麻利地接下串地鹂脚脖子上的绳子扣，把串地鹂塞进王小军身上背的一个瘪瘪的布口袋，又把鸟套子恢复好，他们迈过芦苇秆，继续向前走。脚下，白花花的鸟屎很刺眼。不多时，几十只串地鹂就把布口袋的袋底儿装得鼓鼓的。

他们又回到大锁家的时候，已是晚饭时分，大锁说今晚请大家吃烤串地鹂。大锁熟练地撕光第一只串地鹂的毛，用剪刀剪开屁股，掏出油油的内脏后，大锁说，你们看，都是油，真他奶奶的肥！

突然，王小军看到爸爸站在了大锁家门外，爸爸的吼声冲进大锁家的院子：王小军，又死哪儿去了！

王小军吓得一哆嗦，他突然意识到，中午没回家，就没和家里说一声，此时再不回家，爸爸妈妈一发火，恐怕晚上出不来了，出不来，以后就是王八下的了，于是他就咽着口水，跟着爸爸，离开了。

那时候，大人们对孩子看管得不严，只要不淹死，不电死，不轧死，大人就满意了，所以王小军揣着两衣兜泥蛋子回家，爸爸也没发现异样。

妈妈已经把饭桌摆好，刚揭开蒸锅，热气熏得妈妈立刻眯起了眼睛，王小军赶紧跑到妈妈身边，替妈妈举着锅盖，妈妈拧了王小军耳朵一下，又上哪儿野去了，吃晚饭才回家！

王小军一呲牙，妈妈就笑了，转身去热锅里捡蒸熟的棒子面掺白面的大菜饺子。

此时，爸爸抄起自行车，出了院子。

你爸爸今晚加班，住滩窝子了，和弟弟们吃吧，油梭子和虾米、粉条馅的。妈妈自豪地打开锅盖，把摞满大饺子的大海碗递给王小军。

王小军一边在饺子馅里寻找被剁得很碎的油梭子，这些炼猪油剩下的油梭子如果没被剁太碎，咬在嘴里，会汪出一小股猪油，很香。他一边用舌头搜索着油梭子，一边想着大锁家的烤串地鹂，不一会儿，三个大饺子就落肚了。

爸爸今晚住工区的消息让王小军无比兴奋，晚上出去玩，就怕爸爸在家，不敢回家太晚。

王小军不时地跑进里屋，看板柜上的小闹钟，快到集合时间时，他全身一阵麻痒，实在在家熬不住了，就走出来，直奔集合地点。

集合地点在柏油路挂着广播喇叭的路灯底下，王小军记得，伟大领袖毛主席去世的消息就从这个喇叭里广播出来的。

他到的时候，路灯已经大亮了，远处的大盐坨基本都被夜色吞进了肚子里。很多虫子围着灯罩狂飞，呆头呆脑的油壳螂，冷不丁撞在王小军的身上，王小军也顾不得去捡，在平时，油壳螂不仅可以喂鸡，还可以炒熟了当零嘴儿。

路灯下，已经聚拢几个同伙了，大锁他们哥仨还没来。

还在吃烤串地鹂呢，王小军寻思着，向大锁家的方向望。

口令！

臭咸鱼！

口令！

臭鸭蛋、臭咸鱼、臭屎橛子——都给你吃！

小臭和别的伙伴在斗嘴。

路灯先是红了一下，然后就越来越亮，好像在战斗前夕，路灯都紧张了，越来越多的小虫子们，绕着高高的灯，密密麻麻，嗡嗡嗡地飞。

天基本黑透时，大锁他们也都到了。大家兴奋地围着大锁，大锁让大家检查好弹弓。要求大家像子弹上膛一样，捏着泥蛋儿提着弹弓，听指挥。大锁说，前五个人射出第一排泥蛋儿后，后面五个人射第二排，第一排就可以继续发射。

大家纷纷认可了大锁的战术，王小军被安排在了第一排。这让王小军更佩服自己了，觉得今晚自己就会一战成名。

场区的唯一一所学校就在新村与总队之间，他们安排妥当了，就整齐地向学校方向涌。

谁最勇敢，我奖励谁两只油煎串地鹨！大锁高声宣布。

王小军的心动了一下，他从没吃过油煎串地鹨，只是多次眼馋地看过大锁哥仨吃。

远远的路那头儿，迎战者也黑压压地出现在了笔直的马路上，王小军突然感到紧张。

大锁很英雄，他站在了队伍最前面，两拨人群就像人在照镜子时，向镜子里的自己走近一样，缓慢地接近，接近。

几乎是同时，红卫和大锁都下令，开火！射击！他们的泥蛋杂乱无章地飞了出去，对方扔则过来很多石头子，而且对方那里传来一声巨响——他们竟然点燃了二踢脚。新村的过年时也很少放得起二踢脚，二踢脚也加入了今晚的战斗，这可大出王小军意料，他猛然意识到今晚战斗的残酷。

几个二踢脚的巨响过后，接下来，一个二踢脚的第二响就在王小军的头顶炸开了，王小军突然觉得右眼角被痛击了一下，一下子睁不开眼了，眼泪涌出，眼睛热辣辣地疼。

王小军身后的小伙伴一下子跑散了大半。王小军大脑空白一片，站在那里，还不停地掏出泥蛋射击，小石子打在他身上，很疼。在王小军的感染下，几个后退了的同伙也站住了脚，向敌人猛烈发射泥蛋，敌人有的被射中了，嗷嗷直叫，开始慢慢后退了。

这时，大锁他们扔出了下午研制不成熟的玻璃瓶手榴弹，瓶子在柏油路上摔得到处是碎片，还发出一股奇怪的臭味，敌人显然被这诡异的武器吓唬住了，突然一哄而散。

此时，王小军忍着疼，对着那些逃跑的敌人狂追过去，有一个跑得慢的，被王小军盯住了，他早就瞄准了，就是这个孩子放二踢脚来着。这孩子一边回头一边狂奔，看到王小军面目狰狞地追上来了，吓得啊——啊——直叫，可惜这孩子的同伴顾不上他了，都在黑暗中没了踪影，这个孩子突然一个大马趴，摔在了马路上，王小军正好赶上去，一脚骑住那个孩子脑袋，拳头雨点般往下砸，妈了个巴子的，敢用二踢脚崩我！

那个孩子开始嘴还挺硬，说，就崩你这个上女澡堂子的！王小军气急了，跳起来一脚一脚狠踢，那孩子捂住脑袋，连声求饶，我再也不敢了，饶了我吧。

这时，大锁二柜小臭也赶上来了，小臭逞能地踢了这孩子屁股一脚，二柜拦住了，别打了，这是我同桌，算了吧。

二柜把王小军从那孩子身上拖起来，那孩子从兜里掏出一毛钱，塞在二柜手里，一瘸一拐地溜走了。

胜利啦！胜利啦！大锁急忙宣布胜利的消息，他的声音像根线绳，拽住了几个远远地躲在后边，还想找机会逃跑的战友们。

这些逃兵忘记了想逃跑的羞愧，纷纷跑过来，拥着王小军和大锁。大锁像个大哥哥一样，见王小军捂着右眼，就拉着王小军到了路灯下，帮王小军看了看伤势，大锁说，没事的，回我家去上点药就好了。

他们得意洋洋地走在马路中央，路过学校时，小臭还拉开弹弓，把学校大礼堂靠近路边的窗玻璃啪地打碎了。那扇窗户的玻璃，有好多块都是碎的，估计都是孩子们打弹弓的杰作。

王小军瞪了小臭一眼，打仗时你尿，现在显你本事了！

小臭突然从口袋里掏出几个避孕套，发给大家，他们使劲把避孕套吹得鼓鼓的，向天上扔，避孕套晃晃悠悠降落时，他们就抬起脚，把它们踢上天。王小军一直很纳闷，这东西明明就是气球啊，为什么前端还有了小揪揪，而且他在家把避孕套当气球玩时，妈妈总绷着脸说，不许再玩这个，脏。

大家高高兴兴走走停停，避孕套都飞得没了踪影后，王小军才感觉到眼睛很疼，马路都看不清楚了。

大家一起回到大锁家，王小军闻到了满屋酒气，大锁的爸爸烂泥一样躺在床上，嘴一张一闭地打呼噜。

大锁拿出白酒为王小军擦了额头，在王小军右眼皮上抹了红药水，给王小军吃了片止疼药说，我上次被二踢脚崩了手，场医院大夫就是这么弄的。

王小军回家后，还是被妈妈看出了异样，他说是走路不小心撞电线杆上了，大锁给抹了药，但那一刻额头已经红肿了，王小军的右眼都快睁不开了，他疼得想哭，一直在强忍着。妈妈紧张了，立马带王小军去了场区医院。

当值班的老大夫准确地猜测出王小军受伤的原因后，妈妈在医生面前毫不留情地痛骂了王小军。

第二天王小军青着右眼红着额头去上学，进了校门，王小军感觉很多总队的男孩子投来了巴结讨好的目光，走进班里，几个男同学都包围了王小军，向王小军打听被炸伤的感受。他们都参加了昨晚的战斗，昨晚还是敌人，可是一夜过后，大家都又成了有说有笑的同学。

这种昨晚为敌、今早为友的奇怪体验，让王小军有点质疑自己昨晚的愚蠢的英雄行为——他是被炸急眼了，不然自己也会逃跑的吧。

当天下午，学校就开了大会，他们打仗的事情竟然全部被学校掌握了，不知道谁当了叛徒，把战友们全都出卖了。

大会点名批评了大锁等几个上初中的孩子，王小军也被点名了。王小军记得校长用在大锁身上的词是：屡教不改，趁早悬崖勒马。

这些词太新鲜了，所以一下子被王小军记住了很多年。

但是，王小军真的有一战成名的感觉。那天下午散会后，很多大孩子见了王小军也毕恭毕敬的，就连大锁，课间时也愿意和王小军站在一起了。转天，大锁果然给王小军带来了四只油煎串地鹕，说两只是奖励勇士，另外两只给勇士滋补被炸伤的眼睛。

甚至，班里连那个不可一世的美人小莲，都用脉脉的眼神远远注视王小军好几次，这让王小军无比自豪，因为小莲的爸爸是场区的保卫科长啊，她爸是唯一可以腰里别着手枪，开着挎斗摩托车的大人物。一次放学时，小莲还偷偷走近王小军，把一块儿奶油糖塞进王小军手里。吃了小莲的奶油糖的当晚，王小军就梦见和小莲结婚了，当然，是小莲求王小军，王小军才同意结婚的。——这是小学五年级的王小军，第一次梦到和女同学结婚。

虽然王小军被班主任请了家长，当晚，又被爸爸痛揍了一顿，但是当了英雄的美妙感觉还是压倒了额头和屁股上的疼痛感。

到了周日，新村的小伙伴们一起再去看露天电影，他们受到了特别的待遇——总队的红卫、蓝毛已经替他们占好了中间的几个位置，大锁他们连小板凳都没从家里带！

大锁让王小军坐在自己旁边，王小军右眼的瘀青还没褪去，很多孩子依旧对王小军指指点点，让他很自豪，说话声音也大了。总队的孩子们不断地跑过来与王小军和大锁打招呼，讨好地主动告诉他们，今晚要演《南征北战》。

依旧是伸着脖子盼了很久，放映员才在大家注视下支好放映机，然后向白色的幕布打出亮亮的四方形，这放映机的投影一出现，王小军感觉就像节日来临了，一下子忘记了一切疼痛，陶醉地看着方方的投影慢慢被放映员扭来扭去，直到调整端正，然后就是一个很大的，放着箭镞一样光芒的五角星，五角星中间，是"八一"两个字。

电影开始不久，王小军憋不住尿，站起来钻出了人群。

他走到了幕布后面漆黑的夜里小解，王小军掏出小鸡鸡，尿液射出来时，哗哗地落在芦苇上，他从芦苇丛扭身回望，他突然发现，幕布后面的电影画面和幕布前面——被大家注视的前面，竟然一模一样！

一模一样，他妈的，竟然一模一样！

但是，幕布后面却空荡荡的没有任何人，看来从来没有一个人在幕后看！

王小军走近人群时，看到大家都紧紧地挤在一起，像一群呆傻的鸭子，脖子抻得很长，朝着一个方向，忽而傻笑，忽而悲伤，他们好像被什么东西牢牢控制了一样。

这个发现突然让他感觉沮丧，至于沮丧的原因，他自己也说不清。这时候，受伤的眼睛变得疼痛难忍。

他没有再回到人群里，而是悄悄站在幕布后面，独自欣赏完电影，电影内容和前面看到的完全一样，没有人和他争抢，他在幕后不停地变换着位置：正面、侧面，没有人干涉。只有小臭在电影快结束时凑到他身边，陪他看了一会儿，小臭又挤进人群里。

这场电影后，王小军的英雄壮举，很快被学校里发生的新鲜事拥挤到了别人记忆的角落里。他像电影里的路人甲，在露了一次脸之后，很快就没戏了。

就在这年冬天，王小军的爸爸被提升为盐化厂车间主任，厂里给他家分了一套新房子，他家从新村搬到了总队，王小军家竟然混进了领导们的居住区。他家成了总队干部家庭里的异类，因为他爸爸从不会把衬衣系在裤子里，总队里就他爸爸喜欢歇班时穿着破衣服打鱼摸虾，总队的转业干部们，只会用鱼竿钓鱼，钓鱼远不如用旋网收获多；鱼竿钓的鱼，还都是小鱼，旋网打的鱼，大鱼小鱼都有，有时候还会有七八斤的大鱼。王小军爸爸打鱼本领高强，每次都能收获几十斤，王小军一家在院子里收拾鱼时，鱼腥味不仅招来了大绿豆蝇，还招来了串门的干部模样的人。他们进了院子，眼睛死死盯着大木盆里的大鱼，王小军的爸爸很知趣，立刻回身钻进厨房，拿一个钢精盆，蒯一盆鱼，恭恭敬敬递到干部模样的人眼前，嘴里还说着豪言壮语，您尝尝，我家的鱼，一年四季也吃不完。

再后来，王小军的爸爸免不了在打了几十斤鱼回来后，逼着王小军用小盆子给各位厂里的领导邻居家送鱼，以求得给领导送鱼的平衡——有的领导可是从不主动来王小军家串门啊。每次王小军都低声下气地做送鱼的事，他觉得，自己突然矮了半截，不再是战斗英雄了，他又和那次战斗前一样，沦为被人瞧不起的平民百姓了。

　　这次戏剧性的搬家，让王小军突然远离了大锁二柜小臭他们。在学校里，大锁再看他的眼神已经下了雨雪冰霜；红卫和蓝毛他们，可能因为曾经巴结过王小军感到害臊，又因为王小军曾经低头给他们家送过鱼而找到了信心，也不愿意亲近王小军，王小军突然像个做了错事的孩子，孤孤单单了。王小军上学下学，都像只离群的孤雁，他一个人走着路，数着路边的电线杆，到了家，也很少出来，他在一年里，把家里仅有的两本书翻烂了。两本书，一本是《李自成》，一本是《盐民游记队》。五年级的最后考试，王小军竟然考了个第一名。

　　转过年。王小军升初一时，总队的住户逐渐往十几里地外的小城市搬迁，王小军家也率先从总队搬走了，从此他再也没机会重回这个盐场的工区。

　　不久，王小军听大人们说，那个场区的盐工家属，因为盐场生产机械化了，也都先后搬进了小城市，新的城市生活像一阵吹跑了落叶的狂风，吹远了对场区的人和事的记忆。伙伴们也像落在大海里的雨滴，彼此间很难见面了，即使偶尔的相遇，也因彼此的成长陡增了很多疏离和陌生的感觉。

　　他们的再聚首，还得感谢一部电影，就是《少林寺》。

　　电影票要发售的日子，电影院两个小小的售票洞口——这个洞口应该叫窗口，可是实在太小了——早就挤满了小野兽一样的半大小子们。他们摘了破军帽，脑袋冒着热气，个个都像忘了盖瓶塞的暖壶。远远地再看过去，也像两垛堆积紧实的烂稻草。

　　在人群中，王小军看到了二柜、小臭。他俩的身子像面团一样，在人丛里被揉来揉去。

　　本来王小军想挤进去买票，可看到熟人后就却步了。

电影放映了一周后，王小军在忍受了同学们眉飞色舞地讲述电影武打情节之后，在看着同学们在操场上呵呵哈嘿比画搏击动作之后，在有些冷清的电影院售票洞口前，轻松地买了时间上前后连续的两张电影票。在入场前，王小军看到暮色中，二柜手里拿着几张电影票，焦急地盘问路人：要肥票吗？要肥票吗？——那时候很多孩子挤到了电影票，会把富余的票高价兜售，他们称多余的票为"肥票"，每张赚三分五分的，这就是票贩子的雏形吧。

　　在电影院里，王小军美美地连续看了两场《少林寺》，转天，好多同学把电影情节讲述错误后，王小军都大声予以纠正。

　　王小军上高中了，暑假里的一天，他又到电影院看电影，看到路边有个西瓜摊，卖西瓜的竟然是大锁，王小军想过去搭讪，可是大锁看到王小军，竟然没有一点相认的意思，王小军报出了自己的大名儿，小名儿，又提到在工区一起玩的情景，大锁漠然地听着，冷漠到王小军自己都觉得自己很没意思了，直到他转身走进电影院，大锁依旧一语不发。

　　转身的一瞬间，王小军只看到，大锁的右眼多了一道很深的刀疤，大锁挽起袖子的双臂，刺满了张牙舞爪的青龙文身。

　　后来的后来，王小军考上了大学参加工作了，穿着白衬衣，将白衬衣的下摆扎在裤腰里。

　　一天，有个人突然来到王小军的办公室，竟然是大锁。大锁像久别的亲人一样拥抱王小军，拉着王小军的手，问长问短。

　　大锁告诉王小军，在当地电视台新闻节目里看到了王小军，所以很想和王小军叙叙旧。

　　当晚，王小军来到大锁告诉王小军的一个海鲜城，走进包间，王小军看到了成人版的二柜、小臭他们。

　　他们激动地用骂街表达友情，大家都很开心，真像失散多年的亲兄弟重逢了。于是，没理由不大醉。

　　从大家的谈话里，王小军听出，大锁竟然就是海鲜城的老板，二柜在经营一家洗浴，小臭则在开歌厅。他实在难以想象，那个几年前路边卖水果的大锁，如今成了眼前这个酒店的老板，简直是在演电影啊。

当晚喝酒前，大家都说好了，喝完酒去小臭的歌厅唱歌，然后去二锁开的洗浴——这叫友情服务一条龙。

大家频频向王小军这个唯一吃官饭的人敬酒，王小军很快就晕乎了。起身去卫生间时，感觉屋子和人都在眼前晃晃悠悠摇摆起来了。

从卫生间踉跄回来，王小军推开包间门的瞬间，像突然看到拉开了帷幕的舞台。

曾经的小伙伴们，此刻东倒西歪的样子，让王小军不由得想起少年时代，那次幕后看露天电影的情景来了。记忆像老电影一样，一幕接着一幕在脑海里闪过。

王小军站在包间门口，独自欣赏包间里的情景，心里感叹，老天爷就是天底下最好的电影导演。

他在门口站了一会儿，也没人喊他，他突然觉得很乏味，就像一个好笑的笑话讲完了，听完了，笑完了，大家短暂的无趣。他选择转身离开了。走到了寂静清爽的大街上，王小军钻进一辆出租车，在流动的街灯中，城市的夜生活也像一部电影，慢慢变换着灯红酒绿的情节。

去电影院，他对出租司机说。出租车司机显然被王小军浓重的酒气熏到了，眉头皱了皱。

车子开了一会儿，王小军的手机响了，是大锁来电。王小军举着手机，没有去接听，手机铃声停止时，二柜的号码又打过来了。

我去电影院里看电影，就我一个人，要不，你们过来吧。

王小军回了电话，之后，眼前的一切，开始变得恍惚迷离。

几个喷着酒气的伙伴们，草原狼一样出现在王小军的视线里，走过来了，他们摇晃着身子，大喊大叫着。

这时，远处站立的几个人突然围拢向大锁他们，他们和大锁好像说了些什么，然后，就像电视画面突然放快动作一样，动手打起来了。

人影混乱，他们扭打在一起。

重拳出击，飞起一脚，抽出腰间的皮带，挥舞着乱抽。

大锁突然向远处站立的王小军求救，小军，小军呢？快来啊！

王小军以为自己会热血上涌，眼睛胀出眼眶，然后他会抄起附近的一根墩布杆，像少林寺棍僧一样，挥舞着，冲进人群。

可是他一动没动，他只是像电影的画外音一样喊了一句，别打啦，电影就要开始了。

砰！砰砰！人群向两旁倒伏。王小军定睛看时，看清了，挥舞墩布杆的人，却是大锁。大锁在人群里挥舞着墩布杆，他像是故意给王小军看，此刻，大锁在王小军眼里，很像一个浑身充满蛮力，正在收割玉米的农夫。

王小军的眼睛有点迷离了。过了一会儿，他看见大锁他们乘胜追击，和他们对打的几个人，四散奔逃，很快，电影院门口，就剩下他们几个了。

大锁扔掉墩布杆，气喘吁吁问小臭，这几个傻逼是谁啊？

不认识，小臭狠狠地说，敢斜着眼看我，咱就打逼养的！

他们站在电影院门口，仰天大笑，哈哈哈哈，哈哈哈哈哈哈。

走，咱们找个地方接着喝，不看啥狗屁电影了！

然后，他们在城市里穿行，很多路人远远地避让他们，行人驻足的眼神，让王小军感觉，大家在看一群怪物，在看一群不知羞耻四处撕咬抢夺的饿狼。走过垃圾箱时，他们抬起脚咣咣咣将垃圾箱踢倒，走过文化馆的玻璃橱窗时，小臭抬手将橱窗玻璃砸得粉碎，就像当年他打碎学校的玻璃。小臭不知何时，又掏出了几只避孕套，用力吹圆了，然后向天空扔出去。

王小军发现，这些避孕套，有的带着螺纹，有的带着小疙瘩，与他小时候玩的避孕套，大不一样了。看来，这东西也升级换代了，尽管里面的内容没啥变化。

　　灰白色的，支棱着一个小奶嘴一样的避孕套，四处乱撞，让过路的女孩子们，害羞又恐惧地把头低得如路灯一样。大锁他们则对着姑娘们哈哈大笑。

　　在警察把他们包围之前，整个小城都在他们的笑声里恐惧地颤抖了。

　　王小军在警察到来之前，悄悄离开了他们。

　　一个个避孕套如枯黄的落叶一样，在风的托举中，晃晃悠悠飞向人群和街道，缓缓地降落在地面后，又在地面的气流中，蹦来跳去，人们抬起脚，厌恶地急忙躲避这些小东西。

　　此时，王小军看到，那些拔地而起的楼宇，似乎在瞬间，充满欲望地向夜空勃起了。

　　王小军再一次突然间觉得厌倦，猛然涌上来的恶心感让他放慢了脚步，然后转身拐弯，走向另外一条安静的马路，就像当年他躲到了僻静的露天电影的幕布之后。

　　王小军转身离去不久，他的手机响了，手里那端，是小莲的声音：老公，你咋还不回家啊，你不回来，我睡不着啊。

　　是啊，太晚了，该回家了，王小军想。他就在这突然安静的深夜，一个人大脑清醒但是身体摇晃着，向家里走去。

　　有件事让王小军觉得很奇怪，以后的许多年里，大锁他们突然在王小军的生活中消失了，王小军知道，他们明明就生活在同一城市里，可他就是遇不到他们。

　　又过了十年，王小军突发奇想，爱上了写作，他开始把记忆里的故事一个个写出来，慢慢的，人们喜欢喊他作家。

　　最后，补充一句，王小军就是我，我就是王小军。

百里滩刀客

　　时令已近中秋，百里滩渔港码头渔船昼夜忙个不停。

　　大海潮涨潮落，渔船像一条条四处觅食的大鱼，游进游出，船上挂着帆布篷的大桅，则更像巨大的鱼鳍。渔船出去时，肚子瘪瘪的，会被海浪轻易抛起；归来时，大肚子撑得鼓鼓囊囊，身子笨重，行动迟缓。

　　眼下，鱼虾贝蟹正在壮膘，秋天里，最后一次褪壳的螃蟹对虾，已经开始大吃大喝，让自己甲壳内更加盈满鲜肥。

　　秋天变得肥美了。

　　三十出头的爷爷每天都在亢奋地失眠。不论白天黑夜，他脑子里全是一拃长的大对虾，碧绿瓦片似的大海蟹，光屁股娃娃大小的鲈鱼。多年以后，人们爱吃的那种叫水蝎子的小海鲜，在爷爷上船时，即使捕获再多，也都是直接从甲板上扫到海里去了。那时上船，人们连大黄螃蟹也只吃蟹盖里坚硬的蟹黄和蟹大腿上粗壮的两口肉，谁还会有工夫吃这种小海鲜呢。到了出对虾的时候，一网千斤左右的大对虾，上船的人随便吃，海边到处都是红色的虾壳，卖不掉的，就咸咸地煮熟了，晒虾干儿，留着冬天去附近农村换棒子面和大白菜。

　　时节是渔民的命脉。出海打鱼，就是抢银春金秋的季儿，卖足了现洋，囤足了干鲜海货，好在大海都会有被冻裂的大雪冰封的时节，偎在有吃有喝的土窝里过大年。

　　凌晨的海雾中，码头上人影绰绰，鬼似的忽隐忽现，高低跳动。爷爷猫腰解开缆绳，和旁边一个绰号叫"狼鱼"的驾长很不情愿地搭讪着。

　　遇到狼鱼，爷爷心里已经有点犯堵，狼鱼是爷爷最不喜欢的人。

　　狼鱼这人太贪小，总是从别人下的粘螃蟹对虾的胡子网上偷鱼获；他摸到大鱼群，就知道吃独食，从来不和村里老少爷们分享；打了多少年交道，他嘴里就没冒出过实在话。爷爷迷信，每次出海的吉凶祸福，鱼获多寡，他就把早晨起来在码头遇见第一个人作为兆头。遇见他喜欢的人，他心情就好，当天的鱼获也会好；只要遇见狼鱼，肯定别扭一天。

　　那个竹竿一样纤瘦的陌生人不知道何时已经站在狼鱼的船边。让爷爷吃惊的是，竹竿手里拿了把对虾大小的刀子，刀子在晨光里灰白的颜色，把爷爷的心冰冰凉凉地刺了一下。

　　保不齐这是个拉刀客啊！爷爷小声咕哝着。

　　船老大出海，就怕遇到这种用血腥方式讨钱的拉刀客。

　　拉刀客不是你给个馎馎就能打发的小要饭的，他们要的是钱，少了，就把刀子在额头、胳膊上划拉，划拉得鲜血淋漓时，你就必须给更多的现洋。渔民出海，本来就是脑袋别在裤腰带上，都怕遇到晦气，出海的时候，极怕见到血光。他们最害怕这种不怕自残的拉刀客。他们敢自残，就敢玩命。这种乞讨方式，透着狠劲，很像抢码头、夺地盘的海匪们玩的剁胳膊、砍手指、下油锅、吞火炭之类的死签儿。

　　爷爷呆愣愣地看着，他放缓了动作，他不想趁机提起锚开溜，他知道，他这也是遇见晦气的事了，躲不开就不躲了。

　　狼鱼和竹竿对峙了片刻，抖抖地摸出一个现洋，狼鱼举着手，但是拉刀客并不接，他把刀子缓缓举到了额头，做出要下刀子的架势。狼鱼的手僵在空中一会儿，突然收回了。他把大洋揣起来，冲着大海方向啐了口唾沫，呸，要饭还嫌馊，爱要不要。

爷爷看到那抹灰色一闪，竹竿额头立刻殷出了个红红的"一"字。竹竿用手一摸额头的鲜血，把带血的手指含在嘴里，然后朝着狼鱼的渔船狠狠地"呸"的一口红红的唾沫。狼鱼见状，缩了一下身子，皱皱眉头，重新伸手入怀，手一抖，扔下那块现洋。转眼间，他已经把船推进了涨满海水的海道。拉刀客把淌着血水的脸扭向爷爷，爷爷下意识地把手捂在空荡的腰间。

爷爷努力做出很真诚的表情说，兄弟，我知道，谁都有走窄的时候，可眼下我真的没啥钱。要不，你跟我出海吧，今天卖的钱都归你，你看中不？

拉刀客愣了片刻，他显然没想到爷爷这么实在，乍听爷爷的建议，他有点没缓过魂了。看到爷爷一脸真诚，他冲爷爷点点头。

竹竿飞身跃上渔船，把缆绳抓住，麻利地收起缆绳，等爷爷上船后，他摇起船橹，小帆船晃晃悠悠向大海深处驶去。爷爷看在眼里，心里知道，这个竹竿也是个掌船的好手。看来，此人经历不凡啊。爷爷问竹竿，兄弟，吃早饭了吗？没吃吧，先垫补点干馒头吧，一会儿撂网，有海货，咱就有就馒头的菜了。

听了爷爷的话，竹竿点点头，摇橹的力量更大了。渔船远离海岸后，四面都是茫茫波涛，雾气逐渐消散，看清了远处点点船篷。

爷爷吆喝，撂网啦！

爷爷和竹竿抛下网袖子，扔下分水板，网绳两条蛇一样钻进大海，渔网全撂入大海后，爷爷和竹竿一起摇橹，船拖着渔网，很吃力。摇了一会儿，爷爷把篷升起来，渔船像被抽了一鞭子的毛驴，陡然加快了速度。

这一网拖上船，足有百十来斤对虾，打开拖网的袖口，对虾欢快地在甲板上蹦跶着；进入眼帘的还有数不清的梭子蟹，从网里出来，立刻乱糟糟地爬成一大团。爷爷很高兴，他先得了一盆鱼获，迅速择出虾蟹，用海水简单冲洗干净，在舵楼后面小炉灶旁，点燃炭火，把虾蟹装满一铁锅，返身帮竹竿分拣鱼获。鱼获分拣完了已近晌午，爷爷拿出干馒头，拣出虾蟹后，把干馒头放进锅里，用焖螃蟹的热气把馒头嘘热。满满一盆红彤彤热腾腾香气扑鼻的虾蟹摆在俩人面前，爷爷招呼竹竿吃饭。

竹竿开始狼吞虎咽地吃起来。他的喉结小耗子一样蠕动着，连说话都没工夫了。吃了一会儿，竹竿才抬头看着爷爷，用浓浓的山东口音说，大哥，看来你像个好人。

又该起网了。

竹竿抓过网绳，拉网很沉，网底快出水面时，网里的鱼虾翻动得水花四溅。这一网，鱼获更多。除了虾蟹，还有百来斤小鲈鱼、鲅鱼。竹竿熟练地把鱼虾分拣到鱼篓，把不要的小鱼小螃蟹小海蜇铲到海里，又内行地把拉网投到波涛中。

竹竿看着满眼赞许目光的爷爷说，东家，我从小就和我爹一起出海打鱼，帮你做两个月伙计，工钱你看着给吧。

在以后的一个月里，爷爷的鱼获让船老大们眼红，爷爷不光腰包鼓起来了，爷爷的院子里，屋檐下挂满了粉红色的干虾，晒干的咸鲈鱼、鲅鱼，也装了几十麻袋。船老大们都夸爷爷眼力好，雇了好伙计。爷爷给竹竿多少工钱，谁也不知道，好多渔船上的伙计私下和竹竿打听。竹竿说，打听出来了都是心病，反正比你们多多了。

竹竿处处让爷爷满意，可是，爷爷每次看到竹竿——也就是拉刀客——赤裸的上身右胸前的菊花般的伤疤时，心里总是惴惴不安。爷爷明白，那八成是枪伤。这个伤疤，就像卡在爷爷喉咙里的一根不软不硬的梭鱼鱼刺，让爷爷很难受，又无计可施。

世事哪有总让人顺心的呢。

在爷爷带着拉刀客去唐山附近的农村贩卖咸鱼时，一驴车的咸鱼都让小日本鬼子抢了。其实抢咸鱼的人是狼鱼带着的几个汉奸。半个月前，日本鬼子在百里滩设置了一个特务据点，由番号一四七九的佐野中队的日永小队驻守，名叫百里滩联络所，其实就是特务组织。他们很快就发展了几十个本地汉奸，汉奸们分布在各个渔村，专门打探情报，秘密协助日本人把百里滩的海盐运回日本本土。

狼鱼当上了汉奸，爷爷一点也不奇怪。只是没想到狼鱼对自己如此绝情，一点咸鱼也没给爷爷留下。赶着空驴车回来时，爷爷担心地说，这个狼心狗肺的狼鱼，一定会带着小鬼子打劫咱们村。

一驴车咸鱼被抢后，拉刀客闷闷不乐，好几天没说几句话，只是在村里来回转悠。

拉刀客是在一个夜晚消失的。

几天后的晚上，百里滩被一伙手持火把和枪支的蒙面海匪打劫。除了爷爷，那些家里养得起船的大佬们无一幸免。这个秋天打鱼卖的现洋被海匪们洗劫大半，狼鱼的渔船还被一把火点着。海匪们坐船远去时，爷爷恍惚中还是看清楚了远去的渔船上那个高瘦的身影。

他收留的拉刀客在一个月中摸清楚了全村船老大的底细。养船的大佬们也都认出了拉刀客，海匪走了，爷爷走到哪里，都会有人骂他引狼入室。爷爷赤红着脸，也不敢分辩。引来海匪洗劫全村的事儿，让爷爷愧疚了将近三年呢。

那个奇特的布袋子是爷爷在百里滩遭劫后第一次出海时在他的船舱里发现的。

这个袋口系得很紧的粗蓝布袋子，沉甸甸的。爷爷摸摸，隔着粗蓝布，能感觉到袋子里面是硬硬的圆圆的东西，应该就是洋钱。另外还有个大大的硬家伙，不知道是什么。爷爷在一个晚上偷偷把这个袋子放到厢房的屋梁上，没有和任何人提起这件事。

这袋子也许是拉刀客匆忙遗忘的，也许是他故意留下的，不管怎样，爷爷认定这不是属于他的东西，还是收藏起来为好。

海匪抢劫百里滩后不久，狼鱼带着大批的日本鬼子还是来到了百里滩。他们挟持了百里滩所有的渔船以及海匪们心慈手软让船老大们剩下的那些洋钱。从那天开始，船老大们被迫驾着自家渔船给日本鬼子捕鱼，他们只能眼看着自己每天出海的收获被小鬼子霸占。眼看着同村的狼鱼等人趾高气扬地吆喝他们干这干那。

鬼子在百里滩修建了几个碉堡，这些碉堡的射击孔，封锁了进出百里盐滩的所有路口。三年后，一个寒风呼啸的冬日傍晚，防守九棚的几个碉堡附近枪声大作。爷爷夯着胆子在村口瞭望，只见碉堡那边火光闪闪，不久，碉堡处冒起了浓烟，后来，九棚这里的枪声逐渐消失了。远处的枪声还在稀稀拉拉地响着。

村民们站在瑟瑟的海风里，分辨着枪声的方向。一个时辰后，几十个身影站在了村民面前。

爷爷一眼就看见了那个高高瘦瘦的拉刀客，心立刻揪紧了；这次，拉刀客没有蒙面。

拉刀客站在一个大蛤蜊皮堆上，对村民高喊道，三年前老子当了海匪，借了大家的现洋买枪，今天如数奉还，碉堡里的小日本鬼子，都被我们收拾了，我们把小鬼子的钱借花献佛。他们狗日的肯定来报复，大家拿了钱，都躲躲风头吧，这里肯定待不下去了！那个狼鱼，刚才被我们枪崩了。乡亲们记住了，大家就是饿死也不要当汉奸，国没了，人家就会骑在咱们脖子上拉屎了，懂吗！

拉刀客突然看到人群中的爷爷，走过来说，东家大哥，你活着啊？太好了。

嗯呐，爷爷不明就里地答应着。爷爷被拉刀客的眼光照得矮了身子。

那个布袋子呢？你没有打开？拉刀客带着钦佩的语气问。

嗯呐，压根没动，你等着，我回家拿给你。爷爷迅速跑回屋，登上条凳，就要从房梁上取下满是灰土的布袋，尾随而来的拉刀客赶紧高喊，停手，你别动！他把登上条凳的爷爷拽下来，他踩了上去，小心地取下布袋子，递给爷爷，让爷爷捧在手里，拉刀客说，千万不能乱动啊。

拉刀客下了地，又小心翼翼地从爷爷手里接过布袋子，长舒口气，说，我最恨贪心的人，老哥，你当初要打开这个袋子，知道会怎样吗？

拉刀客掏出把刀子，轻轻划开袋子底儿，洋钱"哗哗"流泻到地上。

不过，现在这些钱都是你的了，拉刀客高兴地说。

拉刀客拉着爷爷走到村边，抬手奋力扔出袋子，然后把爷爷按在地上，袋子砸在远处一个土坑里，发出闷重的声响，接着，一声巨响差点把爷爷震趴下。尾随他俩的村民们魂都吓没了。

我把手榴弹的拉线系在袋子口了，谁贪财我就炸了谁——只怪我当初太心狠了。拉刀客拍拍冷汗满面的爷爷的肩膀，继续说，老哥，放下布袋子我就后悔了，我这不是要错杀无辜吗？！可是我们走远了，没法子告诉你，只能看你老哥的造化了。老天有眼，让老哥你活着！今天，咱们哥俩一定要结拜为兄弟！

此时的爷爷早已呆若木鸡了。

你不贪心，这就够了不起了。跟我走吧，咱们哥俩去干大事！拉刀客拍拍爷爷肩膀说。

爷爷在那个夜晚从百里滩消失了，至于他那些年究竟跟着拉刀客去了哪里，干了什么，解放以后，爷爷总是三缄其口，就连奶奶也不知道情况。

等几年过去，抗日胜利后人们再见到骑着高头大马的爷爷，他已是一身戎装。

当爷爷把欣喜若狂的奶奶抱上马背，向百里滩的乡亲挥手告别时，人们远远看见村口还有个一身戎装的骑客微笑着等着爷爷，这个人就是拉刀客，他向村民们挥起右手时，村民们看拉刀客的左胳膊只剩下空空的袖管在风中飘动。

一转眼，两匹马嘶鸣着，轻盈地融化在百里滩的浓重的暮色里了。

又几年后，也是深秋，神情凝重的爷爷带着四个卫兵把一口漆黑的棺材用马车送回百里滩——拉刀客就躺在里面。

停灵的三天，百里滩全村戴孝。爷爷含着眼泪对村里人说，我要把义弟葬进咱们家族的坟圈子里。

解放后，拉刀客的骨殖被迁到百里滩烈士陵园，凭吊的人们只看到无名烈士墓碑上镌刻着这么几个大字：

战斗英雄之墓。

墓碑背面，是两行小字的碑文：

英雄姓名不详，山东籍。1939年英雄率领三十八名海匪接受冀东盐民支队整编，在抗日战争中屡获战功。解放战争中，在攻打小盐河铁路桥战役中为掩护战友不幸牺牲，终年三十二岁。

幸福是奔跑

1

有一次，海山经高速驱车二百公里，去邻省参加朋友父亲的葬礼。

朋友家住的是三间大瓦房，带前后院子，很豁亮。灵柩停在堂屋，厨房就设在后院，后院里垒起了锅灶，一个炒菜，一个蒸菜。炒菜的炉灶齐腰高，凶猛地喷着烟火；蒸菜的炉灶膝盖高，缓缓地喷吐着热气。蒸锅里，满满的几屉碗肉。院子里胡乱摆放着被撕开包装的矿泉水，很低档的那种，大概不到一元一瓶。吹鼓手们占据的院子一角，靠近他们的地上，扔了好多空瓶子和喝了多半的瓶子。戴孝的不戴孝的人们出来进去忙活着，嘴上叼着同一牌子的烟卷。朋友白布裹满身，着重孝，但是也藏不住孝帽子下轻松的微笑。好像去世的不是他的父亲，是别人的父亲。这个发现让海山觉得很无趣。为着面子跨省参加朋友家的白事，海山来了，作用就是站脚助威，捧个百无聊赖的人场。没办法，风俗习俗的力量太强大。

今天见识的白事场面，海山不觉得陌生，在百里滩的各个渔村，白事的操办，大致也是这样。

在北方，死者一般在家里停灵三天。第一天第二天是亲朋们吊唁，第三天出堂火化。这是北方不同地区白事习俗中基本相同的地方,不同之处是在很多礼节上。自古至今,往往不出百里,习俗就诸多不同。停灵的第二天晚上最热闹,要开追悼会,悼词都是千篇一律的,乍一听,去世的人跟中央领导人似的伟大。念完悼词,就是开吊行奠,大家按照娘亲最先、至亲随后,再单位同事,继亲朋好友、左邻右舍的顺序,依次行奠。

行奠的夜晚,晚风轻拂,满院子的酒气在夕阳余晖中徐徐飞散,开吊仪式准时开始。

第一个人就来了个二十四拜。满院子人津津有味地看吊唁者秧歌步般的姿势,窃窃私语,不失时机地给每个姿势做解说。主持开吊的忙活人更不怠慢,也高声解说着,因为如果他不能同步解说行奠者的某一拜的名堂,行奠者会立即停下,对他表示不满。只听他喊道,一步迈开一横长,单刀赴会关云长;两步二字分阴阳,前后出师表衷肠;三步好比三杆枪,桃园结义刘关张;四步四方四垛墙,瓦岗兄弟去投唐;五步盘腿向东望,子胥过关投吴王;六步三点中间长,杨景忠心保宋王;七步七星挂北方,郑和航海下西洋;八字峨眉两分张,宋朝贤王赵德芳;九字弯弯龙尾长,韩信山前排战场;十字横担一架梁,勾践卧薪把胆尝;十一寒冬雪花扬,苏武牧羊北海旁。十二走完路茫茫,少年甘罗为丞相……风中摇动的节能灯,映得每个人的身影明暗分明,他们如醉如痴的表情忽隐忽现。

海山心里焦急,恨不得赶紧轮到自己行奠,因为行奠结束,他就可以和同来的几个朋友斗地主了。全民斗地主的时代,不斗地主,这漫长的夜晚咋熬啊。

海山坚持到了第三天的下葬。

逝者化作了一缕青烟和一堆骨头的炭灰。世上从此再无此人的肉身了。随行亲友也似乎从三天的疲惫中解脱了,疲惫让人们忘记了悲伤,在火化场的院子里轻松地吸烟,盼望骨灰盒早点出现。终于,朋友捧着父亲的骨灰盒,率领大家上汽车,准备离开火化场,再去公墓安放骨灰盒。

大家在上午 10 点左右从火化场出来，朋友仍然披麻戴孝，抱着骨灰盒坐在头车里。浩浩荡荡的车队在山里绕来绕去，最后到了一片墓碑参差不齐的商品墓地。早有人把逝者的墓穴的水泥盖打开。

此时，天上下起了毛毛雨。知宾笑着祝贺朋友说，大兄弟，大吉大利啊，雨浇材（棺材），必发财。雨浇棺，出大官。

朋友对知宾动不动就能找到大吉大利的兆头感到不着边际，只是咧咧嘴，表示在报以同意的微笑。

骨灰安放的仪式很简单，骨灰盒安放好，放鞭炮，洒酒，哭灵。盖好墓穴盖子，打上防雨的玻璃胶，大家就准备上车返回，回饭馆好好大吃大喝一场，主家也都会借这顿饭，好好答谢随灵下葬的亲友们。海山对此十分内行。人到中年了，参加的白事远多于红事了。肚子被山路颠簸得叽里咕噜叫唤起来，他盼着汽车赶紧开到饭馆，吃完了午饭，好赶紧返回百里滩。

就在这时，让海山惊诧的一幕出现了。

刚脱掉孝服的朋友的妻子和另外一个年龄相近的女子，突然蹿出人群，向着墓地院外路边的两辆同一型号的两辆汽车狂奔起来，两人身手敏捷地拽开车门，分别钻进了不同的汽车。两辆汽车也跟发情的双胞胎野公牛一样，一路冒烟消失了。

海山目瞪口呆，他看看周围的人，他们表情淡然，似乎眼前的场景早已司空见惯。

海山跟着大队人马回到了朋友家，跨过燃着烧纸的火盆，吃了半口桃酥，把剩下的半口桃酥扔到房顶，白事大了——也就是大知宾，就张罗大家去饭店喝酒了。朋友卸去了孝服，人好像瘦了一圈，步态轻盈，并肩和海山走向饭馆。海山悄悄问朋友，刚才弟妹咋啦，突然狂奔，是去找半路丢的东西了吗？

朋友哈哈大笑，突然觉得这样大笑不对劲，马上又换了一副严肃的表情说，咳，咱这里的风俗，从墓地返回时，知宾发令，哪个儿媳妇先到家，哪个儿媳妇有福……老人遗嘱里，对先跑回家的冠军还有一份两万元左右的奖励。如今都坐汽车下葬了，不跑了，改汽车比赛了。可原来，儿媳妇们真是实打实甩开脚板子蹽回家。

海山恍然，忍不住也大笑几声。回家的路上越琢磨此事，越觉得有趣。

这也是他参加这次白事觉得唯一有趣的事。

2

回家后，海山把这个见闻在家里家外的酒桌上讲了好几次，逗得亲友、酒友们笑得稀里哗啦的。这些人也免不得在别的酒局传播这个段子。

谁知道，没过多久，海山的老家玉坨村也兴起了这样的习俗。

海山的老家玉坨村在渤海边的百里滩，是有着上千户渔民的大渔村。

那些年大海不像现在这么穷，渔民们出海回来，卖光了海鲜，渔民们都是用那种黑色人造革提包往家里带钱。那些年流行全国的顺口溜里有句"富了海边的"，真是一点不虚传。海山脑瓜聪明，上学时成绩好，考上了高中、中专，分配到了城里的一家单位，吃起了死工资。刚成家那些年，奶孩子买房子的钱都是父亲偷偷攥给的。那时，海山百思不解，自己这个努力读书的，咋就混不过只知打鱼摸虾、大字都不识几个的渔民呢。

后来，大海终于穷了，空了，渔民们大手大脚惯了，家底很快就薄了。这几年，哥哥弟弟开始伸手向他借钱了。

至今，他老父亲和哥哥、弟弟都在村里住，时下赶上拆迁热潮，很多邻村被征地，每个人连人头费再分房子加渔船补偿，折合成钱，基本都分了百万左右的补偿款。而玉坨村至今还没动迁，按照社会在进步这个真理，补偿款只能越来越多，于是玉坨村的很多村民早已摩拳擦掌，打算好好捞一笔。有的船老大，急急忙忙让刚成年没几个小时的儿子结婚娶媳妇，监督乳臭未干的小两口抓紧一切时间造小孩。谁的心都明镜似的，抱着一个初生的婴儿，就是抱着一百万块钱呢。这个感觉多实惠啊。

海山的大哥的儿子，今年高考，成绩不错，被市农学院录取了。大哥就是不同意孩子去报到，把录取通知偷偷藏起来了，说是怕户口迁走了，没有了补偿款。把孩子气得关上门不出屋了，孩子放出狠话，不让他上大学，这辈子也不结婚。海山的大哥脾气更倔："你给我生个孙子，生完了，假装断绝父子关系都行。"

海山的弟弟，这半年都不想出海打鱼了，他好像世界末日要来了一般，整天揣着存折，到银行排队取钱，然后耍钱，喝酒。有事没事就和村里青壮年们三五一群地凑在一起，蹲在码头面红耳赤地争论啥牌子的车好，德系车和日系车究竟买哪个——大家都在学驾照，都打算出手就是二十万以上的车。买了车以后，很多人的理想是跑滴滴。

把补偿款存起来吃利息，跑个滴滴，赚点买腥货的钱。他们说。

支持德系车的，说德国对咱们不错，德国的足球也好看，德国的汽车安全性好，结实，经得起撞，撞车时不吃亏。支持日系车的，说你们没事开车撞着玩啊，买车还得看性价比，日系车省油，十年下来，可以省一辆车，日系车小毛病还少。

不论支持德系车还是支持日系车，大家对买了车跑滴滴的事，都没啥争议。

有个叫二愣子的，沉不住气，找亲戚借钱，凑了二十多万，提前把本田雅阁提回家，快进村时，手生车速快，拐弯时，一头扎路边的海沟里去了，汽车得大修不说，人也折了两根肋骨，进医院大修去了。

二愣子的事又成了酒桌上的新段子。

3

海山的老父亲，这位昔日的老村长最近总是忧心忡忡，闷闷不乐。他舍不得离开大海。村里人知道他德高望重，好多老人上门撺掇他一起堵公路不让盐场拉盐的卡车通过村口的国道，一起到上头上访、静坐，强烈要求政府拆迁，他都坚决拒绝了。大儿子和小儿子也想做他的思想工作，都被他骂跑了。老头骂道，你俩一撅屁股，我就看到你们嗓子眼了，都滚一边去。

海山说，爸，咱们马上就过上有钱人的生活啦，有钱不好吗，您老咋老不高兴呢？老人说，你没看到吗，村里小年轻的，这些日子突然对父母孝顺了，他们不是真孝敬，是怕老人们早死，老人们的补偿款泡汤，这帮狼心狗肺的玩意儿，真寒心呐！我孙子的大学都不许上。老三更是败家子，就知道玩大牌，喝大酒，洗大澡。有钱了早晚也得败光了，这个王八操的！

海山一时也一筹莫展，不知道如何劝说哥哥弟弟。

不久，人们盼望已经的拆迁登记终于开始了。

上面的人白纸黑字地放出话，只要在某年月日在世的，都会有补偿。这下村里的年轻人放心了，他们对老人们，又都回到了从前不冷不热的态度。以至于村里老人彻底品咂出了他们儿孙前些日子对他们的孝行中令人心寒的滋味，老人们凑在面朝大海的房子前，一起蹲墙根时，都跟被传了病的小鸡苗似的，没精打采，眼睛都懒得完全睁开了。他们都感叹，自己年轻时豁出性命，养儿育女出海捕鱼，如今儿女大了，他们还是儿女们的赚钱奴隶。

4

又过了些日子。家族里有个老人去世了。本家是电线杆子和捞面——大办（拌）。海山也接到了信儿，海山急急忙忙从城里赶回玉坨村参加葬礼。还是老一套的程序。从殡仪馆将要回来时，海山又看到了熟悉的一幕：老人的三个儿媳也狂奔向公路。她们没上汽车，而是一路奔跑，向玉坨村方向蹽去。从殡仪馆到玉坨村，怎么说也得有十里地。

海山急忙打听，知情人说，这是玉坨村的白事知宾大了新搞的项目，哪个儿媳先跑到家，哪个就有福气，老人的那份财产就可以多分一份。

海山坐车返回时，看到那三个女人还在呼哧呼哧地在马路上拼命跑呢。三个人已经披头散发，满脸汗水，上衣都湿透了。但是三个人还都在努力奔跑，没有放松、放弃的架势。

海山又问，怎么改公路马拉松了？不能坐车吗？知情人说，坐车多不公平啊，谁先跑到家，说明谁伺候老人勤快，谁更孝顺，——伺候老人不得东跑西颠的，东跑西颠的，身体能不好吗。所以啊，哪个儿媳妇腿脚快，哪个儿媳妇孝顺。

哦，原来如此。海山似有所悟。谁说渔民鲁啊，看咱玉坨村里的知宾大了，不仅学会了外省这个习俗，还有所创新呢。

回村吃完酒席后，海山晃悠着身子在村里瞎溜达，他诧异地才发现，村里很多老媳妇、小媳妇，走路都是一路小跑，看到海山，她们都有点害臊地突然放慢脚步，脸上泛起红光，抿着嘴憋着笑。海山恍然大悟——这帮老娘们这是在提前锻炼跑步技能呢。唉，自己也许就是这个落后习俗的始作俑者，这叫什么事啊。

海山加快了脚步，他要找到村里的白事大了，和大了好好谈谈。按辈分论，海山管大了还得叫三叔。

三叔，您也赶时髦，在村里兴这么个习俗啊，让老人们看到儿媳妇没事就跑步，多寒心啊，这会不会被老人们误解为在催促他们早死啊。

三叔笑着说，侄小子，这个习俗多好啊，过不多久，咱村的老娘们可以开长跑运动会了，有了平时的基础，准出好成绩，你就瞧好吧。

5

一天早上，海山醒来后，发现身边的床空了，只有瘪瘪的被揉皱的被子，躺在他身边。老婆不见了。平时老婆最爱懒床了，特别是下岗后，想找她，基本就是得踅摸沙发和床铺，只要能躺着，就不站着。没两年，人成了发面团了，整整胖了一大圈。

七点来钟，一身崭新运动装的老婆拎着装着果子豆浆豆腐脑的塑料袋回来了，额头都是汗水，进门后，就扬扬得意地看着海山。

你干啥去了？海山问。

我锻炼去了，你瞧我胖的，快一米见方了，还是瘦一点好，瘦一点省得你有外遇。老婆得意地回答。举起手里的塑料袋说，赶紧起来吧，都是你爱吃的。

海山有点恼火，你早咋不锻炼呢，是不是盼着拿万元大奖啊？盼着我爸爸早点咽气，出殡时你好夺冠军啊？我这么只争朝夕的脾气，要是能有外遇，还会耽误到今天吗。

瞧你说的，老婆撇撇嘴，我有那么财迷吗？你看看你大嫂还有你弟媳妇，她们都暗使劲呢，上次咱们回村，你没注意吗，她俩脚步利索着呢，我可不想让人家说我不孝。这关系我一辈子的荣誉。对了，我还报了一个太极拳班呢，内外兼修，——我要夺冠军，不夺不行，非夺不可。

海山想想，也在理，就由着她折腾吧，出去锻炼，总比在家蹲膘强吧。

6

半个月后，按照惯例，海山和老婆又回老家看父亲。进了村，他发现好多妇女们脚踩李宁鞋、安踏鞋，都是一身运动装束，走路飞快，举止轻盈，顾盼神飞，精神焕发，神采昂扬。

到家后，海山看到了大嫂和弟媳妇，俩人果然都瘦了一圈，海山觉得更意外的，是年近八旬的老父亲，也面色红润，连吸了四十多年的烟都戒掉了。吃饭时，他故意逗大嫂说，大嫂，我都认不出你了，大哥准虐待嫂子了吧。

大嫂红着脸说，老二，你可别瞎说了，反正你嫂子现在吃啥啥香，吃咸菜都是梭鱼味的。

正说着，大哥和三弟也回来了。他们拎来一些水蝎子、海螺、小鲈板鱼、鬼架子螃蟹，一会儿，海鲜出锅，大家凑在一起热气腾腾地吃饭。老父亲说，我琢磨了好些日子了，今天，我把遗嘱和你们哥仨念叨念叨。

大家一听"遗嘱"两个字，被水蝎子身上的尖刺扎了手一样，海山的老婆赶紧说，爸，您老身子骨这么硬朗，干啥这么着急提遗嘱的事啊，吃完饭再说不行吗。

海山被媳妇傻乎乎的话气乐了，媳妇啊，你可真不会聊天，爸就没必要念叨啥遗嘱，咱们家没矛盾，弟兄都亲着呢，对吗，爸？

老人也不理睬，继续按照自己的思路往下说，将来我有那么一天了，办完我的后事，三个儿媳妇谁先跑回家，奖励第一名10万元，第二名6万，第三名2万。——有钱不能胡作，身体健康才是根本啊。我的三个孙子，谁读大学，奖励谁20万，谁读硕士，再多给10万。要是读博士，再奖励20万。我算了算，赔偿给我的有一百多万，加上以前存的钱，家庭助学基金基本够了。——咱们眼窝子不能浅喽，孩子只有读书才有大出息。对了，今天，咱们演练一次，三个儿媳妇，谁先跑到渔港码头再跑回家，我奖励5千块钱，咱们今天先热热身。说完，老人掏出一叠嘎嘎响的新钱，放在大家面前。

恭敬不如从命啊，三个儿媳妇异口同声。

比赛还真开始了，三叔被找来当裁判。大哥到码头监督。三叔发令后，三个妇女咚咚咚跑向码头。过了半个多小时，海山媳妇呼哧带喘先进了院门，海山的老婆竟然赢了。

等俩妯娌也跑回来了，海山老婆抓过桌子上的奖金，又塞到公爹手里，大声说，爸，我们可不图钱，我们就是想好好孝顺您老。大嫂、弟妹，你们说是不是？咱们今天热身，精神奖励就行了。

海山胸口一热，没想到老婆还有这个境界。他竖起拇指对三叔说，三叔，您这个点子好啊，大家都争着孝敬老人，身体也练好了，实在是高招。

三叔瞅瞅海山的父亲说，这哪里是我的功劳啊，都是老村长想出来的。我们老哥俩联袂导演的。嘿，没想到，效果杠杠的——意想不到地好啊。

说完，在场的人都笑了。

海山的侄子去大学报到那天，对爷爷说，爷爷，那20万可得给我留着，我一定拿个博士回来兑奖！

玉坨村整体搬迁了，搬进了政府建在城里的还迁小区。每天清晨，小区里的老人们、成人们、孩子们都围着健身器材锻炼，海山也加入了太极拳训练班。

对了，他们住的小区，叫幸福小区，大家都说，这幸福是跑出来的，幸福就是奔跑。

夏夜爱无边

文秀从大腹便便的公交车肚子里跳下来,眼前一片明亮,强烈的光线直刺眼睛,她赶紧低头,快速眨眼,躲避这迎头劈来的强光,她知道,那是夕阳下蓄满海水的水汪子里翻腾起来的耀眼水光。她定了定眼神,看到几个同事已经钻进返程的公交车,汽车一扭身,喷着清淡的蓝烟,在空寂的柏油路上滑动,驶向远处的一片霞光。明天早晨,这辆车还会以同样的身姿出现在这里。

盛夏,即便是傍晚,太阳还是火辣热情,让人有点难以承受,她不着急去食堂值班室,抬手做出一个扇状对着汗涔涔的脖子扇了扇,弯腰钻进了食堂后面的一片菜地。

文秀工作的工区食堂像座孤岛,四面都是蓄满海水的沉淀池、结晶池、纳潮沟,堤埝阡陌交错。若站在高处俯瞰,整片区域像一片揉皱巴的巨大渔网。只有一条从城区延伸出来的柏油公路像一根铁丝,带着特有的强度横穿了食堂工区。工区偏远,与附近两个渔村只能遥遥相望。视野范围中能看到的景象很单调,除了密密麻麻的水汪子,唯一算得上风景的标志物便是树立在海边的风力发电塔,电塔高大,直指云端,巨大的螺旋扇叶像一只不知疲倦的手臂,只要有风便随着海风挥舞、旋转,一圈圈画着同心圆。每天早饭和午饭时,分散在各个工区的盐工们趔趄着疲倦的步子,歪歪扭扭地踩着堤埝上水泥板铺成的小路从四面八方拥向食堂，他们皮肤黝黑，嗓门粗大，随意和卖饭菜的女工们开着露骨亲密的玩笑，乱嚷嚷地抱怨着，说这帮娘们太抠门，给自己盛的饭太少，这样下去要饿死大爷啊。女工们也不生气，同样笑哈哈的，抡着手里的勺子，只要哪个爷们敢靠近，手中的勺子就咣一声磕在脑门上。那一刻，食堂像影片开演前的电影院一样热闹。

距离食堂百十多米的这片菜地是文秀和工友们花了几年时间开垦出来的，菜地最初只有巴掌大，大家坚持每年往菜地运送田土，终于在这荒凉的盐碱滩上，一片生机勃勃的小绿洲诞生了，勤快的工友们一起享受着种菜的乐趣。后来，经过一番愉快的协商，菜地被分割，每个人都得到了一片属于自己的地盘。文秀的地盘上，生长着她爱吃的几样蔬菜。

菜地里，几排黄瓜长长的藤蔓悬在竹架上，黄瓜丝丝缕缕的触须蜷曲着触角，在晚风里温柔地摇晃摆手。阔大的叶子缝隙间，粗细不一的黄瓜呆呆地悬挂着，吊死鬼一样。每次只要看到菜地的果实，文秀急切的心就像放慢动作的电视画面，变得宁静舒缓了，与采摘和品尝相比，她更喜欢看到果实们幸福生长的样子。文秀觉得黄瓜就像魔术师，昨天还是细小如手指的果实，转天就会膨大得尺把长，每次仔细采摘后，总会发现几根躲藏在叶子下面已经脑袋肿大的老黄瓜，让文秀责备自己的粗心又同时感叹这种植物顽强的生命活力。

黄瓜架旁，是几排齐胸高的西红柿，阳春买来的柿子苗，柔弱得经不起一阵风，可一旦天气热起来了，它们就像变了性情，开始爆炸式疯狂生长，开春时土地里拌入的干牛粪、鸡粪给了它们巨大的肥力，每一株柿子苗都没完没了地从关节处孳生枝蔓。向上攀援的枝蔓得不断用绳子捆绑结实，才不至于被沉甸甸的一嘟噜一嘟噜的大小不一的青蛋蛋们压弯了腰身。

就在文秀在菜地里埋头忙碌的时候，另外一个人也来工区食堂值夜班了，工友们都把长得人高马大走路咚咚响擤鼻涕可以砸出土坑打喷嚏能吹开窗户的他叫作大全，他喜欢骑着早就丢了牌照的破摩托车上下班。一路飞驰，热风飕干了身上的汗水，却在皮肤上晒出了一层细细的盐碱儿。

大全接到一个电话，工友大马猴打来的，电话声音也不清楚，只是依稀听出是让自己替个夜班，大全乐不得地骑上摩托车就来工区了。他喜欢值夜班，每次值夜班，和附近工区的几个盐工去海边小渔村喝酒，喝得昏天黑地，再在开着空调的值班室美美地一觉睡到天亮，不光有几十元值班费，夜班后还可以休息两整天，这两整天他可以打鱼摸虾，去市场上卖，赚点外快花花。所以男工友们恋家不爱值班的和临时有事的，都喜欢让大全替班。大全也不黑心，多打了鱼就会做熟了带到食堂，午饭时和大家一起吃。

大全和文秀此时都不知道，今晚上误打误撞的，他俩将在值班室遭遇。

文秀蹲在菜地里挥汗如雨地把新孳生的野草苗一根根拔掉时，大全停好摩托车，提起一个蛇皮袋子先奔向盐沟。他知道此时的工区食堂已经没有什么人了，麻利地脱下大裤衩子，把裤衩子揉成一团，扔在一丛旺盛的碱蓬草上，就蹚水下了盐沟。盐沟里有几条粘网，大全每次下水都能从粘网上摘下几斤鱼，他要么把鱼破膛开肚后用附近盐坨的粗盐粒子腌制起来，要么提着鱼去找晒盐工区的夜班哥们儿们或者周围养虾池窝铺里看夜的哥们儿熬鱼喝酒。这天下午，大全下水不一会儿工夫就摘了十几条海鲇鱼和梭鱼，有一条狼鱼竟然抓在手里后滑脱了，让大全不无遗憾地对着狼鱼逃脱后砸起的水花儿骂了一句。狼鱼鲜美，非海鲇鱼和梭鱼能比。大全喜欢把鱼和海虾一起熬着吃，鱼和虾互相借助彼此的味道，混搭后更加美味，用来下酒简直是一绝。今晚，他盘算着提着这些鱼去虾池，现在是八月，虾池里养殖的南美白对虾有半拃长了，正是间苗的时候。

在食堂工作的八个男职工，基本都是从晒盐一线淘汰下来的，或是因为身体不好，做了大手术，再也干不了在盐池里导卤扒盐的重体力活了，或是因为受不了一线的辛苦，宁可每月收入少千八百块钱，来食堂躲清闲了。大全来食堂工作的原因是，他太热爱打鱼摸虾了，他本来是塑苫工，就是遭遇雨天给一个个盐池迅速苫好塑料厚膜的工种，平日里清闲，可就是每天都要上班，赶上雨水少的年份，人能闲出一身肥膘来，他自由散漫的性格总挨工长数落，有一次工长带了句口头语你妈逼的，大全立马急了，给了工长一个大耳光。大全吼道，你敢骂我妈，我宰了你！说着就抄起一把铁锨，工长吓得抱头鼠窜，工友们拦惊马一样使出好大力气才劝住大全，大全就被发配到了食堂，好在盐池食堂工作就是半日忙，伺候完了盐工们的午饭，一天的工作就没了，在各个工区上夜班的盐工不多，他们都是自己做晚饭吃。下午食堂的人就彻底闲了，可以干点私活，忙点私事，扯点咸淡事儿。大全来到食堂工作后，根本不爱干和面、发面、蒸馒头的活儿，他只负责馇咸鱼。他利用下午工夫去海边忙活，偷偷下几个地笼，等下班后就可以将捞到的小海鲜摊到居民区门口的路边，个把小时不到，就被一抢而光。大家问他每月能赚多少外快，大全只是憨笑，说比不上上班，比不上上班。大家知道他挣的是辛苦钱，也都习惯了他下午的早退和对值夜班的饥渴。

　　大全湿淋淋地爬上盐沟的堤埝，也不着急穿大裤衩，只穿着湿透了的内裤，脚下吧唧吧唧，走向工区房山下的摩托车。内裤有个破洞，裆内一丛蜷曲的毛傲然钻出破洞，在夕阳中颤巍巍地抖动，居然变得金光油亮。

　　晃悠进食堂院子，丢下鱼兜子，大全直接走向淋浴室。淋浴室门口，趴在地上的大黄狗哈哈地吐着舌头，见到大全，大尾巴拼命摆动，暂时忘记孤独的大黄狗顾不上天气炎热，站起身子，把前爪搭在大全身上，乞求大全爱抚，大全站住摸了摸大黄的脑袋，大黄满足地眯起眼睛，然后就跳开了，一下子撞开淋浴室的门，又钻到门外，静静地目送小腿上沾满污泥的大全走进淋浴室去。

　　大全淋浴完了，对着镶有瓷砖的墙面狠狠地射了一泡骚尿，也不冲洗，轻轻哼着歌儿，将本命年必须穿的红内裤胡乱搭在院子里晾衣绳上，空心套着大裤衩子，从值班室门框上面隐秘处摸出值班室钥匙，打开门后把空调打开，温度调到十八度，再锁好门，钥匙放回原处，骑着摩托车直奔海边的虾池窝铺。大黄追了十几米，灰心丧气地减速，扭身颠颠地回到院子里。一阵风吹过，大全的内裤已经被吹落到了院子的角落里。

　　文秀钻出菜地，身上被蚊子咬了好几个大包，汗水把衣服都打透了，衣服紧紧包裹住身体，文秀忽然意识到，自己没带换洗的衣服，转念一想，把衣服洗了，明天早上同事们接班时也晾干了，想到此，心里就不慌了，手里攥着两根黄瓜抓着两个西红柿，款款地走向食堂后院，此时，夕阳把食堂的身影拉长了，影子顶端都浸泡在东边的盐池里了。

　　霞光万丈，天空火红，水光耀眼，裸露的盐坨银光闪闪，短暂的黄昏最辉煌的时刻转瞬将逝。

　　女工们每次淋浴，大黄就会守在男女共用的淋浴室门口，男工友和陌生人甭想靠近，大黄因此得了一个护花使者的雅号，女工们喜欢把剩菜里的鱼肉都给大黄留着，男职工则会抽冷子赌气似的踢大黄一脚，骂一句，狗东西，冒充护花使者啊，多管闲事。引得在场的女工哈哈大笑。

　　大黄看到了黄昏里走来的文秀，亲昵地跑上前在她脚边嗅来嗅去。文秀进了浴室，发现浴室的地面湿漉漉的，也没多在意，关好门，脱下湿乎乎的衣服，站到了喷淋头下，一股浓烈的尿骚味还是冲鼻子而来——她哪里猜得到，大全刚才站在同一个莲蓬头下对着墙上的瓷砖狠狠地射了泡尿呢。文秀想了想，无奈地摇头苦笑，没办法，那些男工友洗澡时会毫无规矩肆无忌惮地小便，女工抗议多次，但只是引来他们的嬉皮笑脸。好像用尿骚侵犯了女工也能给他们一些快乐。

喷头飞溅出来的水线包裹了文秀的身体，在太阳能储水器里晒了一天的水很热乎，淋浴室水汽蒸腾，水线被文秀撩拨得哗哗响。温暖的水汽包裹中，文秀有点心神迷离。她想起了和丈夫一起生活时，他们在家中狭小的卫生间里一起淋浴，他给她的后背打上沐浴液，她的后背立刻变得滑溜溜。丈夫的一双大手会从她的后背出发，一刻不停地在她皮肤上游走，像两个贪玩得忘了回家的孩子，要探索所有的风景。文秀把淋浴莲蓬头紧紧抓在手里，她忽然觉得这个莲蓬头就是丈夫的手，只是纤细的水线们接触到身体，远不如丈夫的手指灵活热情亲密体贴。每一次，她内心冒出来的幸福的火苗都会把她燃烧得如此刻一样身心迷离。她不明白对她如此迷恋的人，为何出国打工两年后，就向她提出了离婚的要求。接到丈夫打过来的越洋电话，听到他语气冰冷地对她说，咱们分开吧，我看上别人了。文秀在家里眼泪不停地淌了三天，要不是工友敲开她的屋门，她宁愿躺在床上慢慢枯萎凋零。

当初，她高考连个中专技校都没考上，恰好有企业招工，就当了工人，进入精盐包装车间后，认识了他。他很快就主动追求她，午饭时凑过来和她一起吃，开始她没在意，后来发现别的工友都远离他俩了。他长得很帅气，吃饭时喜欢把长头发一甩一甩，动作格外迷人，每次他凑过来，文秀其实很高兴，但是还得装作矜持的样子，轻易不笑。慢慢的攀谈中，他知道她喜欢唱歌，他恰好弹一手好吉他，晚饭后他就抱着吉他在她家楼下唱歌，她听到歌声时，会赶紧躺到自己的床上，紧紧抓着枕巾一角，大气不敢出，心里又羞又臊，好像自己做了一件见不得人的事，被大家刚刚揭穿，可后来她还是忍不住竖起耳朵，生怕遗落他嘴边飞出的每一句歌词。夜色浸润大地时，她会躲在床边，俯瞰他边甩头边唱歌的样子，他唱得最多的是忧郁的情歌，比如《冬雨》《大约在冬季》。这些歌恰恰是她喜欢的，那是些让她备受幸福折磨的夜晚啊，他的歌声终于征服了她，她不顾家人反对，坚决要嫁给同样当盐工的他。她对幸福的理解就是，找到自己爱的人，一辈子在一起就足够了。

不断浓重的夜色让只有一片平房的工区食堂像在大海里下沉一样，四周的公路与堤埝不辨轮廓，景物也逐渐隐去，外面的声音也模糊不清了，整个工区变得孤独寂静。

黑夜是最好的遮羞布，黑夜也是最管用的壮胆酒，文秀只穿着贴身的内衣，打开了食堂后厨的大门，按亮灯光。白天热闹繁忙的地方突然冷清后，让文秀有穿越时空的感觉。拧开水龙头，胶皮管子突然哆嗦了一下，好像要打个饱嗝似的，憋粗了身子，很快一股扁圆的水蛇就钻出了白亮亮的身子，摇摇欲坠了片刻，还是一头摔碎在了满是油渍的地板砖上。

在她和丈夫公开恋情之始，爸爸就表达了对他的不喜欢。爸爸拧着眉头说，一个大小伙子，追一个女孩子这么下功夫，一辈子能有啥出息，嘴行千里屁股在家——过日子可不能靠唱歌。爸爸先是骂走了他，之后开始限制她的外出，晚饭后不让她单独出屋。为了和爸爸抗争，她绝食了四天，当中学教师的爸爸叹了口气，最后把户口本给她，警告她以后的日子过不下去了不要抱怨父母。她听不进爸爸的话，而是欣喜若狂，他们热恋半年后就急急忙忙结婚了。她以为幸福的人生已经敞开大门，一条平坦的大路会一直延伸到人生的尽头。哪知她在这条路上没走多久，才发现这原来是一条断头路。

结婚两年后，他很少唱歌了，与几个哥们合伙开了一家海鲜排档，没赚到什么钱，倒赚来每天深夜的醉醺醺回家，她抱怨他不能陪着她，他开始对她不耐烦了，她觉得他就像一只大田鼠，对一块土地反复细腻地翻找几遍后，土地里埋藏的红薯花生被它刨完了，它对这块儿土地的兴趣突然大减。他也不再把那点可怜的工资交给她，他一个人就能把他俩的工资花干净。她迁就他，不敢添新衣服，好点的化妆品更不敢奢望。后来他开始夜不归宿，整宿在排档里打麻将。她在他那里受了委屈，不敢回家向家人倾诉，她只能默默忍受，后来，他说要出国打工，那时都是找黑中介，花五六万就可以办旅游签证，然后黑在别国打工。他逼着她找娘家拿了五万元钱，就远走高飞了。

　　文秀看到了院子里大杨树被屋檐灯照歪在墙头上的影子，一丛影子鬼魅一样摇晃，天上没有星光，四周只有风声水声，让她总觉得背后站了一个坏人，要随时伸出手来掐住她的脖子。想到此她全身发毛竖起，后背尤其感到惊悚。她关紧了屋门，一股沁人骨头的寒冷让她打了个寒颤，她爬上床，靠在床的墙角，好看到值班室的全局，心里咒骂那个同伴，也不知道野哪里去了，这么晚了还不来陪她。全身紧张不久，她开始觉得肌肉关节都开始酸疼，空调的冷风让皮肤变得冰凉，她伸手把空调关了，又把台灯的光线调暗，用毛巾被蒙住脸，蜷缩身子，靠墙躺下，心还扑通扑通，直跳得全身血液乱撞。

　　丈夫一走，婆家人开始对她冷言冷语，她还是痴心地盼着丈夫衣锦还乡，好让自己扬眉吐气。她开始做着丈夫荣归故里的美梦，用这个梦给寒冷的内心点上一堆柴火。丈夫最初的半年以找不到稳定工作为理由，没有给她汇过钱，后来给她汇了两三万后就再不汇钱了。她向好姐妹们借钱，陆续把从父母那里拿的五万元还上了，还钱时，还强作欢颜地描述丈夫在外面工作如何舒心，每月按时汇来很多钱，开始父母还信以为真，后来看到她越来越消瘦憔悴，好久都不添新衣服，回到家吃饭，饭量很大，还特别爱吃肉，爸爸和她深谈了一次，她嘴很硬，还是坚持说他在外面混得很好。甚至她俩正式离婚，她也没和父母透露过。

　　因为爸爸妈妈总是对她的婚姻唠叨个没完，每次回家，他们都不会忘记埋怨她当初没答应一个当了公务员的高中同学的追求，说人家已经是正科级了，每月的公积金就六七千，每年工资之外的补贴也有五六万，嫁给他还用为买房发愁吗，女人嫁人不能只靠眼睛判断，人的眼睛啊，看到的都是欺骗人的假象。起初她还能默默忍受父母零星小雨般的数落，后来就不想回娘家了，特别是姐姐姐夫们越混越好，吃饭时爸爸妈妈会有意无意地说，这条鱼是你姐夫送来的，这些虾很贵呢，你姐夫单位发的。这些话让她举起的筷子都感觉到了羞臊，只能寻找一些青菜作为目标了。

过年时，姐姐会给爸爸妈妈一人一个大红包，她这个月薪只有两三千元的企业职工，根本无法如此出手阔绰。时间久了，自然就在娘家矮了一头。

她被丈夫抛弃离婚的事，毕竟纸里包不住火，单位的人慢慢都知道了，她又面临大家的指指点点，好多人都是和父母一个口气，文秀，你当初咋想的啊，你也算漂亮闺女，当初咋不嫁个工作好的呢？

她知道自己身材好，皮肤白皙，每次和大兰兰一起淋浴，大兰兰会贪婪地看她的裸体，惊叹道，你真正点啊，我要是男的早忍不住了，可惜，我没长那玩意儿。文秀洗澡时也喜欢看几眼镜子里的自己，离婚六年了，身材没变，小腹依旧平滑。在这夜色掩护下，只穿内衣在食堂里刷洗地面，文秀忽然觉得自己有点疯狂放纵，脸微微有点发烫，脑子里乱遭遭的。

离婚一年后就有热心人开始给她张罗相亲，她前后见了十几个，可一个个的都让她很失望，他们没见几次就要动手摸她的胸，并急切地想和她上床。有一个离婚的个体老板，第一次见面就提出只想试婚，说试婚一年后再商量是否去领结婚证，省得一年后感情不和再离婚，麻烦。还有一个中学教师，在伸手要摸她乳房被她拒绝后急着和她探讨婚后的财产与婚前财产如何公证，因为他已经买了两套房子，不能因为和她结婚就和她共享这两套房产。还有一个样子粗犷的，约她出去玩，花十块钱给她买了一个小挂饰后就缠着找她要礼物，坐公交车回来时非要坐最后一排，她问为什么，他耳语道，最后一排摸着方便，她听了又羞又恼，坚决坐在了前面。

甚至连她的新领导也开始假惺惺地关心起她来，领导看她的眼神让她明白，新的麻烦要来了。果然，领导给她安排了办公室工作，开始频繁找她谈心，以工作的名义要求她陪他出席一些应酬。她学会了喝酒，跳舞，唱歌，当领导在一次喝醉后带她去了歌厅包房。包房里没有人，领导关上门就喷着酒气把油腻腻的厚嘴唇压在她嘴唇上时，她本能地把领导推倒在沙发上，领导一下子火了，骂她说，你这个贱货，真不识抬举，你滚吧，滚越远越好！她吓得说不出话来，赶忙去搀扶领导，领导一挥手，给了她一个耳光，她捂着脸溜出了歌厅。她很知趣，马上申请调动工作。

她来到了距离城区三十里的工区食堂。这是最偏远的一个工区。起初，她很不适应，每天一出来上班就是一天，那里整天的烈日海风，单调寂寞，工友们开着粗俗的玩笑，让她难以融入。男职工和女职工玩笑尺度之大，让她脸红心跳。一个胖乎乎叫大兰兰的女工没有任何预兆，顺手就敢在男职工裤裆里掏一把说，哈哈，抓你个小狗鸡！被抓的男职工也不急，嬉皮笑脸凑过去说，手感咋样，我是有求必硬，助人为乐。无独有偶，那些打饭的盐工们都用异样的眼光看她，都爱挤在她卖饭的窗口，好几个人都嬉皮笑脸地没话找话说。她偶尔会收到他们的一点小馈赠，一串干咸鱼，一包小虾仁什么的。他们会在中午打饭时公然塞给她，搞得她很狼狈，她红着脸摇着手表示拒绝，但很快就被大兰兰抢走了，说白给的还不要，这么多鱼得给家里省多少菜钱啊，真傻帽啊。后来她就习惯了，给她的东西就当给大伙的，大大方方接过来，与其他几个女工平均分配，不久之后，她就和大家都混熟了。熟了以后，她发现这些人没什么复杂的，喜怒哀乐都写在脸上，挂在嘴边，从不藏着掖着，让人心里放松。

她喜欢干净，赶上她值夜班，她在同伴呼呼大睡时把食堂的操作间收拾得干干净净，包着白铁皮的案板被她擦得锃亮，把污浊得粘鞋底的地面都冲洗了，食堂慢慢地变得干净了，她的勤快被工友们发现，也带动了其他工友，她们做饭认真了。食堂每月有总厂的补贴，根本不用盈利，所以大家一直干得散漫。以前，绿叶菜也不择，好歹洗一遍就切了，后来都是和家里炒菜一样认真。买大肉也不再去混乱的早市买来路不明的低价肉，而是去有品牌的地铺里去购买。盐工们收入不高，属于社会收入的底层，他们很多人歇了班还要干点兼职工作，或者当送水工，或者送快递，或者跑黑出租，平时能少花钱就少花，每道菜超过五元他们就会抱怨。卤鸡蛋一只卖一块五他们就宁可不买。她向管食堂的领导建议，每道菜尽量压低价格，盐工们干体力活爱吃肉，她在家里学着做红烧丸子，在食堂试做后，大受欢迎。盐工们还爱吃她做的肉皮冻，三元一份，不贵还解馋。她去食堂工作一年后，和盐工们完全熟了，有时候盐工们会在晚上邀请也值夜班的她们去盐工的滩窝子喝酒。盐工们都是鱼鹰子，百里滩人把打鱼摸虾的高手都叫鱼鹰子，滩窝子里的盐工们对大海与对晒盐池一样熟悉，他们和渔村里的船老大也都是老熟人。

  偶尔在滩窝子里吹着夜晚的海风喝酒，吃着各种饭盆里的出自大海和盐沟里的琵琶虾鲇鱼海螺八带鱼牡蛎花蛤，就着低廉的烧酒，她反而少了很多的忧愁焦虑。海边的海鲜四季轮回中，肥瘦也在轮换，每个季节都有可以品味的美食。初春时的开凌梭鱼，暮春的膏满黄肥的琵琶虾、饱满多汁的牡蛎以及桃花蚶，夏天时的大虾皮，秋天的养殖虾、海鲇鱼，冬天时则有很多夏秋时晒干的咸鱼。海边就是个不断变换菜谱的露天大排档。他们都有办法廉价或者免费获得。勤快的盐工在大海里、纳潮沟里下了地笼，插了捕鱼的箔网，退潮时，倒了地笼里的渔获，捞取箔网里被围困住的海鱼，下酒的菜不需太多，好歹凑三四个菜就是夜班时鲜美的酒肴。接近三十岁人的心态就像一个在幽暗昏惑的山洞中探险的人，走过了许多惊心动魄的陌生新奇的地方后，遥遥地看到了明亮的山洞出口，意识到了这次探险就要结束，忽然脚步放缓，内心沉静，开始非常珍惜自己的脚步，开始更加仔细地欣赏四周的风景，舍不得再错过这次旅程的所见所遇，也不会再在没有风景的地方驻足犹豫了。

她开始慢慢喜欢上这块远离城市的寂寞孤岛了。

开辟菜地的想法，是在一次喝酒时由她提议的。

食堂边的公路旁是一片废弃的职工宿舍，只剩下一片残破的房基。搬走的盐工们曾经把房前屋后改造成了自留地，只要把这些小块地连缀成片就可以，以后，大家就可以吃到新鲜的蔬菜了。她的提议很快得到了盐工们行动的支持。

大全带着几个盐工大干了三天，一大片菜地开辟出来了，他们还为黄瓜丝瓜冬瓜苦瓜西红柿搭了架子，竹竿的架子很整齐，像等待阅兵的英俊战士一样，精神抖擞的。

冲洗完厨房地面，文秀坐下来吃晚餐，晚餐很简单，就是刚摘下来的黄瓜和西红柿，黄瓜清香，西红柿酸甜，文秀吃得很享受。

今晚也不知道谁和自己一起值班，文秀的脑子里闪动着其他几位女工的笑脸，也许这个人被自己相好的工友喊出去喝酒了吧。很可能是大兰兰和自己一个夜班，每次和大兰兰一起夜班，大兰兰都带着她出去喝酒，大兰兰又胖又丑，但是爱把自己搞得香喷喷的往男人身边凑合，这些男的嬉皮笑脸地说，大兰兰也就是半夜应个急时有用。每次大兰兰带她出去喝酒，她都很开心，他们放肆地说笑时她插不进嘴，但是听到可笑的话她也会开心大笑。想到喝酒时热闹的画面，文秀突然想喝点酒，喝到微醉时，好踏踏实实走进梦乡。今晚真是大兰兰夜班，只是大兰兰没赶上末班的公交车，她一跺脚，给文秀打电话，文秀的电话一直没接听，她就发了个短信给文秀，说家里老人突然病了，让文秀自己值夜班。

关好厨房门，走进值班室，文秀躺在黑夜里，旁边的床上空荡荡的，让她觉得那里有了一些玄机和忧虑。她伸手在挎包里摸手机，挎包是空瘪的，她恍惚想起，临出门时手机放在了电视桌上，走出家门那一刻还是把手机忘掉了。

潮乎乎的内衣让她感到难受，屋子有根晾衣服的铁丝，她干脆脱掉内衣挂在衣架上，用毛巾被裹紧自己。她的心一阵狂跳，此时突然有人闯进来该咋办？她该如何反抗坏人的非礼举动呢，坏人会不会轻易就会得逞呢，是啊，万一来了坏人呢？担忧像一缕水汽，在脑子里飘荡了一会儿就稀薄了，脑袋昏沉，身体越来越疼，文秀意识到，自己可能要发烧。

小时候发烧，妈妈总会守在她身边，替她掖被角，让她心里溢满了宁帖的幸福。而如今呢，这个肯给她掖被角的人在哪里呢。哪怕心里有个惦念的人也好啊。暧昧这种情感就像野草，在寂寞的地方会疯狂生长的。可是文秀连个值得暧昧的人都没遇到。突然想起前夫追她时总挂在嘴边的一个词：缘分。文秀觉得，缘分这个词是很哄骗人的，貌似让你以为得到了珍贵的人，其实是让你无法再次选择更好的人了。相信缘分的结果，无非就是死心踏地守着一条梭鱼，然后向别人自欺欺人地解释说，瞧，我今天要吃的是一只大对虾。缘分一词的臆造，就是人们对自己的渺小、短视、在生活里处处被动的生存常态的无奈安慰吧。也许是同样的道理，身边那些迷信宿命的人，也总是以"一切都是注定的"为自己的错误选择开脱呢。想起前夫的背叛，文秀恨得咬牙切齿。这么迷迷糊糊想着，她在毛巾被下的身体开始冷得发抖，牙齿真的开始无法自控地上下磕打起来。

干脆把灯关掉了，就让这黑漆漆的无助感把自己吞噬吧。

咣当一声撞门的声音，然后是咚咚的脚步声，接着就是一股浓烈的酒味，文秀心里踏实了一下，眼睛也懒得睁，刚才的恐惧感减轻了许多。进来的人应该是大兰兰，估计是喝醉了，文秀听到对方躺在了对面的单人床上，把床板压得吱吱响。

鼾声响起来了，震耳欲聋，文秀很纳闷，大兰兰怎么变大公牛了，鼾声打雷一般，不过她不在意了，比起刚才的孤独恐惧，这样的鼾声还是可以忍受的。

过了一会儿，对方竟然嘟囔了一句，说咋把空调关了，要捂痱子啊。接着就是下地趿拉鞋走动的声音，灯光也突然刺眼地亮起来。文秀看到了赤身裸体的大全，看到了他裆下乱蓬蓬的一团黑物，她本能地凄惨地尖叫了一声。

大全也被吓到了，扭脸看到了毛巾被里露出的文秀惊恐的脸，喊了一声，我操，咋是你啊，领导咋这么好啊，啥时候开始让男女混合夜班啦，哎呀我操。

大全喝得红红的眼睛在文秀毛巾被下的身体上扫描着，文秀看到大全粗大的喉结在蠕动，她拉紧了胸口的毛巾被，两腿紧紧并拢，心跳得要炸裂，身子哆嗦得更厉害，完全不知所措了。

文秀惊恐地说，你你你咋进来了，咋不穿衣服啊，你想干啥，别胡来，我，我今天夜班，和我同班的大兰兰一会儿可就来了。

大全背过身，搔搔脑袋说，我也夜班啊，大马猴给我打电话，让我替班啊。赶紧抓起裤衩，胡乱套上了。

文秀将信将疑，突然想起自己毛巾被下赤裸着身子，又是一阵紧张，她脱口而出，你出去，我把衣服穿上。说完了就立刻后悔了。果然，大全先是一愣，接着就嬉皮笑脸起来，大全说，你也喜欢裸睡啊，那我关灯吧，关灯我啥也看不到，你值你的班，我值我的班，我们互不干扰。文秀又气又恼说，大全，你出去好吗，我，我要哭了。说着，眼泪真的流出来了。

大全不笑了，发现什么似的，惊讶地说，你脸咋这么红啊？哎哎哎，还真哭啊，我出去还不行吗，我出去喂蚊子不就得了。你别哭啊，我最怕女人哭了。一边说一边慢慢往门口退。

文秀说，我发烧了，很冷，你出去忍一会儿吧，我，我明天给你买酒喝行吗。

大全停下脚步，拧身又回来了，他竟然径直向文秀走来。文秀绝望地闭上了眼睛，想，果然不会那么容易离开的，这下完蛋了。大全已到床边，伸出了手。浓烈的酒味喷到了文秀滚烫的脸上，这只手没有落在文秀身体上，大全的手背轻轻贴住了文秀的额头，文秀明白了这个动作的内涵，感激地睁开眼睛，看到了大全胳膊上丛生的汗毛。

我操，这么烫。发烧还不穿衣服，你这是在发骚啊！大全惊呼。这也没有退烧药啊，我给你烧点热乎水去。

脚步声出了门，走远了，接着就是旁边后厨的门响。

真的出去啦？这么听话？真的放过我了？

文秀揉揉眼睛，有些不敢相信这是真的。

但是那高大的身躯确实已经闪出门去。

文秀想起来穿衣服，只爬起半个身子，头晕得厉害，担心一下地就会一头栽倒，只能重新躺倒，紧张得大气也不敢出。今晚自己是怎么了啊，非要都脱光了睡。一会儿大全进来了，他克制不住咋办，他人高马大的，谁反抗得了啊。天亮了工友上班来知道了，大全一口咬定说她主动勾搭他，她今后还有脸见人吗。爸妈不得骂死自己啊。不行，说什么也要穿上衣服。

她挣扎起来刚穿好湿乎乎的内裤，就听到了沉重的脚步声，她赶紧重新裹紧自己，躺好了。马上又笑话自己傻，一条内裤就能抵御一个强壮的男人吗。这么一折腾，她更觉得全身寒冷。她把眼睛使劲闭上了，听天由命吧。

不一会儿，大全进来了，大茶缸放在桌上的声音，一股姜糖水的香味袅袅地飘过来。文秀睁开眼，看到一个大搪瓷缸子摆在床边的桌上，热气飘舞。

烫嘴喝下去，出汗就好了，大全说，那我真出去了啊，难受就喊我，实在不行我用酒精给你降温。文秀突然感到身上又多了一层覆盖，肯定是大全把自己的毛巾被给了她。

文秀说，要不你把你睡的床搬到门口那边吧。你把你的摩托车挡在咱俩之间。

摩托车挡带着几只蚊子进了屋，屋里马上闻到了浓烈的汽油味，文秀一阵恶心干呕，她赶紧让大全把车又推出去了。这下，屋里的蚊子声混成一片，清晰瘆人。文秀说，那，还得委屈你一下，你还是出去睡吧。

大全点头说，姑奶奶，我去虾池边的窝铺里睡吧，这样你就安全啦。文秀一听，立刻摇头，不行。你走了，来了坏人咋办？你不许走远了，好吗。大全搔搔脑袋，咧嘴乐了，我真搞不懂你们女人，我在屋里你把我当坏人防着，我到屋外就成卫士了，变好人了。做好人还是做坏人不得是我自己说了算吗。

文秀还没出声，大全已经到了屋外，门被他轻轻掩紧了，门上的暗锁咔哒一声，锁舌插入了锁孔。

文秀闻到了一股蚊香的味道，低头看，一盘点燃的蚊香摆放在地上，红红的蚊香头正升起蜿蜒妖娆的青烟。

文秀端起大茶缸，一口口吸溜着，把漂着姜末的红糖水喝了大半。滚烫的姜糖水流下喉咙，一股热流开始在体内蔓延。大全的毛巾被被文秀抻舒展，她把身体裹紧，身子不再哆嗦了。

屋外传来了啪啪的声音，肯定是大全在拍打身上的蚊子，文秀知道，海边的蚊子非常凶猛，牛仔裤也挡不住蚊子尖锐地刺入的。她有点心软，很想喊大全进屋。

可是，找个什么合适的借口呢？她听到大全在嘟囔，我操，不怕死的就咬我来，一会儿点把柴火熏死你们这些兔崽子。

午夜的雷声把梦中的文秀叫醒了，雷声滚滚而来，像巨大的坦克从枕边开过，床铺都在雷声中颤抖，闪电狰狞地挥舞着闪亮的刀剑，屋里的东西都被瞬间照亮了，她更加恐惧，想到大全在淋雨，就努力向屋外喊，大全，赶紧进来吧，下雨了。连喊了几遍，大全才搭话，大全说，没事的，雨把蚊子都浇跑啦。

文秀知道大全不好意思进来，就把灯点亮了，好歹给大全照个亮吧。

过了一会儿，雨水倾泻而下，哗哗的雨声如除夕夜瞬间齐响的鞭炮。咣当一声，大全撞开了不堪一击的门锁，水里刚捞出来的一样进了屋，他身上的衣服早就湿透，紧贴在身体上。

文秀有点歉疚，她说，你把灯关了，衣服拧干，搭在衣架上，用电扇吹一宿就能干了。晾衣绳上面挂着文秀的衣服，像在向大全揭示，此时的自己已穿上了内衣。

大全关了灯，外面的闪电不时照亮室内，文秀隐约看到大全忙活的影子，她耳边听到了拧衣服流水的声音，哗哗哗，估计大全又原始人一样赤裸了，她的心再次怦怦狂跳，却不似刚才那么紧张了。

在这雨声风声中，文秀再也支撑不住，踏踏实实地沉沉睡了过去。雨声像爆豆一样密密匝匝，玻璃窗上的大雨点敲打得越来越急切，这些雨的精灵，也想钻进屋子，陪伴这一对儿有点心慌意乱的男女吧。屋内突然响起了清晰的水声，迷迷糊糊地听到大全喊，糟了，漏雨了。文秀马上就被溅落在脸上的雨水浇醒了，大全打开电灯的瞬间，好像有个小鞭炮在不知什么地方炸响了，微弱的噼啪声响过，屋内一片黑。我操，起啥哄啊，电线咋还烧了啊，大全在咒骂。

滴滴答答的漏雨让文秀无法踏实躺在床上了，没等她反应过来，大全把一个大帆布雨衣罩在文秀身上，将她连同雨衣一起抱起来，冲出了值班室。文秀紧紧搂住大全的肩膀，大全肩头紧绷的肌肉是那么结实。冰冷的雨水劈头盖脸地砸在文秀脸上，但钻进厨房的瞬间，雨水就被甩在了身后。大全把文秀轻轻放在阔大的案板上，又转身出去了。不一会儿，他搬进了两把椅子，拼好椅子，铺上几张硬纸板，扶文秀裹紧毛巾被再次躺好。

文秀软着身子任由大全摆布，一股寒冷袭击过来，她的牙齿又互相敲打起来，身子哆嗦着，嘴里不自禁地发出了呻吟声。大全突然伸出胳膊抱紧了她，接着她感觉额头微凉，闻到了一股浓香的酒味，是大全在用蘸着白酒的湿毛巾给她擦额头和两颊。她伸出手，黑暗中碰到了大全那有力的大手。她心里哆嗦了一下，大全也颤抖了一下。文秀声音微弱，说，谢谢你大全，没想到你是这么好的人。

这句话显然鼓励了大全，大全温柔地说，胳膊放回去吧，别再着凉了，一会儿就该发汗了。

文秀觉得她和大全像是被镇压在五行山下的孙猴子，区别的是，镇压她俩的是漆黑无边的雷雨。

昏昏沉沉中被大全搂在胸口，文秀的额头开始冒出了热气，细密的汗珠子冒了出来，腋下胸前也开始潮乎乎汗津津了。他们就像塑像一样贴在一起，在黑暗里静止了很久。

雨不知啥时候停了，夜色泛亮时，文秀觉得一夜大汗淋漓后身子轻松多了，她发现自己又回到了值班室的床上，挣扎着站起来。看到了床边椅子上搭着自己的衣服，伸手去摸，衣服竟然干透了，她赶紧穿好，走出屋寻找大全。大全一夜没睡，让他赶紧打个盹吧。她得赶紧把早饭准备出来，这是夜班职工的工作。走进厨房，她看到大全正在炉灶前忙活，炒勺里热气翻滚。

望着大全结实的背影，文秀忽然很想从后面抱抱大全，这一夜，这个粗鲁男人温柔体贴的一面让文秀很感激，她更感激在一个无助的孤寂之夜，一个粗鲁的男人给了她珍贵的尊重。

挥汗如雨的大全听到了身后的声音，扭头看到了文秀，憨憨地咧嘴笑，好啦？你别管了，鸡蛋卤好了，馒头也馏热乎了，我熬小米粥呢。你再躺会儿去，我给你做碗挂面汤。

文秀也不说话，动手帮大全忙活，她拿起一个不锈钢盆，反复洗干净，抓了两把面粉，在滴滴答答的水龙头下把面粉搅拌成半盆珍珠大小的面疙瘩，她要为大全做虾米西红柿姜丝疙瘩汤。汤开锅后，疙瘩汤里卧了四个鸡蛋，小心地和弄，不使糊锅，不使鸡蛋破裂。做好了，淋完香油，她把四片白嫩嫩的鸡蛋全都盛到了大全的饭盆里，盯着大全把半盆汤大汗淋漓地喝下。

天色大亮，阳光刺眼，一夜的暴雨把工区的草草木木都洗涤干净，青翠的绿色浓烈欲滴。

第一班公交车来了，车肚子里钻出一大群上班的工友们。

大全早就解下围裙，站在门口高喊，他妈的，他妈的，看错表了，早到了一个小时，今天我可亏大了。

同事们拥进餐厅，大全很快被淹没在大众当中。

只有大兰兰惊呼，文秀这也太能干了，一个人就把早饭做好了，文秀，你咋不接我电话啊，短信看到了吗。文秀机灵地点点头，她瞬间醒悟，大全没撒谎，果然是大兰兰与她一个夜班。大兰兰很快就反应过来了，卖完了早饭，她凑到文秀旁边，挤眉弄眼兼暧昧眼神，小声问，昨晚就你自己值夜班啊，又打雷又打闪的，不害怕啊，没人陪行吗？

文秀笑而不语。

大兰兰又说，大全人不错啊，和一个瞎眼的妈妈过日子，大孝子，就怕娶来了媳妇对瞎眼妈妈不好，一直不肯说媳妇，八成是在等你呦。

啊，大全没结婚吗？文秀惊诧了，一直以来，她根本不关心别人家的油盐酱醋。

装，你就装呗，大兰兰更加暧昧地冲文秀笑。

没过半个小时，大全与文秀一起值夜班的猜疑开始在工友们之间地下党接头般接力传播。最后是大家聚在一起审问大全，大兰兰高声问，大全，你是早来了半个小时吗？你是早来了八个小时吧！大全顿时臊红了脸，大家哈哈大笑。

呦，呦呵，大全脸都红了，难得啊。别害臊，你俩又没犯法。

大全喊了起来，我去，不许胡呲！

文秀远远地站在大家身后，与大全默契地对视了一下，虽然身子还是轻飘飘的，但是一点也不妨碍她此刻满心滋长的幸福彩霞般绽放在一对娇艳的脸颊上。

整个上午，大黄狗嘴上叼着大全的破红裤衩在泥泞的院子里跑来跑去，像是在给热爱八卦的人们展示更有力的证据。

寻人启事

1

范厘的周末，一般都留给小圈子的朋友聚会。他们总是十个人左右，通常去苟建老总的庄园里，大家喝喝茶，聊聊生意场上的段子，然后一起晚饭，酒酣半醉后，再打两圈麻将。范厘的这些朋友，早就身家过亿了。忘了是哪次聚会时，在品尝完了地产商苟建从日本带回来的山崎威士忌二十五年，又吃了苟总庄园里种的馥郁的蓝莓，甘酸的夏黑葡萄，还有酸甜的红心火龙果后，范厘突然有了也要买下一块地，打造自家农庄的想法。

他刚进入这个小圈子时，圈子里的这几位，多一半都有自己的农庄了。每个庄园都透着低调的奢华。卖汽车的潘总，农庄里有个很大的湖泊，养了很多鳟鱼鲟鱼，还在地下室里养了很多娃娃鱼，他的鱼根本不卖，只作为农庄招待朋友和官员的食材。范厘对那里的清炖娃娃鱼很迷恋，每次饱吃一顿后，转天都觉得精力充沛。干建材的何总，农庄里有好几个豪华游泳池，他那里美女如云，在他庄园里游泳，会有美女陪伴服侍的。搞古玩字画的秦总，他的私人王国简直就是个博物馆，他的密室有重重铁门，到他那里做客，好像走进了一座巨大的古墓。卖红木家具的朱总，有个巨大的鹿苑，养殖了很多梅花鹿，大家每月都去他那里一次，喝鹿血，吃鹿肉，补充肾气。喝完了鹿血，苟建很快觉得自己的脸胀得红红的，整个人都变得硬邦邦的。

这些人庄园里的资源，只在小圈子里共享，优势互补，取长补短，互利多赢，大家的休闲时光过得不亦快哉。

比较起来，自己每次请他们吃饭，尽管都是这座城市或者邻近城市里最好的酒店，但是范厘还是能感觉到他们对这些闹哄哄的酒店的厌倦，感觉到他们对端上酒桌的菜品的淡淡的不屑。比如，在吃澳龙刺身时，他们会大谈在别处吃的澳龙刺身如何别具一格，比如，河豚鱼无论哪家做的，他们都认为还是潘总庄园做的味道最佳。如今的形势，这些老板们表面上必须低调，但是，骨子里的高调不会让步的。所以他有了建设自己的山庄的想法。他生活的城市距离卫市很近，他决定到卫市市郊选一片风景秀丽的地方。

那晚他喝了很多山崎威士忌，日本人的这种用小麦胚芽酿制的美酒，香味醇厚，据苟建说，这款威士忌在日本都很难买到，这酒早就都中国买家买断了。他还说，这款威士忌，比轩尼诗口味好。他迷迷糊糊坐车回家时，天降大雨，隔着车窗，他看到了路上骑电动车自行车的人，在雨中狼狈不堪的样子。

他觉得自己很幸运，不是他们的一员，只是遗憾，自己已经到了六十岁了，老了。老了，赚了那么多钱，与其全部留给儿孙挥霍，还不如自己先享受一下呢。每当儿子干了惹他生气的事，他总是这样恨恨地想。

被他送出国留学了三年的儿子虽然在公司当了副总，但是他整天喜欢的就是豪车美女，呼朋唤友，酒池肉林，歌厅洗浴。一百多万的保时捷卡宴，没开两年就撞成了一堆废铁，幸亏车祸时儿子命大，只断了一条腿，坐在副驾驶上的女孩子一命呜呼了。他的老脸又羞又臊，滚烫了好多天。自己几十年打拼下来的产业，交给这样的败家儿子，他哪能放心。可不放心又能咋样，他还有别的选择吗。当年也不让多生孩子，多生几个就好了，兴许就摊上一个懂事听话的。不过，多好的孩子，也会被他老婆惯坏的。

范厘的老婆早把自己当资深富婆娇惯了。十几年前，家里就雇了保姆，她从家务活里彻底脱身出来。如今，肥腻腻白花花的老婆除了购物就是美容。她的眉毛忽然细忽然粗，忽而弯忽而直，变化多端，不顾公认的审美原则，十分任性，让范厘哭笑不得，无可奈何。假如几天没回家，老婆给他开门时，他都担心自己会认不出她。买衣服，买首饰，买名牌女包，然后发朋友圈，举着手机等大家给点赞，然后很兴高采烈地写一句"统一回复：谢谢热心点赞的亲们"，心满意足地回复大家。这就是她的日常生活的主要乐趣。

他曾经爱过的那个女人，成为他的老婆几年后，他们一起创业，他靠蹬着三轮车卖旅游鞋起家，有好多次，在风雨之中，他奋力蹬三轮，妻子拼命在后面推三轮，他的泪水和雨水混合在一起，他对妻子充满怜爱和感激。后来，他开始卖建材，很快赚到了大钱。在他的事业有声有色后，妻子就开始让他觉得陌生，变得俗不可耐了。最近两年，范厘懒得回家，他觉得自己的心一直在漂泊，总是漂无定所。那个小圈子曾经让他惊喜过一段时间，但很快也让他觉得不屑了。表面上是聚会，内里是暗自较劲炫富，肤浅得很。假如有一座自己的庄园，住在那里，喝喝茶，读读书，养养鱼，种种菜，图个清静，也很不错啊。

年轻时，他还是穷光蛋，他想象的有钱后的生活，应该是巨大的幸福感紧紧抱着他的。刚开始赚到钱时，他会在心里盘算，暗自惊喜。比如，存下一笔钱，他就窃喜，这回好了，不怕得大病了；又存下一笔钱，他又窃喜，儿子出国留学的学费有了；在北京买了一套房子，他又庆幸，从此北京的房子涨价，他也是受益者之一了。但是这类的喜悦来得快，退潮也快。存款越来越多，他懒得再窃喜，也窃喜不起来了。

2

卫市的天空干净得让他心醉。那种蓝，是纯净得不能再纯净的蓝色。让人想起一块巨大的珍贵奢华的蓝宝石，塑料大棚一样笼罩在头顶。

山坡上的绿草地毯一样，线条柔和，质地密实。草地如画纸，吃草的牛羊在草地上悠闲地甩着尾巴，蠕动着双唇，好奇地打量范厘，把范厘惊喜的神情摄入美丽的大眼睛。无论站在哪里，无论往哪里瞭望，范厘看到的都是一幅醉人的田园画卷。那一刹那，他感慨万千，自己光忙活赚钱了，这么多年，竟然不知道到卫市这边抬头看看蓝天白云，低头看看青草牛羊。

满意，满意，很满意。范厘对陪同他的卫市友人连声说。如果不能买，我租上三十年也行。

午饭就在山里吃的，吃了这里的牛羊肉，范厘更加赞不绝口，肉香里含着草香，给人非常健康的味觉嗅觉印象，这才是真正的放心食品啊。

饭后，他让陪同的朋友先离去了，他想自己开车四处再看看。

傍晚时分，范厘的车在郊外抛锚了。仪表盘报警，右前轮胎压力不足。下车看看，轮胎半瘪了。他这次故意没开豪车，怕在谈土地价格时，对方看自己财大气粗，漫天要价，所以他只选了一辆比较普通的雷克萨斯，这车开了六七年了，没想到轮胎出了问题。

此时，开始下起了小雨，小雨淅淅沥沥，但是雨线稠密，人站在雨中，雨水很快就把衣服打湿成片了。

淋雨的感觉也让他有点感慨，上次主动淋雨的情景，还得用力在记忆库中百度搜索，好像还是上高中时吧。他和几个要好的同学在细雨中欢快地呼喊，毫不在乎匆匆赶路的行人不解的眼神。很可惜，那时的好友大学毕业后就开始疏远，直至后来，好多断了联系，中学时代的友情也只能靠一个墓碑群维系了。墓碑群是他们高中同学的微信群，只热闹了半年，就冷清了。除了抢红包时能热闹片刻之外，就基本没人说话了，成了逃不过宿命的同学墓碑群。

他正好看到路边有个简陋的修车店，就把车缓缓停到修车店门口，他下了车，捶了捶疼得难受的腰，走向修车店门后时，才发现修车店已经关门了，锈迹斑斑的铁门是从里面锁上的。

范厘用力擂门。他不是不会换备胎，实在是岁数大了，腰特疼，想花点钱求人帮着换了得了。

擂了半天门，里面有声音了，听口音，像是南方人，搭话的声音透着耐烦："谁呀，没看关门了吗?!"

门"吱呀"开了个缝隙，露出半张脸，脸红红的，表情复杂，范厘看到此人只穿了一个裤头，身量比自己矮很多，肚子瘪瘪的，能看到皮下肌肉的蠕动。范厘赶紧堆着笑脸说明来意，半张脸露出不耐烦的表情，回答他说："呀，就是换个备胎啊，你自己不就可以换吗。关门了，换不了了。"

范厘听出对方语气里默认换备胎赚不到多少钱，就赶紧说愿意多花钱，谁知对方把门"咣当"关严了，又哗啦哗啦从里面插上了门栓。范厘赶紧高声说，我给你两百块行吗！里面传来了又一声关门的声音，估计那人把房门也关上了。同时一个女人的声音从门缝里钻出来一半，后一半被掩在门里了，听不清女人在说什么。而且女人和男人对话的声音越来越微弱了。范厘不好意思再用力砸门，他冲着门缝呼唤，但是里面再无声息。任凭范厘在雨中怎么请求、哀求，再无人应声了。

莫非里面的二人在这雨天偷情？范厘恨恨地想象着。他认识一位在北京发展的复姓西门的老板，西门老板生性风流，露水情人三千里。稳定的情妇三位数。他喜欢组织情妇们的才艺表演，——唱歌，朗诵，演奏乐器……与商业圈内的老板们吃饭时，请他们顺便当评委，现场打分，然后去掉一个最高分，再去掉一个最低分，得出这位选手的综合得分，最后进行末尾淘汰，十分公平。据说，这种末尾淘汰的竞争机制，把这些位情妇折磨得都充满危机感。倒逼她们把自己最好的状态激发出来了。范厘还给他当过一次评委呢，让他惊讶的是，有的选手不仅年轻，而且英语口语十分流利,还能熟练背诵全篇的《岳阳楼记》《逍遥游》。

雨中的范厘突然火冒三丈,冲着铁门大喊:"你们这样做生意,能有啥出息呢?活该只能做小买卖!"范厘气恼地踹了铁门一脚,悻悻地转身来到了路边。到了路边,他还抱着最后一丝希望回望铁门,他希望铁门打开,哪怕那个人怒气冲冲跳出来骂他也好。

但是铁门里一片死寂。范厘突然觉得孤独无力,他这个平日里备受下属阿谀奉承的老板,置身都是陌生人的乡村公路边,突然有一文不名的挫败感。

天色已晚,铅灰色的天空低低地压在头顶上,似乎有更大的雨在酝酿。范厘无奈之下,打开后备箱,吃力地搬出备胎,扔在湿漉漉的地上。但他注视着粘上泥土的沉重的备胎,还是一筹莫展。他低头俯视备胎的样子,很像一个人的宠物被汽车碾死了,站在那里冲着宠物尸体默默伤心呢。

路上,飞驰而过的汽车呼啸而过,范厘本想招手求助,手举了一半,就软塌塌了。谁在雨天肯停车,淋着雨,帮他更换备胎呢。是啊,这点力气活,按说自己也可以干。

这时,一个骑自行车穿运动衫的小伙子远远地飞驰过来了,范厘赶紧张开双臂,拦住了浑身湿透的小伙子,赶紧把自己的难处和小伙子说了,小伙子眉眼端正,脸型端正,满脸透着正直真诚的气质。范厘心里先喜欢了三分,范厘怕小伙子拒绝,连忙说:"你要是不会换,我教你,我会多给钱的。——我要不是腰疼,我就自己换了。"说完,还不忘用右拳捶捶腰部。

小伙子迟疑了一下,用手抹了一下脸上的雨水,笑着点头答应了。

小雨里,小伙子动作敏捷熟练,从范厘后备箱里翻出工具箱,没几分钟,备胎很快就换完了,换下的轮胎又搬进后备箱。范厘很高兴,在钱包里数出了一千元钱,故意大声说:"这是一千块钱,谢谢你,小伙子!"他是想让修车店的人听到,让他们后悔。

范厘胳膊伸平,把钱递到小伙子面前,小伙子看了眼范厘,憨厚地笑笑,对这一千元钱瞅都没瞅,说:"我不要钱。要是图钱,我刚才就不管了。大叔。"说完话骑上自行车就要离开,范厘脸上一热,着急了,一把抓住小伙子的胳膊,说:"等等,等等,我还有话说。"

范厘想了想,没有掏名片,而是到车里翻出一张纸片,用签字笔写出了自己的手机号码。尽管小伙子的举动让他很感激,但给年轻人写纸条时,他还是多了一个心眼儿,故意换了一种笔体,留了一个平时到夜里和休息日都关机的手机号码。纸条递给小伙子时,他掷地有声地说:"我老了,很笨,不会存手机号。你拿着我的号码,以后在这个城市,有啥难处,就给我打电话,好使!"

小伙子微微一笑,接过纸片,顺手塞进内衣口袋,向范厘挥挥手:"大叔,欢迎您来卫市观光!"说罢,很快就骑远了。

3

过了几个月,范厘把这个事情几乎淡忘了。在郊区买地建庄园的事,遭到了儿子和老婆的联手反对。她们母子俩都怀疑他要养小三儿。他被气乐了,说我要养小三儿,还用等到六十岁吗。老婆子,你都多大了,还挖空心思吃醋啊。儿子,你赶紧结婚,给我生个孙子,我就不建庄园了,我把财产都留给我孙子。

那段时间,他烦闷无聊,周末的聚会也去得少了。

有一次,一个陌生号码打进他的那部手机时,他才想起那个小伙子,可是这个陌生号码不是找他的,是一个叫什么花顺的炒股软件开发公司打来的,手机那边像机器人一样标准的女声刚自我介绍结束,他就狠狠地按断了手机。

他灵光一现地突然想到，对呀，这么优秀的小伙子，如果招进自己的公司，该多好！于是，他每天都有了一个期待，期待小伙子打来求助电话，又等了两个月，电话还是没打来。

范厘的好奇心被激发了，这是一个什么性格的年轻人呢，也许人家不知道自己的身份、地位、经济实力，所以才不打电话的。

再一次周末聚会时，他把换备胎的故事讲给了几位老板听，他们都笑了，苟建说，范老板啊，你咋不求助保险公司啊，啥，你怕他们不管？你就威胁他们，不管换备胎明年的汽车保险就换别的公司，这招特别好使，我就试过。

古董秦总说，老范啊，你为啥不主动问问人家的手机号呢，人家主动帮你，你看你咋对人家，手写体还故意留一手，你真是富人的思维啊，哈哈。这回后悔了吧。以不真诚对待真诚，总会付出代价的。

秦总这几句话，像鞭子一样，把范厘的心抽疼了。

转过来的周一上班时，他突然灵机一动，找来办公室主任，讲了几个月前一个好心的小伙子帮他换备胎不要钱的事，最后，范厘说："你去找找媒体的朋友，登一个寻人启事，别怕花钱，一定要找到这个年轻人，如果他出现，我会重谢——不，也许我会重用他！"

不仅在本城的报纸、电视台、广播电台播出这个奇怪的寻人启事，他授意办公室主任，在卫市也要这样铺天盖地打遍广告，一定要把小伙子找到。

如范厘预料，广告的作用，总是给人过度惊喜。

没过多久，就有一个人来到了公司，声称是他帮范厘换了备胎，理直气壮的。范厘听办公室主任汇报，说那个年轻人主动来公司了，他心里瞬间感觉异样，他半信半疑地见到这个人，一眼就看出来人根本不是那个小伙子。此人很胖，两只鼠眼，目光游离。真是獐头鼠目。这可把范厘气坏了，李逵没出现，李鬼来了。

他强压怒火，故意用平静的语气问来人："恩人啊，您先说说，那天我开的是什么车？"

来人操着北方口音，很有自信地说："是雷克萨斯呗，黑色的呗，对不？"

他竟然说对了，范厘有点纳闷。现在的李鬼也不能小看啊，这个李鬼也是有备而来，看来他对自己也是了解过的。也难怪，自己也算当地的商界名流之一吧。范厘有点厌烦了，他最鄙视这种贪财好利之徒了，就让办公室主任把来人请了出去。

来人走的时候还厚着脸皮狡辩："就算不是你，也不能否认我免费给别人换了备胎吧，我这顶多算认错了人，可不是欺骗呐。我可是正八经的好人。"

几天后，又陆续来了几个冒充的，即使他们的谎言被当场揭穿了，他们还都很理直气壮。

范厘告诉办公室主任，把寻人启事改一改，悬赏两万元，只求小伙子露面。

新版本的启事播出后，又招来了更多的李鬼，范厘的工作都受影响了，他更加恼火，为此，他还偷拍了几个李鬼的来访过程，让办公室主任把偷拍的视频送到了电视台，电视台还专门做了两期新闻，第一期新闻题目是：两万元你就当骗人的李鬼吗？第二期的题目是：这些年轻人为什么没人味儿？

电视台为此还开展了一个关于年轻人应该具备什么样品格的社会讨论，引起了很多人的热议，电视台干脆在网上弄了个帖子，参与的人越来越多。折腾了一个月，李逵还是没露面。

就在范厘感觉没有希望的时候，一天上午，他的手机响了，来电显示，电话归属地是卫市："您是范总吧，我就是您要找的那个年轻人。"

范厘一听声音，他乐了，没错，就是这个小伙子的声音，他急忙问："小伙子，你看到寻人启事了？为啥不来见我呢？"

小伙子沉默了片刻，说："我本来电话都不想打的，我就是怕您把媒体都累坏了，呵呵，才主动打这个电话的。您想啊，您悬赏两万，这不是诱导人们撒谎吗？我打这个电话，就是希望你终止这个寻人启事。我有句话您也许不爱听，我觉得人们的贪婪往往是很多有钱人任意购买刺激的。"

范厘觉得年轻人说的有道理，连声说惭愧、惭愧，但是他坚持要见一见这个小伙子。

电话那边沉默了一会儿，小伙子答应了，他对范厘说："明天上午十点，您去卫市郊外的小王庄吧，我在那里等您。"

4

转天，范厘独自开车准时来到卫市郊区的小王庄。道路宽阔，路上车辆不多。这次，他换了一辆崭新的路虎揽胜，他不想再见到年轻人时显得寒酸。他的车飞快，手机导航不时提示他已超速。

导航提示，目的地马上就到了。他发现这里距离他上次看的那个想建造农庄的地方很近。一样的天空如洗，青山隆翠，牛羊如在画布。

远远地就看到有个衣着朴素的姑娘站在路边，她正向公路上张望，看到他的车后，就冲他摆手，他减速，在姑娘身边停车后，放下车窗玻璃，姑娘一脸灿烂的笑容，向他自我介绍："如果我没猜错，您应该是范总吧，我是专门在这里等您的，我给您带路吧。"

范厘报之以微笑，点点头，示意姑娘上他的车。一会儿，他们的车开进了一个很大的农场一样的庄园。里面好多排列整齐的蔬菜大棚，大棚随山势分布，更感觉庄园的规模宏大。

范厘在姑娘示意下，在一排木屋旁泊好车，他看到很多老人坐在凉亭下，围在一起忙着什么，凑上前去，看到老人们正有说有笑地围在一起剥黄豆荚。

姑娘笑盈盈地说："范先生，您不介意和这些老人一起剥黄豆吧。"

范厘点点头，就坐在老人中忙碌起来，还不时和老人们攀谈。他问老人们，是不是都是孤寡老人，有些老人们回答说，他们都有儿女，只是孩子们有的工作定居在国外，有的在别的城市，即使住在同一城市，平时工作也都很忙，无暇每天照顾老人。

范厘继续问，在这里生活交生活费吗，这里是养老院吧，是不是享受国家很多补贴啊，每年国家给多少补贴？

老人们笑而不答，大家都说，我们在这里很快乐。范厘也就不再深问，忙活了一上午，和很多老人攀谈，大家又说又笑，时间过得很快。

两个小时时间就这么过去了，虽然忙得手麻眼花，满手尘土，范厘还是很高兴。姑娘告诉范厘，老人中有往日的工厂劳模先进工作者，有的甚至还是战斗英雄呢。今天的劳动，让他好像回到苦日子时代。和这些老人一起剥豆子，他得知老人们退休收入都不高，有的人还真是孤寡老人，这让范厘有点心酸——自己如今这么有钱，是多么幸运啊。

午饭时间到了，姑娘对范厘说："范先生，我们就不留您和这些老人们一起吃饭了，您有兴趣的话，请明天上午九点再来好吗？"

范厘诧异了："我是来找人的，不是来义务劳动的啊。"

姑娘只是含笑："如果您不介意，请您明天再来好吗？"

范厘想了想，这是在考验我啊，小伙子把自己当诸葛亮了，把我当三顾茅庐的刘备了，想到此，他心里笑了笑，点头答应了。

当晚，他就住在了卫市的宾馆里。这一晚，他睡得很踏实，这个晚上，突然远离了推不开的各种应酬，胃里没装各种酒，身体也觉得很舒泰。

第二天，还是姑娘带路，范厘来到了庄园的另外一个地方，这里是蔬菜大棚。在大棚里，他看到一些肢体有残疾的人在摘矮化的苹果树上的红嘟嘟的果实。

姑娘还是建议范厘一起劳动，范厘痛快地答应了。他注意到，有个拄双拐的小伙子摘下树梢的苹果，就放在一个两腿罗圈的女孩子提着的篮子里，俩人配合得很好，还不时互相报以羞涩幸福的微笑。范厘毫不犹豫，赶紧投入了劳动。

虽然忙活得脖子疼手臂麻，范厘感觉心情很舒畅，特别是他看到那些少了一条腿，或者缺了一只胳膊的人有说有笑地劳动，他也被感染了，他又想，自己肢体健康，已经多么幸运了啊；自己又是个身体健康的富人，比起眼前的他们，真是太幸运了啊。

快到中午了，姑娘对范厘说："范先生，我们还是不留您吃午饭了，您有兴趣的话，请明天再来好吗？"

范厘更加诧异了，他也笑着说："我是来找人的，不是来义务劳动的啊。"

姑娘仍然只是含笑："如果您不介意，请您明天再来好吗？"

范厘想了想，还是答应了。虽然他有点不高兴，觉得这个小伙子有点托大，没把他这个成功人士放在眼里，但是他还是觉得很好奇，想知道小伙子在卖什么关子。多住一晚又何妨呢。

第三天上午，姑娘把范厘带到一个葡萄园，在那里，范厘看到一些人在为葡萄套纸袋，他一眼看出，这些人都是有轻微智力残障的，范厘毫不犹豫加入了劳动队伍，范厘更加觉得自己的幸运，一种对不幸人们的同情油然而生。

他和这些劳动伙伴很快混熟了，和大家互相协作，忙活得很热闹。

快中午时，姑娘走到范厘身边，这次，范厘主动笑着说："我明天还来。"

姑娘笑了，明天您愿意来就来，我们热烈欢迎您。说着，她拿出一个精美的请柬，打开了，递给范厘，范厘接过来，上面赫然印着四个字：

寻人启事

他读出了这样的内容：

这是一个爱心农庄，我们一直计划帮助更多的无助的老人、自卑的残疾人等弱势群体，如果您愿意帮助他们，我们共同做好这个慈善事业，您就是我们要寻找的人，假如您有兴趣，请拨打下面的手机号码。

范厘这才恍然大悟，原来这个年轻人有预谋地让他劳动啊。

范厘冲着姑娘诚恳地点点头："我十分愿意！"

然后范厘抑制不住好奇心，又问姑娘："我想找的年轻人，他究竟是谁啊？"

姑娘又递给范厘一张名片："这是我们总经理的名片，您要找的人就是他。"

姑娘微笑着点点头："我们李总留学回来后一直在致力于慈善事业，想在这里建一个真正的老年公寓、爱心农庄，这里的每个人都会参加简单的劳动，李总说，劳动才能使人获得尊严和快乐，而且，他们的劳动都是有较高报酬的。而且，我可以向您透露个秘密：李总平时上下班都是骑自行车的。"

范厘突然感到了羞愧，为自己以一千元钱购买这个年轻人换备胎的劳动羞愧，为自己两万元的寻人启事感到羞愧。

这三天，他付出了一些体力劳动，却感觉比平时周末参加的那些豪华聚会来得真实，来得舒心。也不知那些富豪得知他这三天的经历，会有什么感受。他们肯定会嘲笑他吧。

他不再犹豫了，掏出手机，他对姑娘自我解嘲地笑了笑："我一定要拜访李总，一定要当面向李总讨教。"

说完，范厘拨出了请柬上的手机号码。

5

范厘在小伙子的农庄里逗留了两天，每天和那些老人一起吃饭劳动。和小伙子深入交谈两晚后，才意犹未尽地返回公司。

返回公司的路上，他又遇到了一场雨。

当时，天色已晚，路上的行人稀疏，在一段上坡路，他看到一个老年人吃力地推着三轮车，大风卷起他身上的雨衣，雨衣风筝一样飘在空中，雨水趁机而入，老人下半身已经淋得精湿，衣服紧紧包裹着枯瘦的身体。

范厘瞬间看到了当年也这样在雨中蹬三轮的自己。

范厘在路边找了个方便的位置停车，他打开车门，冲进雨中，猫下腰，帮那位老人把三轮车向前推，老人在突然感觉三轮车变轻时，回头看到了弓着身子仰着脑袋的他，老人感激地冲他点点头，更奋力地推车，他也向老人回敬了微笑。

回到车里，他全身都湿了，衣服变得很沉，用纸巾擦干净脸上眼睛上的雨水后，心情突然大好。这时，他诧异地看到，老人竟然站在路边，一个劲地向他的车窗挥手，老人的雨衣依然被风撕扯着，好像要拔萝卜一样，把枯瘦的老人连根拔起，抛向空中。

他赶紧放下车窗，也向老人用力挥手，高喊，您老快走吧，当心淋雨感冒！老人没有动，还是在向他挥手。他赶紧发动了汽车，当他在后视镜里看到老人继续吃力地前行着，瞬间，他眼睛流泪了。他记不得自己多久没有被感动得落泪了，用力想了想，应该有很多年了吧。

这泪水被他手背抹去后，又有新的涌出，他索性不去管了。他按动按钮，打开热风，他想试试，看看汽车的热风能否在他回到家时，把他眼里的还在涌出的泪水吹干。

后记：我与百里盐滩

一

我喜欢在渤海边的百里盐滩独自行走。

这里不仅有几百年历史的渔村，沧桑的渔港，勇毅果敢的渔民，还有着千年盐业历史的长芦盐场的各个晒盐工作区。为盐场晒海水的混养汪子，水波浩荡，难见彼岸；汪子里出产的鱼虾极其肥美，衍生出很多渔家美食；盐场晒盐区的结晶池，整齐如水田，堤埝如南方水田的阡陌一样纵横交错，绵延到远方。

百里盐滩是我文学创作的根脉所在，我写了近二十年小说和散文，无非是围绕着渔和盐在书写。在我的小说散文里，我把这片土地叫作百里滩。

在一个叫蔡家堡的渔村，我认识了一位资深船长。在我们这里，一般称船长为驾长或者家政。我们成了好朋友。他告诉了我很多关于大海的新鲜事。

过去，渔民在寒冬的季节也不歇息，经常要冒着刺骨的海风，穿着厚重的衣物，裹着僵硬的胶叉裤，在冰冷的海浪与冰磴间寻找鱼虾，追赶鱼群。渔民们为了多捕鱼虾，往往在天气不好的日子追着风尾巴出海，因贪恋丰厚的渔获而遭遇大风的侵袭，是家常便饭。巨浪滔天中，渔船就像一片轻薄的树叶，人在船上站都站不稳，前行时就得把绳子系在腰间，有时候不得不在甲板上爬行，每个巨浪，会像一座小山一样压过来，把船头狠狠砸进浪底，然后船头又突然弹起身子，——危险时刻都会出现。

盛夏，顶着烈日捕捞的海蜇最鲜脆美味。有一年夏天，海蜇高产，起网了，网里粉红色、浅蓝色、淡黄色的海蜇拥挤在一起，蔚为壮观。把网里的海蜇捞上船，像是一场艰巨又激烈的战斗，他们用桧子从网里捞海蜇，每一桧子都有一百多斤，要两个人协力才能捞上来。夏季无风，海面燥热得很，遇到这么繁重的劳动，身上的汗水湿透了衣服，每个人都像落汤鸡一样，汗水被风吹干了，全身冒出一层盐碱。出了太多的汗水，驾长预备的一大壶白开水很快被大家喝干了。他也出了很多的汗，还吃了太多的海蜇脑子，没有白开水，只能去喝生水。第一网收获了一万多斤海蜇，驾长决定原地撒下第二网。第二网起网之前，他的肚子突然痛得难受，并伴着剧烈的呕吐和腹泻，驾长说，这是急性肠胃炎，渔家人俗称"小霍乱"，在船上缺医少药治疗不及时很容易死人。炎热的夏季，出了太多的力，吃了那么多的海鲜，又喝了不该喝的生水。他的病情异常严重。驾长看着他难受的样子，有些犹豫。海蜇捕捞主要靠前三网，过后产量就会锐减。渔民总是要遇到很多类似的两难抉择，他们骨子里的大海一样的豪爽性格，还是很容易让他们迅速放下赚钱的巨大诱惑。渔船返航，少收入万把块钱，但是弟兄的性命无虞了。

船长大哥还告诉我，渔民把海里的小海鲜叫"小活田"，名贵的海鲜叫"大活田"，冬天的海鲜叫"冷活田"。我觉得，大海多像一片辽阔无边的"活田"啊，流动、慷慨、富饶，毫不吝惜地奖赏那些勇敢勤劳耕海牧鱼的渔民。

二

俯瞰百里滩的海岸线，可以看到，海垱内，不仅有很多整齐的晒盐池，还有很多大大小小阡陌交错水光熠熠的养虾池。这些靠近渤海的虾池养殖的海虾，煮熟了通体鲜红，肉质紧实有嚼劲，入口鲜甜，是养殖虾的上品。因为很多虾池的水面辽阔浩瀚，到了出虾季节，需要插箔、捞箔，才能慢慢把虾治干净。而本地人却不太善于插箔网之道。因此，在十几年前，从山东省微山湖地区，来了一批专业插箔的渔民，他们有着很好的插箔技艺，更不怕辛苦，每到出虾季节，海边虾池间，就会有很多山东客忙碌的身影。虾池承包人给山东老客的报酬是：每捞一斤虾，提成一元钱。三个月的出虾季后，插箔的山东老客，都有人均几万元的收入。

  我就是今年夏天在百里滩渔村大神堂海边，认识了山东插箔人老刘。我和老刘坐在他窝铺边遮阴处，在潮热的海风里，我不断擦拭汗水，轰赶一只只嗡嗡乱撞的大苍蝇，听老刘讲他插箔的故事。

  十几年前，在微山湖畔打鱼的老刘，因为微山湖周围的空间不断被人承包侵占，他们这些底层渔民，捕鱼的空间越来越小，很多人干脆丢下船橹，走下渔船，外出闯荡，有的人来到了天津渤海边，就和养虾人成了雇佣关系。之后，这些人把微山湖畔的更多的渔人带出山东，他们带着箔网，在养虾季节，随便在虾池堤埝上架个窝铺，柴米油盐，吃喝拉撒。在潲热的海风中挥洒汗水，在肥美的中秋节后，带着大把钞票回家。从那以后至今，老刘他们就是百里滩虾池边的常客。

  我们说话间，我不时看着窝铺边堆砌很高的网箔。老刘告诉我，现在是七月，不是出虾季，这些网箔只能先晒在埝上。此时，如果能下几场透雨，虾池的水被雨水冲淡，虾就可以疯长。因为水咸，虾无法蜕壳，生长受影响，所以在雨水勤的盛夏，养殖虾的个头也大。

  到了八月中旬，该插头道箔了，这时，老刘他们就开始忙碌了。

  网箔看似就是细竹竿撑开的网片，其实，插箔的花样不少，各有各的讲究。比如最厉害的"飞机箔"，就是把网箔插入水中，在网箔尾端进虾处，把网箔插得像飞机的两翼，翅膀张开，像人伸展着随时准备拥抱恋人的臂膀。这种飞机箔，最大的特点是产量高。最初出虾时不能使用飞机箔，因为最初出虾，虾的个头不大，每天不能产量过高。虾池出虾量，如果做个图形说明，应该是个纺锤形的，开始少量，慢慢大量，最后虾出得差不多了，又是少量。出虾季一般从末伏开始，深秋结束。

那么，在最初出虾时，要插"盘头箔"。盘头箔就是网箔由堤埝插入水，先插二三十米箔墙，然后在箔头盘两个女人发髻一样的形状，似牵牛花一样张开花瓣。这种盘头箔，一个箔每天可以出虾上百斤。虾农投虾苗时，密度会很大，用盘头箔出虾，等于在间苗，控制了出虾量，才能使得养虾利益最大化，同时也降低了养殖风险。

最后一种网箔插法，叫作"勾手箔"。勾手箔一般要从此岸插到彼岸，插好后，箔的形状就像人与人手拉着手，胳膊勾着胳膊，串糖葫芦似的，甚是整齐好看。勾手箔属于扫尾箔，此时，养殖虾个头已足够大，在中秋节前虾价最高，必须用这种箔快速大量出虾。

过了中秋，虾池里已插满了飞机箔、盘头箔、勾手箔，虾农投放的小虾苗长成的大虾，已经被这些箔打扫干净。此时，每天捞箔，产量会每况愈下，冷风吹起时，残余的极少的漏网之虾，会扎进淤泥，网箔纵有天大本事，也无可奈何了。山东老客就拔起网箔，揣着养虾季的收获，返回山东老家，给在家里翘首期盼的妻儿们带去他们辛苦的收获。

你能想象吗，在八月闷热的午夜，时钟刚过一点，老刘他们煤矿矿工一样戴着顶灯，不断挥手驱赶撞在脸上的，被灯光招引过来的密密匝匝的蚊子，推着小渔船下了水，他们手里拿着捞网，把插好的网箔捞干净时，天已经蒙蒙亮；到了下午，他们又要下水捞箔，重复夜间的简单辛苦的劳作。百姓的购买时间，决定了老刘们的作息时间，只是百姓们不会知道，把虾从虾池捞出来，通过虾贩子卖到市场，再摆上人们的餐桌，这个过程，有的人多么辛苦。

老刘说，赚到插箔的钱回家后，他们这些插箔人闲不住，再次告别家乡，又换了新的角色，有的去做建筑工人，有的去卖水果，有的去做搬运工……反正，生生不息的日子里，到处都是老刘们勤劳忙碌的身影。

三

自明代中期始，长芦盐区的制盐工艺由锅灶煎煮逐步改作盐滩蒸晒，实现了盐业规模化生产的重大飞跃。盐滩以"副"为单位，一副滩包含的圈池，从高到低，达九层之多，主要分为蓄水、蒸发、结晶三大部分。百里滩沿海地势多有落差，加之日照足、风力强，极适于开滩晒盐。

晒盐大致要经过纳潮、制卤、结晶、采集等步骤，促使海水分步蒸发、梯次浓缩，形成饱和的卤水，方能结晶析盐。制卤在整个过程中扮演相当重要的角色，技术含量颇高。过去老盐工常讲："卤是盐的娘，有卤才有盐。"而制卤人，则深谙"天、地、水"三性，实际是对气象、水文、地质等自然科学知识的娴熟掌握。这类人被冠以一种极为形象的称呼——"抱锨儿"，或称"抱锨儿的""抱锨儿人"。

早期制盐属于手工技艺，设备简陋，器具粗笨。盐业生产离不开锨。在材质上，有铁锨、木锨之分；依形制用途，又有平锨、桃锨、掘锨之别。铁质小平锨，也叫抱锨，为制卤之必备工具，主要用于圈池开口、堵口和零星修补。那时还没有测卤仪器，制卤人无不怀揣一手"扬卤看花"的本事，即利用平锨，撩起卤水，视其水花形态与颜色，便知卤度。

盐工还有个工种叫苦塑工，他们平日除了养滩护滩修滩，测测晒盐池的盐度，就是打牌、喝酒、打鱼、晒鱼，赶上炎夏，他们又多了一个任务，就是在暴雨突降之前，给那些四四方方的结晶池苫盖好塑料布。

长芦百里滩盐场的工区，零星分布着很多生产小组。每个小组最多十几个人、几间房子。盐工们喜欢把小组叫作"滩窝子"。那些抱掀的和苫塑工就在这里工作生活。

滩窝子也是我经常光顾的地方，我车里总是多放一些自己写的书，走进滩窝子，与这里的主人们攀谈，临走时，我会把书赠送他们。

从他们的口中，我对晒盐的生活有了更深的印象。

老盐工们都知道一句话："人生有三苦：晒盐、打铁、磨豆腐。"滩窝子，是盐工辛辛苦苦制卤、旋盐、收盐、整滩后，休息吃饭的地方，也是盐工的安乐窝。

盐工们上班，一出去就是一天。在最难熬的冬天，冒着"北风如刀面如割"的严寒，带着的干粮，很快就冻得像块冰疙瘩。有了滩窝子，生上炉子，炉子上坐着一个白铁皮的大水壶，大水壶总是冒着嘘嘘的热气，让盐工们随时可以喝一口热水祛除寒气。大家围着炉子有说有笑，滩窝子里，就像家一样温暖。

盐工们把冷硬的馒头架在炉子旁，馒头就会滋滋啦啦地烤得全身焦黄，烤馒头的香气，也就钻进了每个滩窝子人的肺腑。谁带了什么可口的，大家伙着吃，滩窝子就有了大家庭般的温馨。

盐沟里，鱼虾多得让人忙活不完，滩窝子里，少不了会有很多简陋的渔具。竹竿子做的钓鱼竿，一把生锈的锁头做坠儿绑成的甩钩；用家里废弃的蚊帐布子做的小搬罾，一货旋网。

在广阔的盐池边，忙完了工作的盐工，提着鱼竿，找一个盐沟的小闸口，放下鱼钩，抛下甩钩，不一会儿，用铁丝串了一串的海鲇鱼就炖在了滩窝子的铁锅里。

提着旋网，在引海水的盐沟边，悄悄前行，看到水里射出弓弦的箭镞一样飞快的梭鱼群，快如脱兔，掌握好提前量，旋网"哗"地扣在水面上，慢慢收网，仅凭手腕的感觉，就知道网兜里有多少渔获。沉甸甸的旋网被提起来，白花花的梭鱼在网兜里鹿撞，也不慌忙，把提起的旋网复又抛进水里，把淤泥涮干净，提着网走回滩窝子，把旋网挂在高处，慢慢把鱼摘出来。熬梭鱼就口散白酒，就是滩窝子里的家常乐趣。

吃不了的鱼，用盐腌起来，搬罾搬到的小虾，煮熟了，和咸鱼一起在滩窝子的房顶晒干，带回家，连买鱼的钱都省了。滩窝子的温暖，蔓延到了每个盐工的家庭。

在滩窝子，十几个老爷们整日混在一起，和亲哥们弟兄一样，谁家有个大事小情，哥几个一起帮忙。过去，帮助哥们翻盖个房子，帮助照顾生病的老人，谁家有个红白喜事，都善始善终地出力，这样的事，谁没经历过？滩窝子，也是友情凝聚的地方。

有的滩窝子，还有绰号。比如，蔡家堡附近，有两个滩窝子，一个叫猴子眼儿，一个叫老虎洞。名字起得随意，也许和滩窝子住的主人有关，也许和滩窝子所在的地势形状有关。有趣的是，有个在老虎洞上班的盐工，干脆把在滩窝子边出生的两个儿子的名字，就叫作大虎、二虎。有了滩窝子，孩子起名都很省心。这又是滩窝子的一种情趣。

那些爱好捕鱼的百里滩人，遭遇恶劣天气时，滩窝子就是他们躲避雷击和雨淋的最好的地方，滩窝子的主人慷慨好客，一来二去，很多捕鱼人和滩窝子的盐工都混成了朋友。

百里滩盐场场区辽阔，滩窝子如草原上的牛羊一样随意分布。但是，就是这些滩窝子，让在卤水中长期浸泡的辛苦的盐工们，有了一丝温暖、熨帖。简陋破旧的滩窝子，却和老百姓每日离不开的晶莹如雪的海盐息息相关。

四

戊戌年春节，我母亲在收拾晚辈拜年送来的柴鸡蛋时说，咱家住谭家港（港，读成 jiang 上声，卤水汪子的意思）时，街坊邻居家养的鸡鹅，都喂卤虫，那些鸡鹅吃了卤虫后，个个都是红爪子红鸡冠，鸡的羽毛鲜艳漂亮，鹅的羽毛洁白耀眼，像从年画里飞出来的。这些鸡鹅下的蛋也不同凡响，蛋黄是橘红色的，很饱满，很有弹性。用海盐腌制出的咸鸡蛋、咸鹅蛋，都饱含丰沛的咸香浓厚的油脂。

1951年河北省公安厅从河北省监狱调来了三千五百多名劳改犯，二百四十多位管教干部，一个骑兵连，一个营的武警看守部队。在汉沽盐场技术工人（盐工称他们为"抱掀的"）帮助下，在杨家泊、谭家港、洒金坨等地恢复三十一副荒废盐滩。这些荒废的盐滩都是日本侵略时期，日本人为了掠夺海盐开辟的，抗日战争胜利后盐滩遂荒废。

劳改犯们有时候会去海边的渔村干活，看守他们的战士们骑着战马，在堤埝上驰骋，威风凛凛。新生制盐厂南面，有个圈子，圈子里就是劳改犯们劳动的空间。朋友告诉我，曾经有个劳改犯成功逃跑。一个大风天，他在盐坨上劳动时，趁管教人员不备，钻进一卷苇席，滚落盐坨，看起来就像被风刮走的。不过几天后他主动回来了，说是想念家人想疯了，回去看一眼，回来继续改造。

这里自然也是我经常拜谒的地方，尽管如今早已面目全非。我小说《少年的废墟》里的那位神算傻子，经常出现在我少年时代上学的路上。

他总是穿着褴褛的衣服，跛着一只脚，背一个粪兜子，沿路拾马粪。他当时大概接近三十岁吧，个子不低，脑袋特别大，好像年画里的老寿星的脑袋，大脑门像个丰硕的葫芦肚子。他的嘴总是合不拢，嘴角总挂着亮晶晶的涎水。

我对他的第一次记忆，就是他路过时，比我大一点的孩子，会用小石头子扔他。当然，孩子们力气小，石子顶多落在他的脚底下或者被他笨拙地躲开。尽管如此，他仍然被吓得全身哆嗦，身体怯怯地尽量往后面闪躲，脸上的表情很恐惧的样子，之后，就站在原地，一动不敢动，好像被孙悟空施了魔法；孩子们得到了以小搏大的巨大快乐，一群小野狗一样，围上去继续戏弄他，让他说什么，他都不敢不说。此时，我只是远远地站在一边，呆呆地看着眼前惊心动魄的情景。

好事且无聊的大人们有时候也拿他消遣，把他拦在半路，考他数学题，他每次都是在大人们语音刚落，答案就说出来了。然后我就似懂非懂地看到了大人们脸上钦佩的表情。

我大一点了，有点清晰的记忆了，就听明白大人们总是爱问他关于鸡兔同笼问题，比如一山兔子一山鸡，要数头三千六，要数腿一万一，问你共有多少兔子多少鸡。他每次都准确答出答案：兔子一千九，鸡一千七。

前几天我与在当地当过多年村干部的前辈聊天，又提起了傻子，前辈终于把傻子的详细身世告诉了我。

前辈介绍说，这位傻子神算叫张连亭。张连亭出生后，一切正常。由于奶奶溺爱孙子，怕孩子冻着，盖被子多，结果把孩子焐发烧了，高烧到抽疯，后经多方医治，落下终生残疾，他的脑袋特别大，腿软，走路不稳；但是他的智力非常好，很会说话。

张连亭的爷爷张春才，能写会算，珠算打得很棒，还会一手速算绝活：袖褪金。张连亭到了八岁，去学校上学，可是他上课拿不住笔不能写字，加之走路也不稳，只好待在家。他的爷爷就教他古代算术和袖褪金的技能，盼望他凭此生存下去。

张连亭勤奋努力，学会了爷爷的传授，并能有所发扬。他九岁就可以背诵斤秤流法。

张连亭心算和袖褪金计算，快而且准，非常人能比，但是，他一接触实际生活，就不行了，例如，给他十几个硬币，叫他数数，他都数不过来。

成人后，因为身体残疾，不能参加集体劳动，他只能推着小车，在野外拾柴，挖野菜，或者去谭家港拾马粪。

随着社会的发展，他爷爷传授给他的生存技艺，早就失去了实用意义。

后来，另外一个看了我文章的朋友，也说起了他记忆中的傻子——

傻子被送进敬老院之前，总在杨家泊的火化场门口蹲着，等着有人走过来考他那些老掉牙的算术题，以期待得到人们一些笑声和一点点物质酬赏。

张连亭一辈子未婚，一直跟着父母生活，他的两个弟弟分家另过后，父母身体也不好了，由当时的村干部操办，把他送进了杨家泊镇敬老院。在敬老院，他的生活很好，但因为身患各种疾病，于2002年病故，享年五十三岁。

前几年，家人为他操办了冥婚，与本村一个孤女坟掩埋的傻姑娘结为阴亲，孤女的骨殖和张连亭的合葬在一起了。

五

每个人都有自己的故乡。故乡，也许是成长过程真实经历的，也许是存在于内心的虚幻的，也许是二者杂糅的。很多年了，故乡对于我，是又真实又虚幻的。就像自己的父母，我们觉得很了解他们，可是静心思索，却觉得除了对父母的滋养抚育过程十分熟悉之外，对父母的其他方面知之甚少。步入中年后，开始对故乡的渔盐文化产生浓厚兴趣时，我才发现，我对故乡是那么陌生。我不知道海盐如何晒制，我不知道四季特色各异的鱼虾，究竟如何被捕获，不知道啥叫煮盐，不知道先民们如何在海边繁衍生息……作为一爱好写作的人，我真的觉得欠了故乡文化一笔债。不是故乡不好——就如同不是父母不好一样，我读不进，读不懂故乡。我一直飘浮在故乡的生活表面上。

每个人的内心都会沉淀下很好的经历，特别是一些老年人。他们的记忆里，有城市的、乡村的历史，很多都是闪闪发光的。而故乡的历史，就是这些经验的沉淀。作者如果拥有化腐朽为神奇的慧眼，就会发现很多珍贵的文学种子。

如今，我到了周末，就要在渔村、渔港、盐田、滩窝子以及谭家港遗址转悠，我知道，很多生命虽然化为了尘土，但是他们鲜活的命运，能在很多人记忆里采矿一样被开掘出来。

到了中年，我开始在文学世界里重建我心中的百里滩，我已经为这个地方写了几十部中短篇小说，比如《滩窝子》《活田》《少年的月光》《少年的电影》《少年的逃离》《少年的废墟》《少年的大学》《少年和枪》《狗皮壁虎》《屋檐下的鱼》《让鱼听到我的忧伤》等等，这些小说的主人公不是渔民、盐工就是一个十岁左右的叫王小军的小男孩。他们的故事，全部来自于我对百里盐滩的行走、探究。

源自生活的文字的美妙之处是，无论你什么时候打开它们，它们都永远生机勃勃。

这是我热爱深入底层生活，热爱用文字记录行走故事的理由。